Renate Ahrens

SCHICKSALS FREUNDIN

Roman

Besuchen Sie uns im Internet:
www.knaur.de

Aus Verantwortung für die Umwelt hat sich die Verlagsgruppe
Droemer Knaur zu einer nachhaltigen Buchproduktion verpflichtet.
Der bewusste Umgang mit unseren Ressourcen, der Schutz unseres
Klimas und der Natur gehören zu unseren obersten Unternehmenszielen.
Gemeinsam mit unseren Partnern und Lieferanten setzen wir uns
für eine klimaneutrale Buchproduktion ein, die den Erwerb von
Klimazertifikaten zur Kompensation des CO_2-Ausstoßes einschließt.
Weitere Informationen finden Sie unter: www.klimaneutralerverlag.de

Ungekürzte Ausgabe Oktober 2021
Knaur Taschenbuch
© 2021 Knaur Verlag
Ein Imprint der Verlagsgruppe
Droemer Knaur GmbH & Co. KG, München
Alle Rechte vorbehalten. Das Werk darf – auch teilweise –
nur mit Genehmigung des Verlags wiedergegeben werden.
Vollständige Taschenbuchausgabe Oktober 2021
Covergestaltung: Sabine Kwauka
Coverabbildung: Zwei Frauen: © Svetlana Bekyarova / Trevillion Images
Hintergrund: HD92 / Shutterstock.com
Satz: Adobe InDesign im Verlag
Druck und Bindung: CPI books GmbH, Leck
ISBN 978-3-426-52627-9

2 4 5 3 1

Alle handelnden Personen sind frei erfunden.

Für Alan

1.

Das Klingeln des Weckers reißt mich aus dem Schlaf. Zehn vor vier. Peter rührt sich nicht. Ich wünschte, ich hätte Herbstferien wie er und die Kinder und könnte mich auf die Seite drehen und weiterschlafen. Stattdessen werde ich jetzt aufstehen und mich vor dem Frühstück drei oder vier Stunden lang auf meine Übersetzung konzentrieren. Nachher wollen wir mit den Kindern einen Ausflug machen. Wir haben es ihnen versprochen.

Ich klettere die Leiter vom Hochbett herunter, ziehe meinen Fleecepulli und Wollsocken an und öffne leise die Tür. Auf Zehenspitzen gehe ich durch den dunklen Flur in die Küche. Ohne einen Kaffee brauche ich gar nicht erst anzufangen. Ich mache mir einen doppelten Espresso und esse eins der Nussplätzchen, die Marie und ich gestern Abend gebacken haben.

Auf dem Weg zurück ins Schlafzimmer stoße ich mit dem Fuß gegen einen harten Gegenstand. Er rollt über die Dielen und prallt gegen die Fußleiste. Wieder mal ein Spielzeugauto von Paul. Ich lausche. Aus den Zimmern ist kein Mucks zu hören. Meine Familie hat einen festen Schlaf.

Peter stört es auch nicht, wenn ich unter dem Hochbett meine Schreibtischlampe anknipse, den Laptop aufklappe und anfange zu tippen. Es war seine Idee, hier zwei Arbeitsplätze für uns einzurichten, statt nach einer größeren Wohnung zu suchen, für die wir die Miete sowieso nicht bezahlen könnten. Peter weiß immer einen Ausweg.

Bis zum Sonnenaufgang gelingt es mir, an nichts anderes zu denken als an meine Übersetzung. Seit drei Monaten arbeite ich an dem Text und komme viel langsamer voran als geplant. Der Roman ist sprachlich anspruchsvoll, aber ich mag solche Herausforderungen. In Frankreich war das Buch ein Bestseller.

Mein Blick fällt auf das Bild von Franz Marc, das über meinem Schreibtisch hängt. *Der Turm der blauen Pferde.* Wie immer, wenn ich diese vier blauen Pferde vor dem leuchtend gelb-orangeroten Hintergrund betrachte, breitet sich Zuversicht in mir aus. Opa hat mir den gerahmten Druck zu meinem zwölften Geburtstag geschenkt. Und seitdem hat er mich überallhin begleitet.

Gleich Viertel vor acht. Ich höre Peters gleichmäßige Atemzüge, und auch die Kinder scheinen noch zu schlafen. Oder sie spielen friedlich in ihrem Zimmer, was allerdings ungewöhnlich wäre.

Ich habe gerade mit einem neuen Abschnitt begonnen, als es im Flur rumort.

Im nächsten Augenblick wird die Schlafzimmertür aufgerissen. »Mama, Papa, Fridolin ist ausgebüxt!«

Vor mir steht Marie im Nachthemd und weint.

»Oje.« Ich nehme sie in die Arme und lasse meine Finger durch ihre wuscheligen, hellblonden Haare gleiten. »Der wird schon wiederauftauchen.«

»Was ist denn los?«, brummt Peter schlaftrunken von oben.

»Paul hat wahrscheinlich die Käfigtür nicht richtig zugemacht«, schluchzt Marie.

»Hab ich wohl!«, ruft Paul und kommt ins Zimmer gerannt. »Immer bin ich schuld.«

»Kleine Brüder haben es schwer«, murmelt Peter.

»Große Schwestern haben es noch viel schwerer«, protestiert Marie und wischt sich die Tränen ab.

»Wollen wir drei ein Willi-Wiberg-Buch lesen, und Mama sucht den Hamster?«

»Jaaa!«

»Nur weil ich ihn die letzten drei Male gefunden habe, heißt das noch lange nicht, dass ich ...«

»Doch!«, rufen die Kinder und klettern hinauf zu Peter ins Bett.

»Na gut.« Ich klappe den Laptop zu.

»Wo habe ich denn bloß meine Brille?«, höre ich Peter sagen.

»Sie ist hier, im Regal«, antwortet Marie.

»Tatsächlich.« Dann fängt er an vorzulesen.

Wenn es um den erfinderischen Willi Wiberg und seinen zerstreuten Vater geht, vergessen Marie und Paul jeden Streit.

Als Erstes gehe ich ins Kinderzimmer, aber dieses Mal hat Fridolin sich nicht unter dem Kleiderschrank versteckt. Und auch nicht hinter der Heizung oder in der Kiste mit den Legosteinen. Im Flur kommt nur das Regal mit den Schuhen infrage. Ich fasse in jeden einzelnen kleinen und großen Schuh, ohne Erfolg. Aus dem Schlafzimmer ertönen Peters ruhige Stimme und dazwischen das Lachen der Kinder. Wo kann dieser Hamster bloß sein? Seit zwei Monaten lebt er bei uns und hält uns auf Trab. Noch nie hat Marie sich so über ein Geschenk gefreut. »Den habe ich von meiner Patentante Zofia zu meinem achten Geburtstag bekommen«, verkündet sie jedem, der Fridolin noch nicht kennt. Wir hatten alle keine Ahnung, wie viel Arbeit so ein winziges Haustier macht. Endlich entdecke ich ihn: Er sitzt im Badezimmer hinter der Waschmaschine und zittert. Als ich die Hand nach ihm ausstrecke, rutscht er ein Stück weiter in die Ecke. Nein, so werde ich ihn nicht erwischen.

Von meiner letzten Suche habe ich in unserer Abstellkammer noch ein Papprohr, das an einer Seite geschlossen ist. Ich hole eine Möhre aus der Küche, lege das Rohr mit der Möhre darin vor die Waschmaschine und ziehe die Tür hinter mir zu.

»Ich habe Fridolin gefunden!«, rufe ich den dreien auf dem Hochbett zu.

Marie strahlt. »Toll, Mama. Wo ist er?«

»Im Badezimmer. Ihr dürft jetzt nicht reingehen. Vielleicht lässt er sich mit einer Möhre ködern, und wir können ihn nachher in seinen Käfig zurücktragen.«

»Und was ist, wenn ich mal muss?«, fragt Paul.

»Dann finden wir auch eine Lösung«, antwortet Peter.

»Aber wehe, du piescherst wieder in meinen Puppenwagen«, droht Marie.

»Das habe ich noch nie gemacht!«

»Doch. Als du klein warst.«

»Du bist gemein!«

»Ist ja gut, ihr zwei. Wollt ihr hören, wie Willi Wiberg morgens trödelt und seinen Vater damit zur Verzweiflung bringt?«

»Jaaa!«

Im Flur fällt mein Blick in den Spiegel. Blass bin ich, und unter den Augen habe ich dunkle Schatten. Zu wenig Sport, zu wenig Schlaf, denke ich, während ich meine dünnen, blonden Schnittlauchhaare zu einem Pferdeschwanz binde und wie immer froh und dankbar bin, dass die Kinder Peters Locken geerbt haben. Ich atme tief durch und beschließe, den Frühstückstisch zu decken.

Ein paar Minuten später klingelt das Telefon. Auf dem Display sehe ich die Nummer des Pflegeheims. Ich schlucke. Ist wieder was mit Mama passiert?

»Tiedtke.«

»Guten Morgen, Carola Bruns hier. Frau Tiedtke, Ihre Mutter ist heute Nacht im Heim herumgeirrt. Einer der Pfleger hat sie zusammengekauert im Flur gefunden, sie war völlig unterkühlt.«

»Ach, du meine Güte. Hoffentlich bekommt sie nicht wieder eine Blasenentzündung. Wie geht es ihr jetzt?«

»Sie ist ziemlich durcheinander.«

Ich sinke auf den Küchenstuhl.

»Das war der dritte Zwischenfall in zehn Tagen.«

»Ja.«

»Dabei habe ich nicht mitgezählt, wie oft sie andere Patienten belästigt, wenn sie in ihre Zimmer geht und sie anpöbelt.«

Meine Mutter, die auf Höflichkeit immer so viel Wert gelegt hat.

»Aufgrund ihrer fortgeschrittenen Demenzerkrankung müssen wir dringend eine Höherstufung des Pflegegrads beantragen. Wäre es möglich, dass Sie heute zu einem Gespräch vorbeikommen?«

»Ja, natürlich.«

»Um elf?«

Ich denke an den Ausflug mit den Kindern. »Passt es Ihnen auch am Nachmittag?«

»Ja. Um vier?«

»Das schaffe ich. Danke.«

»Bis nachher.«

Mein Mund ist ganz trocken. Ich schenke mir ein Glas Wasser ein und trinke es in einem Zug aus. Geht es Frau Bruns wirklich nur um den Antrag für einen höheren Pflegegrad? Oder darum, dass das Heim mit Mamas Betreuung überfordert ist? Dann müsste ich eine neue Bleibe für sie suchen.

Manchmal kann und will ich es nicht begreifen, dass sie so krank ist. Bis vor sechs Jahren hat sie noch mit Leidenschaft ihre Buchhandlung geführt, Französisch gelernt und Salsa getanzt. Dann begannen auf einmal die Probleme: Sie fand den kurzen Weg vom Geschäft nach Hause nicht mehr, obwohl sie ihr Leben lang in Eimsbüttel gewohnt hat. Und immer häufiger fehlten ihr die Worte, ausgerechnet ihr, die so redegewandt gewesen war. Irgendwann haben Marie und ich sie besucht, sie begrüßte uns, und zehn Minuten später begrüßte sie uns noch einmal, so als seien wir gerade erst angekommen. Spätestens da wusste ich, dass wir etwas unternehmen mussten.

»Wir haben ihn! Wir haben ihn!«, höre ich Marie im Flur rufen. »Und jetzt trägt Papa ihn in den Käfig zurück.«

»Super!« So haben wir wenigstens ein Problem gelöst, und das Badezimmer ist auch wieder frei.

Als Nächstes stürmen die Kinder in die Küche. »Hunger! Hunger! Hunger!«

Ich stelle die Müslischälchen auf den Tisch, hole die Milch aus dem Kühlschrank und schneide einen Apfel in kleine Stücke.

Peter streicht sich über den Bart. »Ist irgendwas?«, fragt er und sieht mich besorgt an.

»Ich muss heute Nachmittag zu einer Besprechung ins Pflegeheim.«

»Hat Oma Ursel wieder was angestellt?« Marie fängt an zu kichern.

»Das ist leider gar nicht lustig. Oma Ursel ist krank.«

Paul runzelt die Stirn. »Warum ist sie krank?«

»Das wüsste ich auch gern«, murmele ich.

Marie zuckt mit den Achseln. »Sie ist eben alt.«

»Einundsiebzig ist nicht so alt.«

»Doch, uralt.«

Peter lächelt mir aufmunternd zu. »Kaffee?«

Ich nicke. Mal sehen, was der Tag noch an Überraschungen bereithält. Zum Glück habe ich heute Morgen schon mein halbes Pensum geschafft.

»Wie gut, dass wir Fridolin wiedergefunden haben. Sonst denkt Tante Zofia noch, dass ich nicht gut auf ihn aufpasse.«

»Nein, das würde sie nicht. Ich habe ihr erzählt, wie schnell so ein Hamster ausbüxen kann.«

»Kommt sie bald nach Hamburg zurück?«

»Ja, ihre Tournee ist nächste Woche zu Ende.«

»Freust du dich?«

»Und wie.«

»Ich auch. Wart ihr immer beste Freundinnen?«

»Seit unserem achten Lebensjahr, als sie in meine Klasse gekommen ist.«

»Ich hätte auch gern so eine gute Freundin.«

»Du wirst bestimmt irgendwann eine finden.«

»Aber nicht, wenn du so blöd bist wie vorhin«, keift Paul.

»Ich bin nicht blöd!«, schreit Marie, den Tränen nahe.

»Lukas und ich sind schon seit dem Kindergarten beste Freunde.«

»Nun lass Marie mal in Ruhe«, sage ich und lege Paul die Hand auf den Arm.

Wie kommt es, dass er es mit seinen sechs Jahren im Leben so viel leichter hat als seine Schwester?

»Ihr zwei, wisst ihr, was wir heute machen?«

Die beiden halten inne und schauen Peter an.

»Wir fahren an die Elbe und lassen dort euren Drachen steigen.«

»Jaaa!«

Peter ist nicht nur ein Problemlöser, sondern auch ein Meister der Ablenkung.

Wir stehen am Falkensteiner Ufer und blicken auf den breiten Strand.

»Wusstest du, dass jetzt Ebbe herrscht?«, frage ich Peter.

Er nickt.

»Papa weiß alles«, meint Paul.

Peter fährt grinsend mit der Hand durch Pauls braune Locken. »Nein, ich weiß nur, wo ich's nachgucken kann.«

Die Sonne ist herausgekommen und lässt das Wasser der Elbe silbrig glitzern. Über uns kreisen die Möwen, es riecht nach Meer. Der Wind hat etwas zugenommen; perfektes Wetter für den Drachen.

Die Kinder staunen über die Schilder, auf denen vor gefährlichen Wellen gewarnt wird, die durch die großen Frachtschiffe entstehen. Peter erklärt ihnen, dass Menschen schwer verletzt werden oder sogar ertrinken können, wenn plötzlich solche Wellen auf den Strand schwappen.

Marie sieht sich ängstlich um. »Dürfen wir denn hier Drachen steigen lassen?«

»Klar dürfen wir das!«, ruft Paul.

»Ja, aber sobald wir ein großes Schiff sehen, laufen wir zum Uferweg hinauf.«

Die Kinder packen ihren Regenbogen-Drachen mit den langen Fransen aus, und wir prüfen, aus welcher Richtung der Wind weht. In dem Moment klingelt mein Handy.

»Och, nee, Mama!«, stöhnt Marie. »Ausgerechnet jetzt.«

»Vielleicht ist es das Pflegeheim.«

Nein. Auf dem Display erscheint Zofias Name. Seltsam. Um diese Uhrzeit. Ich gehe ein Stück weiter auf die Mole und gebe den dreien ein Zeichen, dass sie schon mal loslegen sollen.

»Hallo?«

»Miriam, kannst du gerade reden?«

Ich stutze. Zofias sonst so klangvolle Stimme hört sich ganz flach an. »Ja.«

»Meine Mutter ist heute Morgen gestorben.«

»Was?« Mir ist, als ob mein Herz einen Moment lang aussetzt.

»Mein Vater hat mir eben Bescheid gesagt. Aniela war übel, dann ist sie zusammengebrochen ... Als der Notarzt kam, konnte er nur noch ihren Tod feststellen ... Es war ein Herzinfarkt.«
Ich schlucke. »Oh, Zofia, das tut mir so leid.«
»Ich ... ich kann es noch gar nicht fassen.« Sie beginnt zu weinen.
Mir schießen auch die Tränen in die Augen. »Hatte sie Beschwerden in der letzten Zeit?«
»Nein, überhaupt nicht. Es ging ihr so gut ... Gestern Nachmittag haben wir noch miteinander telefoniert ... Dariusz und sie hatten beschlossen, im Dezember nach Hamburg zu reisen, weil sie bei meiner *Hedda Gabler*-Premiere dabei sein wollten.«
Ich kann und will das einfach nicht glauben. »Wo bist du jetzt?«
»In Köln. Ich muss alle Vorstellungen absagen und werde so schnell wie möglich nach Krakau fliegen. Mein Vater steht unter Schock. Das macht mir große Sorgen.«
»Die beiden waren sich so nah.«
»Ja.«
»Weißt du schon, wann die Beerdigung sein wird?«
»Vermutlich Anfang nächster Woche.«
Blitzschnell treffe ich eine Entscheidung. »Ich komme.«
»Wirklich?«
»Ja, natürlich.«
»Ach, Miriam ... ich danke dir.«
»Das ist doch selbstverständlich.«
»Es tröstet mich so, dass du bei mir sein wirst, wenn wir sie begraben.«
»Sobald du den Termin weißt, buche ich meinen Flug.«
»Ich rufe dich heute Abend wieder an.«
»Gibt es irgendetwas anderes, was ich für dich tun kann?«

»Nein, im Moment nicht.«
»Ich umarme dich.«
»Ich dich auch.«
»Melde dich, wann immer du willst.«
»Danke.«

Ich drehe mich um und sehe den fliegenden Drachen. Peter hält die Spule mit der Leine. Paul hüpft ungeduldig neben ihm auf und ab. Und Marie juchzt vor Freude, als der Drachen immer höher steigt.

2.

Ich ahne, dass es mir nicht gelingen wird, meine Bestürzung vor Peter und den Kindern zu verbergen. Als Marie auf mich zugelaufen kommt, zwinge ich mich zu einem Lächeln. Aber sie sieht mir offenbar an, dass etwas Schlimmes geschehen ist, denn sie greift sofort nach meiner Hand.

»Warum bist du traurig? Ist es wegen Oma?«

»Nein ... Zofia hat mich eben angerufen. Ihre Mutter ist heute Morgen gestorben.«

»Oh!« Maries Augen füllen sich mit Tränen.

Ich streiche ihr über die Stirn und drücke sie an mich. Auch sie kannte Zofias zierliche Mutter, die so schön Klavier spielen konnte.

»Arme Tante Zofia«, schluchzt sie. »War ihre Mama sehr krank?«

»Überhaupt nicht. Es ging ihr gut.«

»Wie kann sie dann auf einmal tot sein?«

»Ihr Herz hat aufgehört zu schlagen.«

»Und warum?«

»Wahrscheinlich war irgendetwas damit nicht mehr in Ordnung, ohne dass sie's gemerkt hat.«

»Das ist so traurig.«

Ich halte Marie fest in den Armen und kämpfe mit meinen eigenen Tränen.

»Fliegt Tante Zofia jetzt zu ihrem Papa nach Polen?«

»Ja, und ich werde zur Beerdigung nach Krakau fahren, um Zofia zu helfen.«

»Soll ich mitkommen?«

»Nein, die Reise mache ich besser allein.«

»Aber ich kann eine Karte für sie malen.«

»Ja. Darüber würde sie sich bestimmt freuen.«

Ich sehe, wie Peter den Drachen auf dem Strand landen lässt. Paul steht schmollend daneben.

»Komm, wir gehen zu den beiden zurück«, sage ich. »Sie wundern sich wahrscheinlich schon, was mit uns los ist.«

»Ich habe jetzt keine Lust mehr zum Drachensteigen.«

»Lass uns erst mal mit Papa und Paul reden, und dann sehen wir weiter.«

Es ist Marie, die ihnen erzählt, was passiert ist. Ihre Stimme zittert. Paul hört ihr mit weit aufgerissenen Augen zu.

Peter nimmt beide Kinder in die Arme. »Für Zofia und ihren Vater ist es sehr hart, dass sie so plötzlich einen geliebten Menschen verloren haben. Aber Aniela ist ganz schnell gestorben, und zum Glück war sie vorher nicht krank.«

»So wie Oma«, murmelt Marie.

»Muss Oma denn auch bald sterben?«, fragt Paul erschrocken.

»Das wissen wir nicht«, antworte ich. »Es kann sein, dass sie noch lange leben wird.«

Ich sage nicht, wie oft ich mir in den letzten Monaten gewünscht habe, dass sie von ihrer Demenz erlöst würde.

Eine Weile sind wir ganz still und schauen aufs Wasser. Es ist das erste Mal, dass die Kinder von dem Tod eines ihnen bekannten Menschen erfahren haben.

Dann fragt Peter, ob wir noch einmal den Drachen steigen lassen wollen.

Paul nickt. »Vorhin ist er so schön geflogen.«

Auch Marie lässt sich überreden.

Ein paar Minuten später fliegt der Drachen wieder hoch über uns, und diesmal halten die Kinder nacheinander die Spule. Sie sind so aufgeregt, dass für den Moment alle Traurigkeit vergessen ist.

Als wir wieder zu Hause sind und Marie und Paul in ihrem Zimmer mit Fridolin spielen, bespreche ich mit Peter die Planung für die nächste Woche. Er hat noch Ferien und wird die Kinder betreuen. Sonst hätte ich mich niemals so schnell entscheiden können, zur Beerdigung nach Krakau zu fahren.

»Liegst du mit deiner Übersetzung einigermaßen in der Zeit?«

»Geht so. Bis zu meiner Abreise werde ich wieder jeden Morgen um vier aufstehen müssen.«

Peter schüttelt den Kopf. »Das kommt überhaupt nicht infrage. Du weißt doch, wie das ist, wenn du ständig zu wenig schläfst. Irgendwann wirst du krank, und dann bricht alles zusammen.«

»Das klingt, als ob ich überhaupt nichts aushalten könnte.«

»Ich erinnere nur an letzten Herbst, als du schließlich eine Lungenentzündung bekommen hast, weil du nicht auf mich hören wolltest.«

»Ach, Peter ...«

»Nichts ›ach, Peter‹. Ich werde morgen und übermorgen mit den Kindern Ausflüge machen, damit du genug Ruhe hast, um zu arbeiten.«

»Aber wir wollten doch in den Ferien gemeinsam was unternehmen.«

»Die Kinder werden verstehen, warum du nicht mitkommen kannst.«

»Ich hatte mich auf die Ausflüge gefreut.«

»Ich auch.« Peter gibt mir einen Kuss. »Manchmal geht eben nicht alles auf einmal.«

Es fällt mir schwer, mich damit abzufinden, auch wenn ich weiß, dass er recht hat.

Um kurz vor vier betrete ich das Pflegeheim. Die resolute Frau Bruns erwartet mich schon. Sie bittet mich, auf dem Stuhl vor ihrem Schreibtisch Platz zu nehmen. Ich bin auf alles gefasst.

»Wie ich Ihnen heute Morgen am Telefon sagte, hat sich die Situation Ihrer Mutter verschlechtert. Vorhin beim Mittagessen ist es zu einem weiteren Zwischenfall gekommen. Sie hat plötzlich ihre Tischnachbarin mit einer Gabel angegriffen.«

»Oh, nein!«

»Zum Glück konnte eine Pflegerin schnell dazwischengehen und Schlimmeres verhindern.«

Ich seufze. »Meine Mutter war ihr Leben lang ein friedfertiger Mensch. Dass die Demenz sie so verändert hat!«

»Wir mussten ihr eine Beruhigungsspritze geben«, fährt Frau Bruns fort, ohne auf meinen Kommentar einzugehen. »Wundern Sie sich also nicht, dass sie kaum ansprechbar ist.«

»Aber das kann doch nicht gut für sie sein«, wende ich ein.

»Frau Tiedtke, wir können das Risiko nicht eingehen, dass Ihre Mutter anderen Patienten etwas antut.«

Ich schließe einen Moment lang die Augen. Dass Mama heute Nacht wer weiß wie lange im Flur auf dem Boden gesessen hat, hätte natürlich auch nicht passieren dürfen. Ist sie hier noch richtig aufgehoben?

»Ich habe den Antrag auf Höherstufung des Pflegegrads vorbereitet. Die Chancen für eine Bewilligung stehen meiner Meinung nach nicht schlecht.«

»Und was würde diese Höherstufung bedeuten?«

»Dass Ihre Mutter zusätzliche Hilfeleistungen beim Waschen und Anziehen erhält. Und auch beim Essen braucht sie zunehmend Unterstützung.«

In meinem Innern zieht sich etwas zusammen; ich spüre wieder mein schlechtes Gewissen. Vielleicht ginge es ihr besser, wenn ich mehr Zeit und Kraft hätte, mich um sie zu kümmern.

»Was das aggressive Verhalten Ihrer Mutter angeht, werden wir den Arzt fragen, ob er ihr zur Beruhigung etwas verschreiben kann, das nicht so müde oder apathisch macht.«

»Im Grunde müsste wahrscheinlich immer jemand bei ihr sein.«

Frau Bruns zieht die Augenbrauen hoch. »Eine Eins-zu-eins-Betreuung können wir nicht gewährleisten. Die werden Sie in keinem Pflegeheim finden.«

Hat sie mir angemerkt, dass ich unsicher bin, ob Mama hier noch gut versorgt ist?

Ich habe einen Kloß im Hals, als ich auf die verschiedenen Formulare schaue, die vor mir liegen und die ich unterschreiben soll. Bevor ich weiß, wie mir geschieht, fange ich an zu weinen.

»Frau Tiedtke, ich kann mir vorstellen, wie Ihnen zumute ist«, höre ich Frau Bruns sagen. Ihre Stimme klingt auf einmal sanft. »Es ist sehr schwer zu ertragen, wenn einem die eigene Mutter auf diese Weise verloren geht.« Sie reicht mir eine Schachtel mit Papiertaschentüchern. »Dazu kommt, dass Sie als ihr einziges Kind die alleinige Verantwortung für sie tragen.«

Ich will mich zusammenreißen, aber es gelingt mir nicht. Bin ich so dünnhäutig, weil ich zu wenig geschlafen habe? Weil Zofias Mutter gestorben ist? Weil ich das Gefühl habe, nicht allen gerecht werden zu können?

»Möchten Sie ein Glas Wasser?«

Ich nicke. Wie durch einen Schleier sehe ich, dass Frau Bruns eine Flasche öffnet und mir einschenkt.

»Vielleicht machen Sie sich Vorwürfe, dass Sie die Heimunterbringung Ihrer Mutter veranlasst haben«, fährt sie fort. »Aber ich kann Ihnen versichern, dass sie nicht mehr in der Lage wäre, allein in ihrer Wohnung zu leben, auch nicht mithilfe verschiedener Pflegedienste.«

»Meine Mutter hat immer alles für mich getan«, bricht es aus mir heraus. »Und sie hatte es nicht leicht. Mein Vater starb, als ich acht Jahre alt war ... Hätte ich nicht einen Weg finden müssen, sie zu betreuen?«

»Frau Tiedtke, wie hätte jemand wie Sie, die zwei kleine Kinder hat und voll berufstätig ist, das bewerkstelligen sollen?«

»Ich weiß es nicht.«

»Die meisten Angehörigen, die so etwas versuchen, scheitern früher oder später, weil es ungeheuer kräftezehrend ist, rund um die Uhr für einen demenzkranken Menschen zu sorgen. Es sei denn, eine Familie hat ausreichend Platz und unbegrenzte finanzielle Mittel, um drei Pflegekräfte einzustellen, die im Schichtwechsel arbeiten.«

»Das wäre bei uns nicht möglich gewesen.«

»Na, sehen Sie. Sie haben getan, was Sie konnten. Und auch wir tun, was wir können.«

»Danke, Frau Bruns.« Ich putze mir die Nase und unterschreibe die Formulare.

Beim Abschied wünscht sie mir alles Gute und lächelt mir aufmunternd zu. Sie war noch nie so herzlich zu mir. Aber ich habe ihr auch noch nie gezeigt, wie sehr Mamas Krankheit mich aufwühlt.

Ich bin wieder etwas zuversichtlicher, als ich den breiten Gang entlanggehe, zwei Pflegerinnen begrüße und den Aufzug in den dritten Stock nehme. Mama hat immer oben gewohnt, in lichten Räumen mit schrägen Wänden. Es hat etwas Tröstliches, dass sie auch hier ein helles Zimmer beziehen konnte. Ich klopfe an ihre Tür. Keine Antwort. Vorsichtig drücke ich die Klinke herunter. Mama sitzt in ihrem Sessel und hat die Augen geschlossen. Ihr Kopf ist leicht geneigt. Sie scheint beinahe zu lächeln. Vielleicht träumt sie gerade etwas Schönes.

»Ich bin's, Miriam«, sage ich leise.

Keine Reaktion.

Ich ziehe meine Jacke aus und setze mich auf den Stuhl neben ihrem Bett. Ist sie noch dünner geworden? Seit dem Ausbruch ihrer Krankheit hat sie stetig abgenommen; sie sieht viel älter aus, als sie ist. Ein Sonnenstrahl fällt auf ihre Hände, die regungslos in ihrem Schoß liegen. Wie lange wirkt so eine Beruhigungsspritze? Vielleicht habe ich Glück, und sie wacht in der nächsten halben Stunde auf. Länger werde ich nicht bleiben können. An ihren Angriff mit der Gabel wird sie sich bestimmt nicht erinnern. Aber ich will sie fragen, ob ihre Tischnachbarin sie angerempelt oder beleidigt hat. Es muss einen Grund dafür geben, warum Mama heute Mittag so aggressiv geworden ist. Mein Blick fällt wieder auf ihre Hände. Sie ähneln Opas Händen; das habe ich früher nie bemerkt. Schmal, mit schlanken Fingern und länglichen Fingernägeln.

Ich sehe ihn noch genau vor mir, wie er in seiner Goldschmiedewerkstatt am Werkbrett saß und mit einer winzigen Feile einen goldenen Ring bearbeitete.

»Wie war's in der Schule?«

»Gut.«

»Hast du Hunger?«

»Ja.«

»Heute gibt's Möhreneintopf.«

»Lecker.«

Opa griff nach seiner Lupe und prüfte, wo er weiterfeilen musste. »Hat deine Mutter die Buchhandlung gestern wieder aufgemacht?«

»Ja.«

»Und wie geht es ihr?«

»Schlecht. Sie weint immerzu, weil sie Papa so vermisst.«

»Und du?«

»Ich versuche, tapfer zu sein. Sonst ist es für Mama noch schlimmer.«

Opa legte seine Werkzeuge beiseite und stand auf. »Meine kleine Miriam.« Er schloss mich in die Arme.

Nun liefen mir doch Tränen über die Wangen.

»Ein Schlaganfall mit vierundvierzig Jahren«, murmelte er. »Und ganz ohne Vorwarnung. Wie soll ein Mensch das begreifen?«

Ich spürte Opas warme Hände auf meinem Rücken. Seine Weste roch nach Pfeifentabak. Papas Jacken hatten immer nach Zigaretten gerochen.

»Wissen deine Lehrer und die Kinder in deiner Klasse, was passiert ist?«

»Ja. Sie haben mir eine Karte gemalt. Und unsere Lehrerin hat gesagt, wie leid es allen tut, dass ich meinen Papa verloren habe.«

Opa strich mir über den Rücken.

»Mama fragt, ob ich morgen nach der Schule wieder zu dir kommen kann. Sie hat im Laden so viel zu tun.«

»Ja, natürlich. Es ist schön, wenn wir zusammen essen. Und ich koche etwas mehr, dann kannst du eine Portion für deine Mutter mit nach Hause nehmen.«

»Sie sagt, dass ihr ein Butterbrot genügt.«

»Unsinn. Sie ist sowieso zu dünn, und die letzten Wochen haben sehr an ihr gezehrt.«

Wie gut, dass es Opa gibt, dachte ich. Sonst müsste ich vielleicht in ein Heim.

»Warum hast du geweint?«

Ich schrecke hoch. »Was?«

Mama schaut mich ruhig an. »Deine Augen sind rot und geschwollen.«

»Ich war traurig vorhin. Frau Bruns hat mir erzählt, was heute Mittag vorgefallen ist.«

»Heute Mittag?« Mamas Blick wandert im Zimmer hin und her. »Ich weiß nicht, was du meinst.«

»Hat deine Tischnachbarin etwas Hässliches zu dir gesagt?«

»Nein. Sie hat mir von ihrem Sohn erzählt. Er ist als Regisseur sehr erfolgreich.«

Plötzlich ahne ich, warum sie die Frau angegriffen hat. Mama kann es nur schwer ertragen, wenn von Söhnen die Rede ist. Sie war im sechsten Monat schwanger, als Vater gestorben ist. Eine Woche später hat sie das Kind verloren. Einen Jungen. Meinen Bruder.

Später, als ich im Supermarkt mit meinem vollen Einkaufswagen an der Kasse stehe, denke ich darüber nach, wie sehr ich mich damals darauf gefreut hatte, bald große Schwester zu werden. Mama und Papa suchten nach einer neuen Wohnung, in der wir alle vier Platz haben würden. Aber dann waren wir auf einmal nur noch zu zweit.

»Sie sind dran!«, sagt eine harsche Stimme hinter mir.

Ich schaue mich um. Eine ältere Frau wedelt ungeduldig mit der Hand.

»Entschuldigung. Ich war gerade …«

»Nun machen Sie schon.«

Mechanisch lege ich meine Einkäufe aufs Band. Opa war wirklich unsere Rettung. Ohne ihn wäre ich noch mehr allein gewesen. Mama kam oft erst gegen sieben oder halb acht von der Buchhandlung nach Hause. Wenn ich mir vorstelle, dass Marie jeden Tag so viele Stunden allein verbringen müsste wie ich damals, bevor ich Zofia kennenlernte, wird mir ganz schwindelig.

Ich packe alles ein, bezahle und verlasse den Supermarkt. Auf dem Parkplatz stoße ich beinahe mit einem Cabrio zusammen, das gerade aus einer Lücke biegt.

»Passen Sie doch auf!«, schreit der Fahrer und fährt mit quietschenden Reifen davon.

Ich atme einmal tief ein und aus, dann schließe ich den Wagen auf und lade meine Taschen ein.

3.

DIE KINDER SIND SCHON im Bett, als Zofia anruft, um mir zu sagen, dass ihre Mutter am Dienstag beerdigt werde.

»Dann komme ich am Montag. Und wenn's dir recht ist, bleibe ich bis Freitag.«

»Das wäre wunderbar. Aber wie wollt ihr das organisieren? Peter hat doch länger Unterricht als die Kinder. Und wer holt sie dann ab?«

»In der nächsten Woche sind noch Herbstferien. Das ist kein Problem.«

»Und kommst du mit deiner schwierigen Übersetzung nicht in Verzug?«

»Ich werde vor meiner Abreise so viel wie möglich arbeiten. Und damit ich genug Ruhe habe, wird Peter mit den Kindern Ausflüge unternehmen. Mach dir also um uns keine Gedanken.«

»Ach, Miriam, wenn ich dich nicht hätte ...«

»Du musst total erschöpft sein.«

»Ja, aber ich weiß nicht, ob ich schlafen kann. Es gibt so viel zu tun.«

»Kann Dariusz dir nicht helfen?«

»Nein, er ... er ist verstummt. Offenbar hat er es nur mit allerletzter Kraft geschafft, mich heute Morgen anzurufen.«

»Wo ist er jetzt?«

»Seit meiner Ankunft sitzt er in der Küche und rührt sich nicht. Er hat nichts gegessen und nichts getrunken. Ich weiß gar nicht, ob er wahrgenommen hat, dass ich bei ihm bin.«

»Hat er einen Hausarzt, der vorbeikommen könnte?«

»Ja. Aber in der Praxis war niemand mehr zu erreichen.«

»Versuch, mit ihm zu reden. Irgendwann wird sich seine Erstarrung bestimmt lösen.«

»Hoffentlich. Miriam, da ist noch etwas, was ich dir sagen muss ...«

»Ja?«

Zofia räuspert sich. »Als ich hier ankam, goss es in Strömen, alle Fenster standen offen, und Dariusz' Geige lag auf dem Balkon.«

»Was?«

»Er hat sie immer so gehütet, weil sie sehr wertvoll war. Jetzt ist sie kaputt.«

»Oh, Zofia, er muss außer sich gewesen sein vor Verzweiflung, sonst hätte er so etwas nicht getan.«

»Die Geige war sein Leben, sein Beruf.«

Zofia verfällt in Schweigen. Ich weiß nicht, wie ich sie trösten soll. Dariusz hat jahrzehntelang auf dieser Geige gespielt. Mit ihr hat er 1990 das Engagement in Hamburg bekommen.

Hat er vielleicht auf dem Balkon gestanden und sich das Leben nehmen wollen? Ist er im letzten Moment davor zurückgeschreckt und hat stattdessen seine Geige zerstört?

»Lass uns morgen wieder telefonieren«, sagt Zofia mit tonloser Stimme.

»Du kannst mich jederzeit anrufen. Und denk dran: Eine Geige kann man ersetzen.«

»Ja. Ein Leben nicht. Der Gedanke ist mir auch gekommen.«

»Dariusz muss so erleichtert sein, dass du da bist. Selbst wenn er es dir im Moment nicht zeigen kann.«

»Danke, Miriam. Bis morgen.«

Das Bild der nassen Geige auf dem Balkon geht mir nicht aus dem Kopf. Auch Peter erschrickt, als ich ihm davon erzähle. Wir kennen Zofias Vater beide als besonnenen Menschen und begnadeten Musiker. Im letzten Jahr sind Aniela und er gemeinsam bei einem Konzert in Hamburg aufgetreten; sie haben die Kreutzer-Sonate von Beethoven gespielt. Es war ein großer Erfolg. Anschließend haben wir alle zusammen bei Zofia gegessen und viel gelacht. Damals war uns aufgefallen, wie liebevoll ihre Eltern miteinander umgingen.

»Glaubst du, Dariusz wird sich wieder fangen?«

Peter nickt. »Aniela hat ihm so viel bedeutet. Kein Wunder, dass ihr plötzlicher Tod einen Schock bei ihm ausgelöst hat.«

»Ja.«

»Gut, dass du zur Beerdigung fährst und ein paar Tage bei ihnen bleibst.«

»Hoffentlich ist es Dariusz auch recht.«

»Bestimmt. Er wird für jede Unterstützung dankbar sein.«

»Ich stelle mir vor, dass ich einkaufe und für uns koche und irgendwelche Dinge erledige, für die man kein Polnisch braucht.«

»Genau. Wann sind Zofias Eltern eigentlich nach Krakau zurückgezogen?«

»2001, kurz nach unserem Abitur.«

»Und warum?«

»Damals hieß es, dass sie sich mehr um Dariusz' alte Mutter kümmern wollten. Aber Zofia meinte, im Grunde seien sie in Deutschland nie heimisch geworden und hätten Sehnsucht nach Polen. Sie konnte das überhaupt nicht nachvollziehen.«

»Es war doch beruflich ein großes Risiko, dass ihr Vater sein festes Engagement beim NDR-Sinfonieorchester aufgegeben hat.«

»Ja, aber ihre Eltern haben es nie bereut. Vor allem für Anielas Karriere war der Umzug nach Krakau wichtig. Sie hat seitdem nicht nur unterrichtet, sondern ist auch wieder regelmäßig aufgetreten.«

»Meinst du, sie wären nach Hamburg zurückgekehrt, wenn Zofia eine eigene Familie gegründet hätte?«

»Das glaube ich nicht. Aber die Frage hat sich auch nicht gestellt. Du weißt, dass Zofia nie den Wunsch hatte, Mutter zu werden.«

»Was mich immer gewundert hat. Sie ist so eine tolle Patentante.«

»Zofia sagte mir mal, dass sie es anstrengend genug findet, für sich selbst verantwortlich zu sein. Ein Leben mit einem festen Partner und Kindern würde sie überfordern.«

»Denkst du das auch manchmal?«

Ich schaue Peter verblüfft an. »Nein, das habe ich noch nie gedacht. Im Gegenteil. Mich würde es überfordern, allein zu leben.«

»Dann ist's ja gut.«

Wir trinken ein Glas Wein und hören uns die Kreutzer-Sonate an. Ich merke, wie die Anspannung allmählich von mir abfällt.

Später setze ich mich an den Laptop, um meine Flüge nach Krakau zu buchen. Am 14. Oktober gibt es von Hamburg aus keine direkte Verbindung, ich werde über Stuttgart fliegen müssen und zurück über Warschau.

Beim Ausdrucken der Tickets wird mir einen Moment lang schwindelig. Ich werde nach Polen reisen, in das Land, in dem ich noch nie zuvor war. Dariusz und Aniela haben mich oft eingeladen, sie zusammen mit ihrer Tochter zu besuchen. Und auch Zofia hat mir mehrmals eine gemeinsame Reise nach Krakau vorgeschlagen, aber es passte nie. Den eigentlichen Grund habe ich ihr nie verraten: Dass ich eine diffuse Unsicherheit dem Land gegenüber verspüre, weil mir die Sprache und die Kultur so fremd sind. Zofia würde mir entgegnen:

Wie ist das möglich? Du hast mich jahrelang mit meinen Eltern Polnisch sprechen gehört, wir haben uns zusammen viele polnische Filme angeschaut, und Chopin ist dein Lieblingskomponist.

Ich weiß selbst nicht, woher dieses Gefühl kommt.

Am Stuttgarter Flughafen herrscht viel Betrieb. Nach einigem Suchen finde ich das Gate, von dem aus ich nach Krakau fliegen werde. Ich bin müde, habe in der Nacht kaum geschlafen. So etwas kenne ich sonst nicht. Es muss an der Aufregung liegen. In den letzten Tagen habe ich so viel gearbeitet wie schon lange nicht mehr und bin trotzdem mit meiner Übersetzung nicht so weit gekommen, wie ich gehofft hatte.

Ich sehe, dass verschiedene Leute aufstehen und nach ihrem Handgepäck greifen. Ist es schon so weit? Nein. Offenbar habe ich eine Lautsprecherdurchsage verpasst. Der Flug nach Krakau wird von einem anderen Gate abgehen. Ich raffe meine Sachen zusammen und laufe los. Auf dem Weg durch den halben Flughafen stolpere ich beinahe über eine Cola-Dose, die plötzlich vor meine Füße gerollt ist. Als ich am neuen Gate ankomme, stelle ich fest, dass der Flug eine Dreiviertelstunde Verspätung hat. Ich suche mir einen Platz, schicke Zofia eine SMS und beschließe, in Ruhe zu frühstücken.

Peter und die Kinder haben gestern Abend ein Frühstückspaket für mich vorbereitet: zwei Käsebrote, ein gekochtes Ei, ein Tütchen mit Salz, Kirschtomaten, Gurkenscheiben, zwei Äpfel, eine Banane und ein Nussplätzchen.

Während ich anfange zu esse, sehe ich Marie vor mir, die alles sorgfältig einpackt und noch eine Papierserviette dazulegt.

»Jetzt hast du auf deiner langen Reise wenigstens genug zu essen.«

»So lang ist die Reise gar nicht. Ich bin schon um zehn vor zwölf in Krakau.«

»Und wann musst du aufstehen?«, will Paul wissen.

»Lass mich mal überlegen … Wenn ich meinen Koffer gleich noch packe … um kurz vor vier. Um fünf muss ich am Flughafen sein.«

»Bringen Papa und Marie und ich dich hin?«

»Nein, das ist viel zu früh für euch. Ich fahre mit einem Taxi. Das habe ich schon bestellt.«

»Du musst aufpassen, dass du meine Karte für Tante Zofia nicht knickst.«

»Ich habe sie in eine Mappe gelegt. Da ist sie gut geschützt.«

»Was für eine Karte?«, ruft Paul.

»Die vom Strand, mit unserem Regenbogen-Drachen.«

»Auf der ich auch drauf bin?«

»Ja, genau.«

»Und was machen wir ohne dich, wenn Fridolin wieder ausbüxt?«, fragt Peter und grinst.

»Ihr wisst doch: Das Papprohr ist in der Abstellkammer.«

Später, als die Kinder im Bett liegen und ich im Flur meine Stiefel putze, höre ich, wie sie über meine Reise reden.

»Sag mir noch mal, wann Mama wiederkommt?«

»Am Freitag«, antwortet Marie.

»Wie oft muss ich bis dahin schlafen?«

»Fünfmal.«

»Sonst verreist nur Papa allein.«

»Ja, wenn er auf Klassenreise geht. Aber das ist jetzt was anderes. Mama fährt zu Tante Zofia, weil die ganz traurig ist.«

»Wo ist dieses Kra… Kra…«

»Die Stadt heißt Krakau und liegt in Polen. Tante Zofia ist dort zur Welt gekommen.«

»Warst du da schon mal?«

»Nein, aber Tante Zofia hat mir versprochen, dass wir zusammen hinfahren, wenn ich größer bin.«

Das wusste ich nicht. Aber klar. Warum nicht? Bei mir hat sie es irgendwann aufgegeben zu fragen.

»Ihr Eurowings-Flug nach Krakau ist nun zum Einsteigen bereit«, ertönt es aus dem Lautsprecher.

Ich esse mein Käsebrot auf, packe den Rest des Frühstücks ein und stelle mich in die Schlange der Wartenden, die schon sehr lang ist. Vor mir unterhalten sich zwei junge Frauen auf Polnisch. Die Sprache klingt so weich und melodisch. Ich wünschte, ich könnte wenigstens einzelne Wörter verstehen.

Der Flug scheint ausgebucht zu sein. Mit Mühe gelingt es mir, meinen kleinen Rollkoffer in einem Gepäckfach unterzubringen. Ich bin erleichtert, als ich endlich auf meinem Gangplatz sitze.

In dem Augenblick bekomme ich eine SMS von Peter.

Liebe Miriam,
ich habe im Internet gesehen, dass Dein Flug nach Krakau Verspätung hat. Hoffentlich geht's bald los.
Hier läuft alles wunderbar. Ich fahre gleich mit den Kindern zum Wildpark Schwarze Berge.
Pass gut auf Dich auf. Und grüß Zofia und Dariusz von mir.
Dein Peter

Es dauert noch fast eine halbe Stunde, bis die Maschine sich in Bewegung setzt.

Mein Herz klopft. Und wieder spüre ich diese seltsame Unsicherheit.

4.

Noch eine Viertelstunde bis zur Landung. Ich versuche, mich auf meinen Reiseführer zu konzentrieren, aber meine Gedanken schweifen immer wieder ab.

Kurz nachdem ich meinen Flug gebucht hatte, schrieb mir Zofia, dass sich Dariusz' Erstarrung gelöst hätte. Jetzt würde er viel weinen, aber zumindest hätte er wieder angefangen zu essen und zu trinken. Sie solle mir von ihm ausrichten, wie dankbar er mir sei, dass ich ihnen in diesen schweren Tagen beistehe. Die Nachricht hat mich sehr erleichtert und gerührt.

Meine Sitznachbarin ist eingeschlafen. Ich bücke mich nach ihrer Zeitung, die auf den Boden gefallen ist. Beim Blick auf die Schlagzeile erschrecke ich.

Nationalkonservative Regierungspartei »Recht und Gerechtigkeit« (PiS) klare Siegerin der Parlamentswahlen am 13. Oktober 2019

Natürlich. Gestern wurde in Polen gewählt. Daran habe ich in den letzten Tagen vor lauter Aufregung gar nicht mehr gedacht. Ich lese weiter:

Die PiS konnte ihre absolute Mehrheit der Sitze verteidigen und ihre Macht gegenüber 2015 sogar ausbauen.

Genau das hat Zofia befürchtet. Vor ein paar Wochen sagte sie zu mir, wie empörend sie es fände, dass die demokratischen Strukturen in Polen immer brüchiger würden. Die Presse werde gleichgeschaltet, und die Gerichte seien schon längst nicht mehr unabhängig. Sie könne es nicht fassen, dass so viele Polen nicht mehr an den Wert der Freiheit glaubten. Hängen damit meine Vorbehalte dem Land gegenüber zusammen? Nein, das wäre als Erklärung zu einfach. Ich bin auch nach Italien gereist, als Silvio Berlusconi dort Ministerpräsident war.

Es überrascht mich, wie leicht es mir fällt, mich am Flughafen in Krakau zurechtzufinden. Alles ist bestens ausgeschildert. Ich kaufe mir ein Ticket für den Vorortzug, mit dem ich zum Hauptbahnhof fahren werde. Zofia meinte, dass ich von dort bis zur Wohnung ihres Vaters zu Fuß nicht länger als zehn Minuten brauchen würde. Die Wegbeschreibung habe ich mir ausgedruckt.

Der Zug fährt erst in einer Viertelstunde. Ich gehe den Bahnsteig entlang. Die Sonne scheint, und es ist warm, fast wie im Sommer.

Ich schicke Zofia eine SMS, dass mit meiner Reise bisher alles gut geklappt hat. *Wunderbar,* schreibt sie zurück. *Ich bin so froh, dass Du bald bei mir sein wirst.*

Peter schicke ich auch eine Nachricht, und er antwortet beinahe sofort.

Wir haben im Wildpark gerade eine Eule beobachtet. Marie war total begeistert. Paul dagegen zieht es mehr zu den Wölfen.
Liebe Grüße von uns allen.
Kuss, Dein Peter

Im Zug setzt sich eine ältere Frau mit viel Gepäck neben mich. Sie deutet lächelnd auf meinen Stadtplan und den Ausdruck mit der Wegbeschreibung und fragt mich auf Deutsch, mit einem starken polnischen Akzent, ob ich zum ersten Mal in Krakau sei.

Ich nicke. »Es ist überhaupt meine erste Reise nach Polen.«

»Ich lebe seit über dreißig Jahren in Stuttgart«, fährt die Frau fort. »Aber ich komme regelmäßig in meine alte Heimat, vor allem zu den Familienfesten. Morgen feiern wir den siebzigsten Geburtstag meines Bruders.«

»Da freuen Sie sich bestimmt.«

»Ja. Doch es ist auch schwer, wenn ich daran denke, dass wir in ein paar Tagen wieder Abschied voneinander nehmen müssen.«

Ich schaue sie von der Seite an. Sie hat ihre Brille abgenommen und wischt sich über die Augen.

»In unserem Alter kann es immer das letzte Mal sein. Mein Bruder reist schon lange nicht mehr. Dabei ist er der Jüngere von uns beiden.«

Sie sieht nicht aus wie über siebzig. Ich denke an Mama und spüre einen Stich. Jahrelang hat sie davon gesprochen, dass sie große Reisen unternehmen würde, wenn sie Rentnerin sei und die Buchhandlung verkauft hätte. Und dann kam alles ganz anders.

»Würden Sie gern nach Polen zurückkehren?«, frage ich nach einer Weile.

Sie schüttelt entschieden den Kopf. »Mein Zuhause ist jetzt in Stuttgart. Dort leben meine Kinder und Enkel. Sie haben leider kaum noch Kontakt zu ihrer polnischen Verwandtschaft, und die Sprache haben sie auch längst verlernt. Mein Mann und ich hätten konsequenter mit ihnen Polnisch sprechen müssen.«

»Das war vermutlich nicht so einfach, oder?«

»Nein. Die Kinder waren noch klein. Sie haben sehr schnell Deutsch gelernt, und danach wollten sie von Polnisch nichts mehr wissen, sondern haben uns immer auf Deutsch geantwortet.«

Die Frau räuspert sich, und ich wundere mich über mich selbst, dass ich das Gespräch nicht als peinlich empfinde. Normalerweise mag ich es nicht, wenn fremde Menschen mir sehr persönliche Dinge von sich erzählen.

»Mein Mann und ich dachten, dass es vielleicht besser so war, weil sie in der Schule gut zurechtkommen sollten und wir natürlich wussten, dass es für sie leichter sein würde, in Deutschland Freunde zu finden, wenn sie die Sprache beherrschten.«

»Damit hatten Sie sicherlich recht.«

»Ja, aber wir waren nicht darauf vorbereitet, dass Polen für unsere Kinder immer unwichtiger wurde. Nachdem ihre geliebte Großmutter gestorben war, wollten sie überhaupt nicht mehr zurück.«

Ich sehe, wie ihre Lippen zittern.

Sie seufzt und setzt ihre Brille wieder auf. »Wer weiß, wie sich unser Leben entwickelt hätte, wenn wir 1987 nicht geflohen wären. Die erste Zeit im Flüchtlingslager war sehr hart. Das hat uns alle geprägt.«

Ich würde gern mehr erfahren, aber die Frau lehnt sich zurück und verfällt in Schweigen.

Ich schaue aus dem Zugfenster. Der Himmel ist strahlend blau. Wir fahren an einer Plattenbausiedlung vorbei, die auch in der ehemaligen DDR stehen könnte.

Zofia hat ihre Muttersprache nie verlernt. Aber ihre Familie ist auch nicht geflohen, sondern konnte 1990 ohne Probleme ausreisen. Dariusz hatte eine Stelle in Hamburg, sie kamen in kein Flüchtlingslager, sondern bezogen eine Dreizimmerwohnung in Eimsbüttel. Vielleicht muss dann eine Sprache nicht durch eine andere ersetzt werden. Zofia hat oft die Sommerferien bei ihrer Oma in Krakau verbracht. Es gab also diese andere Welt in ihrem Leben, wobei sie mir immer wieder gesagt hat, dass sie viel lieber in Hamburg sei.

Als wir am Hauptbahnhof ankommen, greift die Frau schnell nach ihren Taschen und wünscht mir einen angenehmen Aufenthalt.

»Das wünsche ich Ihnen auch.«

»Entschuldigen Sie, dass ich Sie mit meiner Geschichte belästigt habe.«

»Das haben Sie nicht«, protestiere ich. »Ganz im Gegenteil.«

»Meine Kinder wären entsetzt, wenn sie mich gehört hätten.«

Ich will noch etwas entgegnen, doch da wird die Frau bereits von einem älteren Mann im Rollstuhl begrüßt. Ihre Antwort lässt ihn laut auflachen. Wieder wünschte ich, ich könnte Polnisch verstehen.

Langsam gehe ich auf den Ausgang zu. Er mündet in einem großen, hektischen Einkaufszentrum, das in jeder europäischen Stadt liegen könnte. Ich laufe an zahllosen Geschäften, Beauty Salons und Restaurants vorbei und habe die Orientierung verloren. Dann entdecke ich Türen, die nach draußen führen.

Hier in der Stadt kommt es mir noch wärmer vor als am Flughafen. Ich ziehe meine Jacke aus und schaue wieder auf die Wegbeschreibung.

Im nächsten Augenblick tippt mir jemand auf die Schulter. Ich drehe mich um und sehe Zofia vor mir stehen, ungeschminkt und mit streichholzkurzen Haaren. »Hey!«

»Miriam!« Sie fällt mir um den Hals und fängt an zu weinen.

Ich halte sie fest in meinen Armen.

»Es tut so weh.« Ihre Schultern beben. »Ich ... ich weiß nicht, wie ich es ertragen soll, dass sie nicht mehr lebt.«

Ich streiche ihr über den Rücken.

»Wenn ich wenigstens die Chance gehabt hätte, mich von ihr zu verabschieden.«

Einen Moment lang habe ich das Gefühl, dass Zofias Beine gleich nachgeben werden und sie in sich zusammensinken wird.

»All die Tage ... musste ich tapfer sein und mich um meinen verstörten Vater kümmern. Jetzt ... jetzt kann ich nicht mehr.«

Zwei alte Männer bleiben stehen und starren uns an. Ich blicke in eine andere Richtung.

Irgendwann löst sich Zofia aus der Umarmung und legt die Hände auf ihre verquollenen Augen. »Entschuldige. Es ist so über mich gekommen.«

»Du brauchst dich doch nicht zu entschuldigen.«

»Mir wird gerade alles zu viel. Aber nun bist du da, und das ist wunderbar.« Sie putzt sich die Nase und versucht zu lächeln.

»Danke, dass du mich trotz allem hier abholst.«

»Ich wollte dich überraschen. Hast du wirklich geglaubt, ich würde dich allein den Weg zu Dariusz' Wohnung suchen lassen? In diesem für dich völlig fremden Land?«

»Das hätte ich schon geschafft.«

»Heute gibt es für mich nichts Wichtigeres als deine Ankunft.«

Wir überqueren die Straße. Ich schaue Zofia von der Seite an, kann es immer noch nicht fassen, dass sie ihre schönen, dunklen Haare abgeschnitten hat. Seitdem ich sie kenne, hat sie sie lang getragen.

»Du hast dich erschrocken, als du mich gesehen hast, stimmt's?«

»Nein, das nicht. Es ist einfach ungewohnt. Aber die Frisur steht dir.«

»Das finde ich nicht. Für mich war es ein Akt der Verzweiflung. Ich musste irgendetwas unternehmen. Da bin ich am Sonnabend zum Friseur gegangen. Aniela hätte einen Tobsuchtsanfall bekommen. Sie fand meine langen Haare immer so schön.«

»Und dein Vater?«

»Dem ist so was völlig egal.«

»Wie geht's ihm heute?«

»Er hat wieder stundenlang geweint, aber immerhin redet er jetzt mit mir.«

»Hoffentlich stört es ihn auch wirklich nicht, dass ich bei euch wohne.«

»Nein, ganz sicher nicht. Im Gegenteil. Als ich ihm vorhin gesagt habe, dass du in Krakau gelandet bist, hat er sich richtig gefreut. Er meinte, er hätte bis zuletzt befürchtet, dass du absagen würdest.«

»Wieso das denn?«

»Vielleicht weil du all die Jahre nie mitkommen wolltest, wenn ich dich gefragt habe.«

Mir schießt das Blut in den Kopf.

»Er hat geglaubt, dass du dir aus irgendwelchen Gründen eine Reise nach Polen nicht zutraust.«

»Ich … kann dir auch nicht sagen, warum das so war«, stammele ich. »Eigentlich weiß ich fast gar nichts von diesem Land.«

»Das Wahlergebnis von gestern ist auf jeden Fall mal wieder die reinste Katastrophe. Wenn ich meinen Wohnsitz nicht schon in Deutschland hätte, würde ich spätestens jetzt auswandern.«

»Und wie sieht dein Vater das?«

»Er ist auch entsetzt darüber, wie sich die Dinge hier entwickelt haben. Aber er hält sich für zu alt, um noch mal umzuziehen. Außerdem erinnert ihn in der Wohnung natürlich alles an meine Mutter. Sie war in Krakau so viel glücklicher als in Hamburg.«

Wir biegen in eine Seitenstraße mit lauter mehrstöckigen Altbauten ab und bleiben vor einem gelb gestrichenen Haus stehen.

»Da sind wir.«

Ich steige hinter Zofia die ausgetretene Holztreppe hinauf. An den blassgrünen Wänden blättert hier und da die Farbe ab. Im zweiten Stock öffnet sich eine Wohnungstür, und eine alte Frau schaut heraus. Zofia grüßt sie freundlich, bekommt jedoch als Antwort nur ein kurzes Nicken. Dann wird die Tür wieder zugeschlagen.

»Das war Frau Pawlowska«, flüstert Zofia mir zu. »Die mag mich nicht, weil ich in Deutschland lebe, aber Dariusz sagt, dass sie sehr hilfsbereit ist.«

Wir steigen weiter die Stufen hoch. »Wo wohnt er?«

»Im fünften Stock.«

»Schafft er die Treppen noch so ohne Weiteres?«

»Bisher ja.«

Als wir oben angelangt sind, legt Zofia mir die Hand auf den Arm. »Bitte erschrick nicht, wenn du ihn siehst. Seit Anielas Tod ist er um Jahre gealtert.«

Sie schließt auf, und wir betreten einen großen, hellen Flur. An den Wänden hängen drei abstrakte Holzschnitte, die ich noch aus der Wohnung in Eimsbüttel kenne. Zofia ruft etwas auf Polnisch, und da kommt uns Dariusz auch schon entgegen. Der hochgewachsene Mann geht jetzt gebeugt, seine Haare sind weiß, sein eingefallenes Gesicht ist bleich.

»Miriam«, sagt er leise und nimmt meine Hand in seine beiden Hände. »Danke, dass du gekommen bist. Es bedeutet uns sehr viel.«

»Es tut mir so leid, dass du deine Frau verloren hast. Ich habe Aniela sehr gemocht.«

»Sie dich auch. Deine Mutter, dein Großvater und du, ihr wart unser Anker, als wir nach Hamburg kamen.«

»Stimmt«, sagt Zofia und nimmt mir meine Jacke ab. »Du hast mich sofort zu dir nach Hause eingeladen. Und mittags waren wir oft bei deinem Opa. Der hat lecker für uns gekocht.«

»Wir haben dir nie vergessen, wie du dich um Zofia gekümmert hast«, fügt Dariusz hinzu. »Und es hat uns sehr glücklich gemacht, dass ihr beide so enge Freundinnen geworden seid.«

Das Telefon klingelt. Er zuckt zusammen.

»Soll ich gehen?«, fragt Zofia.

»Nein, nein.« Er entschuldigt sich und stürzt beinahe, als er sich in eines der vielen Zimmer zurückzieht.

Ich blicke ihm nach. So gebrechlich, wie er ist, wird er nicht mehr lange allein in dieser Wohnung leben können.

5.

IN DER BUCHHANDLUNG IST es gleißend hell und sehr warm. Ein Kamerateam filmt die Menschen, die sich dicht gedrängt an den Regalen und Tischen vorbeischieben, Bücher in die Hand nehmen und wieder weglegen oder anfangen, darin zu blättern. Andere haben ihre Wahl längst getroffen und gehen mit ihren Stapeln zur Kasse. Die Kamera schwenkt auf Mama. Sie steht im Nachthemd am Packtresen, vor sich einen Einkaufskorb mit lauter Euroscheinen, und blickt hilflos in die Ferne. »Sie dürfen meine Mutter nicht filmen!«, schreie ich und versuche, einem der Männer die Kamera wegzunehmen. Er ist stärker als ich. In dem Handgemenge verliere ich das Gleichgewicht und stürze zu Boden. Als ich mich wieder aufrichte, sehe ich, wie Mama lachend die Euroscheine in die Menge wirft. Die Menschen johlen und schnappen sich das Geld. Schließlich setzt Mama sich den leeren Korb auf den Kopf, öffnet die Ladentür und verschwindet in der Dunkelheit. »Warte auf mich!«, rufe ich und will hinter ihr herlaufen, doch meine Füße sind so schwer, dass ich mich nicht rühren kann.

Ich schrecke hoch. Mir ist heiß. Wo bin ich? Nichts in diesem Raum mit dem geschnitzten, braunen Kleiderschrank, der Spiegelkommode und dem altmodischen Bett mit dem hohen Kopf- und Fußteil kommt mir bekannt vor.

Dann fällt es mir wieder ein: Natürlich, ich bin in Krakau, im Gästezimmer der Wohnung von Zofias Vater. Ich wollte mich nur etwas ausruhen, weil die Nacht so kurz war und Zofia und ihr Vater sowieso noch einiges zu erledigen hatten. Aber jetzt ist es schon zwanzig nach drei. Ich muss über eine Stunde geschlafen haben.

Der Traum lässt mich nicht los. Ich wollte Mama beschützen und war dazu nicht in der Lage. Ist das nicht genau das Gefühl, das ich habe, wenn ich an das Pflegeheim denke? Da kann Frau Bruns noch so sehr versuchen, beruhigend auf mich einzureden.

Ich stehe auf und gehe ins Badezimmer, um mir das Gesicht zu waschen. Mein unsicherer Blick sagt alles. Dabei ist es völlig sinnlos, wenn ich mir jetzt wieder diese Vorwürfe mache. Mama wird gut versorgt, und ich bin hier, um mich um Zofia zu kümmern.

An meiner Zimmertür hängt ein großer Zettel. Den habe ich eben gar nicht bemerkt.

Liebe Miriam,
ich hoffe, Du hast etwas schlafen können. Vorhin sahst Du plötzlich todmüde aus.
Wir fahren jetzt zu dem Priester, der Aniela morgen beerdigen wird. Dariusz möchte noch mal mit ihm sprechen, damit auch wirklich nichts schiefläuft.
Ich denke, dass wir spätestens um halb fünf zurück sein werden.
Nimm Dir, was Du brauchst. Im Kühlschrank steht eine Schüssel mit Obstsalat. Die Schälchen sind im Küchenschrank oben rechts, Löffel findest Du in der Schublade.
Liebe Grüße,
Zofia
P. S. Es tröstet mich so, dass Du da bist.

Zofia und ihre Obstsalate. Die hat sie damals bei Opa kennengelernt.

Während ich in die Küche gehe und mir ein Schälchen mit Weintrauben, Birnen und Walnüssen auffülle, muss ich an unser erstes Mittagessen zu dritt denken. Zofia war zwei Wochen zuvor in meine Klasse gekommen. Ich hatte Opa erzählt, dass ich endlich eine Freundin gefunden hätte. Er freute sich, weil er wusste, wie lange ich mir das schon gewünscht hatte. Eines Tages würde mir die Richtige begegnen, hatte er immer gesagt. Und genau so war's.

»Kann sie Deutsch?«, fragte Opa.

»Nein, aber sie lernt es ganz schnell. Ein paar Wörter kennt sie schon.«

»Und wie redet ihr miteinander?«

»Ich weiß auch nicht. Irgendwie. Mit den Händen und den Augen. Da geben wir uns Zeichen, oder wir malen uns gegenseitig was auf. Manchmal schneiden wir auch Grimassen, und dabei lachen wir ganz viel.«

»Möchtest du sie mal mitbringen?«

Ich nickte.

»Dann frag sie, ob ihre Eltern das erlauben.«

Eine Woche später war es so weit. Opa hatte Kartoffelbrei und Apfelmus gekocht, dazu gab es gebratene Zwiebelringe.

»Lecker«, sagte Zofia.

Es war ein Wort, das sie gerade neu gelernt hatte.

Opa freute sich, dass es uns so gut schmeckte.

»Und jetzt gibt's noch Nachtisch«, verkündete er und kam kurz darauf mit einer Schüssel Obstsalat aus der Küche zurück. Es war die Mischung, die ich so gern mochte: Apfelsinen, Äpfel und Bananen.

Zofia sah sich die klein geschnittenen Früchte genau an.

»Das ist Obstsalat«, erklärte ich ihr. »Den magst du bestimmt auch.«

Opa füllte unsere Schälchen auf, und wir begannen zu essen.

»Lecker!«, sagte Zofia und aß ganz langsam ihr Schälchen leer. »Lecker, lecker, lecker.«

»Wollt ihr noch einen Nachschlag?«, fragte Opa und zeigte auf die Schüssel.

Zofia schaute mich an, ihre Augen leuchteten.

»Ich bin satt«, antwortete ich. »Aber Zofia hätte nichts dagegen.«

Opa gab ihr eine extragroße Portion.

»Danke«, sagte sie und strahlte.

»Dein Deutsch ist schon sehr gut«, lobte Opa.

»Obst-sa-lat, Obst-sa-lat, Obst-sa-lat«, übte Zofia.

Und am Ende des Mittagessens hatte sie wieder ein neues Wort gelernt.

Ich stelle mein Schälchen auf den Tisch und trete ans Fenster. Es zeigt auf einen grünen Innenhof.

Wie viele Jahre haben Zofia und ich bei Opa mittaggegessen? Vier oder fünf? Meistens waren wir zweimal in der Woche bei ihm, manchmal noch häufiger. Mama fragte ihn immer wieder, ob es ihm auch nicht zu viel würde. Und Zofias Eltern meinten, dass sie ihm das doch nicht zumuten könnten, diese viele Arbeit. Aber Opa wischte all ihre Bedenken beiseite. Was gibt es Schöneres, als Kinder aufwachsen zu sehen!, pflegte er zu sagen und entwarf seinen nächsten Essensplan.

Einer von Zofias ersten deutschen Sätzen lautete: Dein Opa ist auch ein bisschen mein Opa.

1999, bei der Feier zu seinem achtzigsten Geburtstag, erzählten wir ihm, dass ich in zwei Jahren, nach dem Abitur, anfangen wollte, Romanistik zu studieren, und Zofia vorhätte, sich an verschiedenen Schauspielschulen zu bewerben.

»Ich bin sehr glücklich darüber, dass ihr beide so erfolgreich euren Weg geht«, meinte er und drückte uns die Hände. »Was für ein wunderbares Geschenk für einen Großvater.«

Eine Woche später hatte er eine Gehirnblutung und starb noch in derselben Nacht. Zofia und ich haben ihn so vermisst.

Ich habe oft gedacht, wie schade es ist, dass Peter ihn nicht mehr kennengelernt hat. Sie hätten sich bestens verstanden.

Gleich Viertel nach vier. Ob er und die Kinder inzwischen wieder zu Hause sind? Ich könnte versuchen, mit ihnen zu telefonieren, bevor Zofia und ihr Vater zurückkommen.

Peter meldet sich beinahe sofort. »Wir wollten dich auch gerade anrufen.«

»Wie geht's euch?«

»Super. Wir hatten viel Spaß im Wildpark.«

»Ich wäre so gern dabei gewesen.«

»Wir fahren demnächst wieder hin.«

»Jaaa!«, ertönt es aus dem Hintergrund.

»Jetzt stehen hier zwei, die dringend mit dir sprechen möchten. Ich stelle mal den Lautsprecher an.«

»Ich zuerst!«, höre ich Paul rufen.

»Nein, ich!«, protestiert Marie.

»Wie wär's, wenn Paul heute als Erster dran ist und du beim nächsten Mal?«

»Meinetwegen«, brummt Marie.

»Also, hier kommt dein Sohn.«

»Hallo, Mama.«

»Hallo, mein Schatz.«

»Wir haben drei Wölfe gesehen.«

»Das ist ja toll. Die sind doch meistens so scheu.«

»Einer ist ganz nah am Zaun stehen geblieben. Er hatte gelbe Augen.«

»Grüne«, schreit Marie.

»Nein, gelbe!«

»Ist ja gut, ihr zwei«, ruft Peter. »Ich glaube, sie waren gelbgrün.«

»Kann ich jetzt endlich mit Mama sprechen?«
»Marie drängelt so«, stöhnt Paul. »Tschüs, Mama.«
»Tschüs, Paul.«
»Hallo.«
»Hallo, Marie.«
»Ich habe die Eule entdeckt. Die war so schön. Sie hat mich direkt angeguckt. Und dann waren wir bei der Vogelschau. Da ist ein Adler ganz dicht über meinen Kopf hinweggeflogen.«
»Oh! Und wie war das?«
»Gut. Ich hatte keine Angst.«
»Ich auch nicht«, ruft Paul. »Aber Papa, der hat sich gefürchtet.«
»Das stimmt«, sagt Peter. »Ich habe mich wirklich erschrocken.«
»Mama?«
»Ja, Marie?«
»Hast du Tante Zofia die Karte schon gegeben?«
»Noch nicht. Sie ist im Moment mit ihrem Vater unterwegs. Ich geb sie ihr, wenn sie wiederkommt.«
»Aber nicht vergessen!«
»Nein, ich versprech's dir.«
»Ich hab dich lieb.«
»Ich dich auch.«
»Tschüs, Mama.«
»Tschüs, meine Große.«
Zum Schluss erzählt Peter mir ohne Lautsprecher und mit leiser Stimme, dass Marie ihn gefragt hätte, ob Zofia jetzt zu ihrem Vater nach Krakau ziehen würde.
»Wie kommt sie denn darauf?«
»Ich weiß es nicht. Sie macht sich halt so ihre Gedanken. Und es kann gut sein, dass Dariusz es schwer haben wird, allein zurechtzukommen.«

»Ja, trotzdem würde Zofia niemals nach Polen zurückkehren. Eher würde sie Dariusz nach Hamburg holen.«

»Das denke ich auch. Aber du weißt ja, wie sehr Marie an Zofia hängt.«

»Meinst du, dass sie Angst hat, sie könnte sie verlieren?«

»Ja.«

»Das wird nie passieren, selbst wenn Zofia eines Tages mal nicht mehr in Hamburg wohnen sollte. Was ich mir aber nicht vorstellen kann. Ich kenne kaum jemanden, dem die Stadt so viel bedeutet wie ihr.«

»Dann werde ich versuchen, Marie vorm Einschlafen ihre Sorgen zu nehmen.«

»Mach das.«

»Alles Gute für die Beerdigung morgen.«

»Ich wünschte, der Tag wäre schon vorbei.«

»Du musst nichts tun, nur da sein.«

»Ja.«

Kurz darauf höre ich, wie die Wohnungstür aufgeschlossen wird. Ich werfe noch einen letzten Blick in den Innenhof, in dem jetzt drei kleine Kinder spielen. Dann gehe ich in den Flur.

Dariusz nickt mir zu und murmelt, ich müsse ihn entschuldigen. Er sei müde und wolle sich vor dem Essen noch etwas hinlegen.

»Ja, ruh dich aus. Ich werde Zofia beim Kochen helfen.«

»Danke.«

Zofia sieht ihrem Vater kopfschüttelnd nach, wie er in einem der Zimmer verschwindet. »Wollen wir erst mal einen Tee trinken?«

»Gern.«

Ich folge ihr in die Küche. Sie schließt die Tür und füllt Wasser in den Wasserkocher.

»Das Gespräch mit dem Priester hat ihn wieder so mitgenommen. Das wird morgen ein schwerer Tag. Ich weiß nicht, wie es mit ihm weitergehen soll. Er schafft es nicht allein.«

»Das denke ich auch.«

»Und ich werde ihn nicht dazu überreden können, Hilfe anzunehmen.«

»Da wäre ich mir nicht so sicher. Vielleicht wird es ihn erleichtern, wenn du ihm so was vorschlägst.«

»Nein.« Zofia gießt den Tee auf und stellt zwei Becher auf den Tisch. »Weißt du, was er vorhin zu mir gesagt hat?« Sie stockt und stößt beinahe die Teekanne um. »Mit dem Tod deiner Mutter … ist auch die Musik für mich gestorben.«

»Das ist alles noch so frisch. Irgendwann wird er wieder musizieren können.«

»Und wenn nicht? Er hat bisher mit keinem Wort erwähnt, dass er seine Geige zerstört hat. Da ist nichts mehr, was ihn am Leben hält.«

»Doch, du.«

»Ich muss bald wieder abreisen, und dann werde ich höchstens alle paar Wochen zu Besuch kommen.«

»Vielleicht ist er eines Tages so weit, dass er sich von der Wohnung hier trennen kann und in Hamburg noch einmal neu anfängt.«

»Das glaube ich nicht.«

»Deine Patentochter hatte schon die Befürchtung, dass du jetzt nach Krakau ziehst und sie dich verliert.«

»Wirklich? Ach, meine süße Marie.«

»Ich habe dir übrigens was von ihr mitgebracht.«

Als ich über den Flur gehe, um die Karte zu holen, höre ich aus einem der Zimmer ein Schluchzen. Meine Kehle schnürt sich zu.

Beim Anblick von Maries Bild lächelt Zofia zum ersten Mal an diesem Tag.

»Wir haben am Elbstrand den Drachen steigen lassen, als du mich angerufen hast.«

»So lieb von ihr, dass sie mich mit diesem bunten Bild trösten will. Ich spüre geradezu den Wind. Sag ihr bitte herzlichen Dank. Ich werde auch bald mal wieder mit ihr telefonieren.«

»Es war Marie ungeheuer wichtig, dass die Karte nicht geknickt wird und vor allem, dass ich nicht vergesse, sie dir zu geben.«

Zofia nimmt mich in die Arme. »Eure Tochter ist schon ein ganz besonderes Kind.«

Später, als Zofias Reispfanne mit Huhn fast fertig ist, gehen wir ins Esszimmer, um den Tisch zu decken. In diesem großen, hellen Raum war ich bisher noch nicht. Auf der Anrichte stehen drei gerahmte Fotos. Das Porträt von Zofias schöner Mutter in jungen Jahren habe ich auch schon in Zofias Wohnung gesehen. Die alte Frau und den jungen Mann, die auf den beiden anderen Fotos abgebildet sind, kenne ich nicht.

»Das sind meine Großeltern, die Eltern meines Vaters«, höre ich Zofia hinter mir sagen.

»Ist dein Großvater ganz jung gestorben?«

»Ja, im August 1944, fünf Monate bevor mein Vater geboren wurde.«

»Wie ist das passiert?«, frage ich beklommen.

»Er gehörte der Polnischen Heimatarmee an, die in Warschau einen Aufstand gegen die deutsche Besatzung gewagt hat. Dreiundsechzig Tage lang hat die Armee durchgehalten, dann wurde der Aufstand brutal niedergeschlagen.«

Ich schlucke.

»Die deutschen Besatzungstruppen haben Massaker an der Zivilbevölkerung verübt und viele Polen gefangen genommen. Mein Großvater wurde schon in den ersten Wochen des Aufstands verhaftet und wenig später im Konzentrationslager Płaszów ermordet.«

»Ich hatte keine Ahnung, dass deine Familie im Zweiten Weltkrieg so unter den Deutschen gelitten hat.«

»Woher solltest du das auch wissen? Ich bin mit der Geschichte groß geworden, aber ich wollte sie vergessen, als wir nach Hamburg gezogen sind. Deshalb habe ich nie darüber gesprochen.«

»War der Mord an deinem Großvater der Grund, warum deine Großmutter euch nie in Deutschland besucht hat?«

»Ja. Sie hat es meinem Vater sehr verübelt, dass er damals die Stelle in Hamburg angenommen hat.«

»Das kann ich gut nachvollziehen. Wie alt ist dein Großvater geworden?«

»Fünfundzwanzig.«

»Das heißt, er war Jahrgang 1919, genau wie mein Opa?«

Zofia nickt.

Ich schaue mir das Foto noch einmal an, und plötzlich sehe ich eine Ähnlichkeit mit Dariusz: die hohe Stirn, die freundlichen Augen, das leichte Lächeln.

6.

GLEICH HALB ELF. ICH sitze auf meinem Bett und beantworte Mails. Das hätte auch bis morgen Zeit, aber es lenkt mich ab, und schlafen kann ich sowieso nicht. Bilder von der Beerdigung heute vermischen sich mit Erinnerungen an Papas und Opas Beerdigungen.

Ich war nicht darauf vorbereitet, dass Aniela in einem offenen Sarg aufgebahrt sein würde. Viele Menschen hatten sich in diesem Raum neben der Kapelle versammelt, um gemeinsam zu beten und sich von der Verstorbenen zu verabschieden. Noch immer sehe ich sie vor mir, wie sie da lag, in ihrem feinen, schwarzen Seidenkleid, das sie auch bei ihrem letzten Konzert in Hamburg getragen hatte. Sie sah friedlich aus, beinahe so, als ob sie schliefe. In ihren gefalteten Händen hielt sie einen Rosenkranz. Dariusz saß neben dem Sarg, er hatte die Hand leicht an die Wange seiner Frau gelegt und schien die Umgebung nicht wahrzunehmen. Seine Lippen bewegten sich, vielleicht betete er oder hielt Zwiesprache mit seiner Aniela. Dabei schüttelte er immer wieder den Kopf, als wolle er sagen: Es kann nicht sein, dass du tot bist. Schließlich flüsterte Zofia ihm zu, dass die Trauerfeier gleich beginnen würde. Als er nicht reagierte, nahm sie ihn sanft am Arm und führte ihn in die Kapelle.

Ich stehe auf, mache ein paar Rückenübungen und überlege, ob ich mir einen Kräutertee kochen soll. Aber die Wohnung ist so hellhörig, ich will Zofia und ihren Vater nicht wecken. Sie haben einen harten Tag hinter sich.

Mit Peter konnte ich nur kurz telefonieren, weil Marie seit heute Mittag Durchfall hat. Ich mache mir Vorwürfe, dass ich nicht bei ihr bin. Peter sagt natürlich, dass das Unsinn sei, aber damit kann er mir mein schlechtes Gewissen nicht nehmen. Wahrscheinlich hat Paul sich längst angesteckt, und wenn dann auch noch Peter krank wird ...

Es klopft.

Ich zucke zusammen. »Ja?«

Zofia kommt mit einem Becher herein. »Ich habe gesehen, dass bei dir noch Licht brennt. Hier, der Ingwertee wird dir guttun.«

»Danke.«

»Hoffentlich schläfst du besser als in der letzten Nacht.«

»Es ist viel wichtiger, dass du endlich wieder schlafen kannst.«

»Ich bin viel zu aufgewühlt.«

»Dann bleib noch ein bisschen hier.«

Sie nickt.

Wir setzen uns nebeneinander aufs Bett, wie früher als Kinder, wenn wir zusammen Hausaufgaben gemacht haben.

»Es war eine sehr bewegende, würdige Beerdigung.«

»Hm.«

»Ich weiß nicht, wie du es geschafft hast, das alles in der kurzen Zeit zu organisieren.«

»Die Freunde meiner Eltern haben mir geholfen.«

»Das Streichquartett hat wunderbar gespielt. Was war das für ein Stück?«

»Das Andante aus *Der Tod und das Mädchen* von Franz Schubert. Dariusz wollte erst keine Musik, aber sein ältester Freund konnte ihn dann doch dazu überreden. Ich glaube, es war auch für ihn gut so.«

»Bestimmt.«

»Ich hatte solche Angst, dass er am Grab zusammenbrechen würde.«

»Er wirkte ganz gefasst.«

»Es hat ihn sehr getröstet, dass alle noch lebenden Freunde und fast die gesamte Familie zur Beerdigung gekommen sind.«

»Mir war übrigens nicht klar, wie groß deine Verwandtschaft ist.«

»Aniela hatte fünf Geschwister und Dariusz hat sechs. Sie leben alle noch und haben Kinder und Enkel, die oft zusammenkommen ...« Zofia bricht ab.

Ich schaue sie von der Seite an. Sie starrt reglos vor sich hin.

»Was ist?«

»Ach, nichts. Wenn ich bei meinen Eltern zu Besuch war, stand immer auch irgendein Familientreffen auf dem Programm, oder es wurde etwas nachgefeiert, weil ich mal wieder eine der zahlreichen Taufen, Kommunionen oder Hochzeiten verpasst hatte. Ich habe dir davon im Einzelnen nie erzählt, weil ich all diese Menschen nicht besonders gut kenne. Von daher sind sie mir auch nicht so wichtig.«

»Auf jeden Fall hast du eine sehr aufgeschlossene, freundliche Verwandtschaft.«

»Hattest du etwas anderes erwartet?«

»Nach dem, was du mir über die Haltung deiner Großmutter Deutschland gegenüber erzählt hast, war ich etwas unsicher. Es hätte ja sein können, dass irgendeiner der Trauergäste etwas dagegen hat, dass eine Deutsche an der Beerdigung teilnimmt.«

»In meiner Familie ist die jüngere Generation zum Glück sehr viel offener. Wenn das anders wäre, hätte ich schon längst den Kontakt zu ihr abgebrochen. Und dann hätte auch Dariusz ein viel distanzierteres Verhältnis zu all diesen Leuten. Er sieht seine Nichten und Neffen und deren Kinder viel häufiger als mich.«

»Dann werden sie ihm sicherlich in den nächsten Wochen und Monaten beistehen.«

»Ja.« Zofia fängt plötzlich an zu weinen.

Ich nehme sie in die Arme.

»Bevor mein Vater eben schlafen gegangen ist ... hat er mir gedankt für den heutigen Tag, und dann hat er mir von seinem letzten Gespräch mit meiner Mutter erzählt. Es ging um mich ... wie stolz sie auf mich sei, dass ich es in meinem Beruf so weit gebracht habe. All diese Auszeichnungen für meine Leistungen als Schauspielerin seien hochverdient, aber ...« Sie schlägt die Hände vors Gesicht.

»Was ›aber‹?«, frage ich schließlich.

»Ihr größter Wunsch sei nicht in Erfüllung gegangen.«

Ich ahne, worum es geht.

»Sie hätte so gern ... ein Enkelkind gehabt.« Zofia wischt sich über die Augen. »Warum war das das Allerwichtigste für sie?«

»Vielleicht war es das gar nicht immer, sondern nur in manchen Momenten.«

»Glaube ich nicht.«

»Hat sie dir gegenüber jemals solche Andeutungen gemacht?«

»Nein.«

»Ihr war vermutlich bewusst, dass sie dich damit kränken würde.«

»Ja, und mein Vater hätte auch gut darauf verzichten können, dieses letzte Gespräch mit meiner Mutter zu erwähnen. Aber nein, er reibt es mir geradezu unter die Nase.«

»Du darfst nicht so streng mit ihm sein. Er befindet sich im Moment in einer Ausnahmesituation.«

»Ja, und genau deshalb ist er ehrlicher als sonst. Aniela hat ihm wahrscheinlich aus der Seele gesprochen.«

»Das weißt du doch gar nicht.«

»Nein, aber es kommt mir beinahe so vor, als wolle er sagen: Jetzt, wo deine Mutter tot ist, hätte ich gern wenigstens ein Enkelkind.«

»Ach, Zofia ...«

Sie löst sich aus der Umarmung. »Warum nimmst du meinen Vater so in Schutz?«

»Weil er ein gebrochener alter Mann ist.«

»Und ich bin eine gebrochene siebenunddreißigjährige Tochter, die sich nicht vorstellen kann, jemals Mutter zu werden.«

»Das verlangt auch niemand von dir.«

»Wieso habe ich dann solche Schuldgefühle?«

»Weil wir mit der gesellschaftlichen Erwartungshaltung aufgewachsen sind, dass es wünschenswert ist, Kinder zu bekommen. Es ist nicht so leicht, sich darüber hinwegzusetzen.«

»Du kannst froh sein, dass du diese Probleme nie gehabt hast.«

»Ja, aber ich kann nachvollziehen, wie es dir geht.«

»Ich weiß nicht, ob du das wirklich kannst. Vielleicht kann das nur jemand, der so lebt wie ich.«

»Ich habe mich immer bemüht, mich in deine Situation hineinzuversetzen, und nur weil ich ein anderes Leben führe, heißt das doch nicht, dass ich ...«

»Nein, natürlich nicht«, unterbricht Zofia mich. »Ich will auch nicht unfair sein. Aber wenn ich ehrlich bin, schwingt bei dir manchmal etwas mit, das wie ... wie Mitleid klingt.«

Das Wort trifft mich wie ein Schlag.

Einen Moment lang bin ich sprachlos, dann höre ich mich mit gepresster Stimme sagen: »Da täuschst du dich. Ich habe dich noch nie bemitleidet. Im Gegenteil, ich beneide dich oft, weil du frei bist und ganz in deinem Beruf aufgehen kannst.«

»Das tust du doch auch.«

»Ja, aber bei dir gibt's keine Alltagsroutine. Du erlebst ständig neue Situationen, lernst interessante Leute kennen, reist viel ins Ausland.«

»Das sind alles Äußerlichkeiten.«

»Den Eindruck hatte ich bisher nicht. Diese Dinge waren dir immer sehr wichtig.«

»Vielleicht liegt es am Tod meiner Mutter, dass sich mein Blickwinkel so verändert hat. Als ich meinen Vater heute an ihrem Sarg sitzen sah, dachte ich, dass es wahrscheinlich nie jemanden geben wird, der später einmal so um mich trauert.«

Soll ich ihr sagen, dass ich um sie trauern würde? Aber das ist nicht das, was sie meint. Ich denke an Peter, an die Nähe zwischen uns. »Irgendwann wirst du dich in jemanden verlieben, mit dem du zusammenbleiben möchtest.«

»Und wann wird das sein? In fünf oder zehn oder fünfzehn Jahren?«

»Warum quälst du dich mit solchen Gedanken ausgerechnet an einem so schweren Tag?«

»Weil mir bewusst geworden ist, wie sehr ich es mir heute gewünscht hätte, einen Partner an meiner Seite zu haben.«

»Das verstehe ich.«

»Hast du bei der Beerdigung und hinterher im Restaurant die verstohlenen Blicke der Leute nicht gesehen?«

»Nein.«

»Für mich war das ganz offensichtlich. Als ob sie sagen wollten: Hat sie denn immer noch keinen Mann? In ihrem Alter wird es allmählich Zeit.«

»Ist mir nicht aufgefallen.«

»Seltsam.«

»Sie waren doch alle so herzlich zu dir und deinem Vater.«

»Trotzdem gab es da diese andere Ebene. Das habe ich genau gespürt.«

»Zofia, du bist am Ende deiner Kräfte.«

»Ja«, murmelt sie und steht auf.

»Komm erst mal wieder zur Ruhe. Dann wirst du die Dinge gelassener sehen können.«

»Ich weiß nicht.« Sie geht zur Tür.

»Schlaf gut.«

»Du auch«, antwortet sie kühl, ohne sich noch einmal umzudrehen.

Als sie das Zimmer verlassen hat, merke ich, wie sich eine seltsame Leere in mir ausbreitet. Ich habe bisher gedacht, dass ich Zofia gut kennen würde. Sie wirkte so souverän, wenn sie sagte, dass ein fester Partner in ihrem Leben keinen Platz hätte. Sobald jemand eine verbindliche Beziehung mit ihr eingehen wollte, hat sie sich von ihm getrennt. Ich habe das oft nicht verstanden, aber sie schien sich immer ganz sicher zu sein. Woher kommt der plötzliche Wandel? Liegt es an der Trauer über den Verlust ihrer Mutter? Oder hat sie zum ersten Mal Angst vor dem Älterwerden?

7.

Um halb drei wache ich auf, sehe Licht im Flur und höre die gedämpften Stimmen von Zofia und ihrem Vater. Ist etwas passiert? Soll ich aufstehen und ihnen meine Hilfe anbieten? Normalerweise würde ich keinen Moment zögern, aber seit dem Gespräch gestern Abend bin ich verunsichert. Ich hätte weiter mit Zofia reden müssen, hätte sie nicht einfach gehen lassen dürfen.

Als ich am nächsten Morgen um acht in die Küche komme, begrüßt sie mich, als sei nichts gewesen. Sie schenkt mir Kaffee ein und fragt mich, wie ich geschlafen hätte.
»Ganz gut.«
»Haben wir dich geweckt?«
»Ich habe euch gehört, aber ich war nicht lange wach.«
»Dariusz hatte in der Nacht Atemnot.«
»Oh, das war einfach zu viel für ihn. Schläft er noch?«
»Ich glaube ja. Wir können nur hoffen, dass es bei diesem einen Mal bleibt.«
Zofia stellt Brot, Butter und Marmelade auf den Tisch, reicht mir einen Teller und ein Messer und läuft weiter geschäftig hin und her.
»Hast du schon gefrühstückt?«, frage ich, während ich mir ein Brot schmiere.
»Ja, längst. Es gibt so viel zu tun. Ich weiß gar nicht, wo mir der Kopf steht.«
»Kann ich dir irgendwas abnehmen?«

»Leider nicht. Ich muss lauter Papierkram erledigen, zu verschiedenen Behörden und zur Bank gehen, Telefonate führen und endlose Formulare ausfüllen. Dariusz ist mit all diesen Dingen überfordert.«

»Ich könnte einkaufen und heute Abend etwas für uns kochen.«

Zofia fährt sich mit den Händen durch die Haare. »Er hat in diesen Tagen so wenig Appetit. Außerdem kennst du dich hier gar nicht aus.«

»Ich werde schon irgendeinen Supermarkt finden.«

»Nein, das ist alles viel zu aufwendig. Wir lassen uns eine Pizza kommen.«

Ich kann meine Enttäuschung nur schlecht vor ihr verbergen. »Wenn du meinst, dass das für euch das Beste ist?«

»Ja, auf jeden Fall. Zieh los und guck dir die Stadt an. Im Wohnzimmer müsste noch ein deutschsprachiger Reiseführer herumliegen.«

»Ich habe selbst einen dabei. Darin ist auch ein Plan von der Altstadt.«

»Du wirst schnell sehen, wie übersichtlich Krakau ist. Man kann sich nicht verlaufen. Die Schlüssel für die Haustür und die Wohnungstür habe ich dir gestern gegeben, oder?«

»Ja.«

»Gut. Dann bist du unabhängig.«

»Zofia, bitte«, ertönt es in dem Augenblick aus dem Flur.

Sie hält inne. »Ich muss mich um Dariusz kümmern. Bis nachher.«

Bevor ich noch etwas sagen kann, ist sie verschwunden. Ich bleibe mit einem schalen Gefühl zurück. Warum will sie sich nicht von mir helfen lassen?

Ich gehe in mein Zimmer, packe alles, was ich für den Tage

brauche, in meinen Rucksack und schicke Peter eine SMS, um zu fragen, ob Marie sich inzwischen erholt hat.

Ein paar Minuten später antwortet er mir:

Liebe Miriam,
Marie geht es viel besser. Nun hat Paul Durchfall, und ich spüre auch schon die ersten Anzeichen. Aber mach Dir keine Sorgen. In ein, zwei Tagen ist das alles vorbei.
Grüß Zofia von mir.
Dein Peter

Soll ich schon heute nach Hamburg zurückfahren?, schießt es mir durch den Kopf. Peter und die Kinder brauchen mich. Im Gegensatz zu Zofia, für die ich eher eine Last zu sein scheine. Und eine Stadtbesichtigung ist ganz und gar nicht das, wonach mir heute der Sinn steht.

Ich könnte den Zug nehmen und heute Abend bei Euch sein. Hier gibt's für mich nichts mehr zu tun.

Im nächsten Moment ruft Peter mich an. »Was ist denn bei euch los?«

Ich erzähle ihm von dem Gespräch mit Zofia.

»Du darfst nicht so streng mit ihr sein. Der Tod ihrer Mutter hat sie völlig aus dem Gleis geworfen. Sonst würde sie jetzt nicht alles infrage stellen.«

»Es hat mich wirklich getroffen, dass sie mir Mitleid unterstellt.«

»Das verstehe ich ja. Aber du musst nicht jedes Wort auf die Goldwaage legen.«

»Es war nicht nur das Wort ›Mitleid‹, sondern ihre ganze Haltung mir gegenüber. So kühl habe ich sie noch nie erlebt.«

»Ich würde versuchen, darüber hinwegzusehen.«
»Das sagst du so einfach.«
»Nein. Ich weiß, dass das nicht einfach ist.«
»Gerade in so einer Situation, wenn die Mutter gestorben ist, sollte die beste Freundin doch eine Stütze sein können.«
»Ja, und genau deshalb ist es wichtig, dass du bis Freitag bleibst.«
»Auch wenn ich mir total überflüssig vorkomme?«
»Vielleicht sieht heute Abend alles schon wieder anders aus.«
»Das glaube ich nicht.«
»Sei ein bisschen optimistischer.«
»Ich wünschte, ich hätte meinen Laptop mitgenommen. Dann könnte ich jetzt arbeiten.«
»Ach, Miriam. Schau dir die Stadt an. Krakau soll doch so schön sein.«
»Mal sehen.«
»Paul ruft. Ich muss jetzt Schluss machen.«
»Wünsch ihm gute Besserung. Und versprich mir, dass du mir sagst, wenn du auch noch krank wirst. Dann komme ich auf jeden Fall früher nach Hause.«
»Keine Sorge. Wir drei schaffen das.«

Ich will noch sagen, dass ich das bezweifele, aber Peter hat schon aufgelegt.

Ob Zofia noch in der Wohnung ist? Ich nehme meine Sachen und öffne die Zimmertür. Aus dem Raum gegenüber höre ich ihre Stimme. Sie klingt ungeduldig. Und dann hebt sie plötzlich zu einem immer lauter werdenden Redeschwall an. Ich weiß nicht, worum es geht, aber Zofia scheint entrüstet zu sein.

Auf einmal ist es still. Während ich noch überlege, ob ich anklopfen und mich von ihr verabschieden soll, beginnt sie bereits wieder zu telefonieren.

Peter hat recht. Ich sollte mir die Stadt anschauen.

8.

Es ist warm, die Straßencafés sind voll besetzt, ein Tag wie im Sommer. Drei Stunden lang laufe ich kreuz und quer durch die Altstadt, vorbei an mittelalterlichen Häusern und Kirchen, über kleine und große Plätze, und immer wieder lande ich im Planty Park, der den Stadtkern wie ein grüner Gürtel umschließt. Sosehr ich auch versuche, mich auf die Sehenswürdigkeiten zu konzentrieren, es gelingt mir nicht. Manche Abschnitte in meinem Reiseführer lese ich zwei- oder dreimal. Doch mit meinen Gedanken bin ich bei Zofia.

Wie durch einen Schleier sehe ich die Touristengruppen an mir vorbeiziehen, höre die verschiedensten Sprachen, auch viele Deutsche sind hier unterwegs. Sie äußern sich begeistert über Krakaus gut erhaltene Architektur, die schönen Tuchhallen auf dem Rynek Główny, einem der größten mittelalterlichen Plätze Europas, und natürlich über den Wawel, den Hügel, auf dem die Kathedrale und das Schloss liegen, in dem die polnischen Könige ihren Stammsitz hatten. »Kein Wunder, dass sich Hitlers Generalgouverneur, dieser Hans Frank, gleich ab Herbst 1939 da oben niedergelassen hat«, meint ein Mann zu seiner Frau. Sie nickt. »Schöne Aussicht auf die Weichsel.«

In dem Geschichtsbuch, das wir in der Oberstufe hatten, lautete eine Überschrift: *Hans Frank – Der Schlächter von Polen*. Mit Zofia habe ich nie über Hans Frank und seine Schreckensherrschaft gesprochen. Habe ich Polen all die Jahre gemieden, weil hier so vieles an die Gräueltaten der Deutschen im Zweiten Weltkrieg erinnert? Aber ich habe KZ-Gedenkstätten in

Deutschland und Tschechien besucht, kenne die Ausstellung *Topographie des Terrors* in Berlin und war im Holocaust Memorial Museum in Washington. Es ist nicht so, dass ich von dem Thema nichts wissen wollte. Habe ich gedacht, dass ich nicht nach Polen reisen kann, ohne nach Auschwitz zu fahren? Hatte ich davor Angst?

Mein Telefon klingelt. Einen Moment lang hoffe ich, dass Zofia mich anruft, weil sie nun doch meine Hilfe braucht. Aber auf dem Display lese ich *Peter*.

»Na, wie sieht's bei euch aus?«

»Hier ist Marie. Ich wollte dir schnell Hallo sagen.«

»Hallo, mein Schatz. Geht's dir wieder gut?«

»Ja.«

»Und Paul?«

»Der ist noch krank. Wo bist du gerade?«

»In der Stadt. Ich will gleich was essen gehen.«

»Und wo ist Tante Zofia?«

»Die hat heute ganz viel zu erledigen.«

»Hat sie sich über meine Karte gefreut?«

»Und wie. Ich soll dir herzlich danken. Sie meinte, dass sie richtig den Wind spürt.«

»Wann kommst du am Freitag wieder?«

»Leider erst ziemlich spät. Da schlaft ihr schon.«

»Ich hab dich lieb.«

»Ich dich auch.«

»Tschüs.«

»Tschüs, Marie. Bis bald.«

Es ist Viertel nach zwei. Nach einigem Suchen finde ich ein kleines Restaurant, das draußen noch einen Tisch frei hat.

Ich studiere die Speisekarte und überlege, ob ich eine Rote-Bete-Suppe oder Reibekuchen mit saurer Sahne bestellen soll.

Da fällt mein Blick auf die Wörter *Pierogi ruskie*. Als ich zum ersten Mal bei Zofia zum Mittagessen eingeladen war, gab es auch Piroggen, gefüllt mit Kartoffeln und Quark, wie mir Zofias Mutter erklärte. Und dazu in Butter ausgelassene Zwiebeln und Schnittlauch. Sie hatte sich die Begriffe extra aus dem Wörterbuch herausgesucht und aufgeschrieben. Ich erinnere mich so genau an das Gericht, weil ich noch nie zuvor etwas derart Deftiges gegessen hatte. Es schmeckte köstlich.

»What would you like to order?«

Vor mir steht ein junger Kellner und lächelt. Ich entscheide mich für die *Pierogi ruskie*.

»And to drink?«

»I'll have a beer, please.«

Normalerweise verzichte ich mittags auf jeglichen Alkohol, und Bier trinke ich sowieso äußerst selten, aber heute ist kein normaler Tag. Ich lehne mich zurück und schließe die Augen. Im Rücken spüre ich die Wärme der Sonne.

An jenem Tag im Herbst 1990 war ich so überrascht, wie gelöst Zofia plötzlich aussah, als sie Polnisch sprach. Sie musste nicht nach Wörtern suchen, sondern konnte einfach drauflosreden. Beim Essen hat ihr Vater für mich übersetzt. Er sprach damals nur gebrochen Deutsch, aber ich hatte keine Mühe, ihn zu verstehen. Als Zofia mit ihrer Mutter die Teller abräumte und in die Küche ging, sagte er leise zu mir, dass für seine Tochter der Umzug nach Deutschland nicht leicht gewesen sei und sie Heimweh nach Krakau hätte. Sie vermisse ihre Großmutter und natürlich auch ihre gewohnte Umgebung. Umso glücklicher mache es ihn und seine Frau, dass Zofia und ich uns angefreundet hätten.

Der Kellner bringt mir mein Bier und kurz darauf auch mein Essen. Er wünscht mir guten Appetit. Ich bin tatsächlich sehr hungrig; das Marmeladenbrot von heute Morgen hat nicht lange vorgehalten.

Die Piroggen schmecken genauso gut, wie ich sie in Erinnerung habe.

Nach dem Essen gingen Zofia und ich in ihr Zimmer, weil sie mir etwas zeigen wollte. Ich hörte, wie ihre Mutter nebenan begann, Klavier zu spielen. Es war ein trauriges, sehnsüchtiges Stück. Erst später habe ich erfahren, dass es sich um eine Ballade von Chopin handelte.

Zofia reichte mir ihre Puppe. Sie hatte lange, rotblonde Haare.

»Schön ist die«, sagte ich.

»Von babcia.«

»Was heißt das?«

»Babcia, Frau von Opa.«

»Ah, deine Oma.«

Zofia nickte. »Oma in Kraków.«

»Deine Oma aus Krakau hat dir die Puppe geschenkt.«

»Ja.«

Ich fing an, der Puppe einen Zopf zu flechten. Zofia strahlte und sagte etwas, in dem das Wort Mama vorkam. Vielleicht flocht ihre Mama ihr auch manchmal einen Zopf, obwohl ich Zofia noch nie so gesehen hatte. Sie band ihre dunklen Haare immer zu einem Pferdeschwanz zusammen.

»Meine Mama hat leider morgens nie Zeit, mir die Haare zu flechten.«

Zofia sah mich stirnrunzelnd an. Wenn ich doch bloß ein paar Wörter übersetzen könnte. Ich zuckte hilflos mit den Achseln.

»Mama deutsch, Mama polnisch.«

»Stimmt. Es ist dasselbe Wort.«

»Mama i Tata.«

»Ah, Mama und Papa.«

»Papa, Papa«, wiederholte Zofia.

Ich hatte plötzlich einen Kloß im Hals. Hoffentlich würde sie mich nicht nach meinem Papa fragen. Eine Weile waren wir beide still. Dann legte Zofia ihre Hand auf meinen Arm. Hatte sie gemerkt, dass ich traurig geworden war?

»Mein Papa …« Ich schluckte ein paarmal.

»Ist er weg?«

»Mein Papa … lebt nicht mehr.«

»Lebt?«

»Nein, er ist gestorben.«

Zofia zog die Augenbrauen hoch. Hatte sie es immer noch nicht begriffen?

»Er ist tot. Mein Papa ist seit drei Monaten tot.«

»Oh!« Sie schlang ihre Arme um meinen Hals und hielt mich fest.

Da fing ich an zu weinen, so wie ich noch nie zuvor geweint hatte. Zofia sprach leise auf Polnisch zu mir. Ich verstand kein Wort, aber die weichen, fließenden Töne trösteten mich.

Ich schiebe den leeren Teller beiseite und trinke mein Bier aus.

Die Tage und Wochen nach Papas Tod waren die Hölle gewesen. In der Klasse schwieg ich meistens, und die Pause verbrachte ich einsam in einer Ecke des Schulhofes. Meine Klassenlehrerin und auch ein paar Kinder versuchten immer wieder, mich aus meiner Isolation herauszuholen, aber ihre Fröhlichkeit beim Spielen ließ mich noch trauriger werden. Dann kam Zofia in meine Klasse, und mit ihr wurde alles anders. Sie und ich fanden in einer Zeit zueinander, in der wir beide allein und verletzlich waren.

Mir steigen Tränen in die Augen, wenn ich daran denke, wie sehr sie mir damals geholfen hat und wie schwierig die Situation im Moment ist.

Als ich am späten Nachmittag in die Wohnung von Zofias Vater komme, finde ich auf dem Küchentisch einen Zettel vor. Ich kann Zofias Schrift kaum entziffern.

14.30 Uhr
Bin mit Dariusz zum Arzt gefahren. Keine Ahnung, wann wir wieder da sind.
Gruß, Z.

Sie hat den Zettel in großer Eile geschrieben. Leidet ihr Vater wieder an Atemnot? Ich bin unruhig. Soll ich Zofia anrufen? Wahrscheinlich sind sie noch beim Arzt, und sie hat ihr Telefon ausgeschaltet. Ich will sie auch nicht bedrängen. Ich setze mich auf mein Bett und versuche, mich zu entspannen. Es gelingt mir nicht. Das Warten hat etwas Lähmendes. Ich habe mich noch nie irgendwo so fehl am Platz gefühlt wie hier. Am liebsten würde ich sofort nach Hamburg aufbrechen.

Ich greife zu meinem Reiseführer und lese das Kapitel über Polen im Zweiten Weltkrieg. Wenn ich morgen nicht vorzeitig abreise, werde ich mir das Viertel Kazimierz mit der Alten Synagoge und dem jüdischen Friedhof ansehen. Danach könnte ich über die Brücke weitergehen nach Podgórze, das am linken Ufer der Weichsel liegt. Dort befanden sich das streng bewachte Ghetto und auch die Fabrik von Oskar Schindler. Heute ist darin ein Museum, in dem die nationalsozialistische Besatzungszeit Krakaus dokumentiert ist. Es geht um den Kriegsalltag, die Ghettoisierung der Juden und den Widerstand.

In der Rubrik *Praktische Tipps* heißt es, dass es sich aufgrund der hohen Besucherzahlen empfiehlt, vorab im Internet eine Eintrittskarte für eine bestimmte Uhrzeit zu buchen. Aber bevor ich nicht weiß, wie sich die Dinge hier entwickeln werden, hat das für mich keinen Zweck.

Wurde da eben die Wohnungstür aufgeschlossen? Ich stehe auf und gehe in den Flur. Nein. Es muss die Tür der Nachbarwohnung gewesen sein.

Ich könnte Zofia wenigstens eine SMS schicken. Wer weiß, was passiert ist. Vielleicht musste ihr Vater ins Krankenhaus eingeliefert werden.

Liebe Zofia,
wie sieht's bei Euch aus? Hat Dariusz schon mit einem Arzt sprechen können?
Kann ich irgendwas für Euch tun?
Liebe Grüße
Miriam

Sie antwortet mir beinahe sofort.

In der Hausarztpraxis herrscht Hochbetrieb. Aber es kann jetzt nicht mehr lange dauern, bis Dariusz drankommt.

Also warte ich weiter.

Ich gehe durch die Wohnung und schaue mir noch einmal die Fotos auf der Anrichte an. Zofias Großmutter muss eine starke Frau gewesen sein. Fünf Monate nach der Ermordung ihres Mannes hat sie ihren Sohn zur Welt gebracht und allein aufgezogen. Ich verstehe ihre Weigerung, ihn und seine Familie in Deutschland zu besuchen. Mir fällt es viel schwerer zu verstehen, wie Dariusz beschließen konnte, nach Hamburg zu ziehen. War ihm nicht bewusst, dass seine Tochter sich immer mehr von dem Land ihrer Geburt entfernen würde und eines Tages im Land der Mörder seines Vaters zu

Hause sein könnte? Vielleicht war es ihm bewusst, und er hat es in Kauf genommen. Oder er hatte einen ganz anderen Blick auf Deutschland, als er mit seiner Familie 1990 nach Hamburg übergesiedelt ist. Hat er in den Deutschen nicht nur die Nachkommen der Täter gesehen, sondern Menschen, die sich mit ihrer Vergangenheit auseinandergesetzt haben und in einer stabilen Demokratie leben? Wie ist es ihm in Deutschland ergangen? Sind seine Erwartungen enttäuscht worden? Es ist doch bezeichnend, dass Aniela und er elf Jahre später das Land wieder verlassen haben.

Und Zofia? Für sie war es damals unbegreiflich, dass ihre Eltern nach Krakau zurückgekehrt sind. *Wenn ich meinen Wohnsitz nicht schon in Deutschland hätte, würde ich spätestens jetzt auswandern,* hat sie bei meiner Ankunft gesagt. Aber der Satz bezog sich auf die Wahlen und die aktuelle politische Situation in Polen. Hat sie wirklich niemals daran gezweifelt, dass ein Leben in Deutschland für sie das Richtige ist? Sie habe die Geschichte ihres Großvaters vergessen wollen, meinte sie neulich. Deshalb hätte sie nie darüber gesprochen. Aber sie hat sie nicht vergessen. Wie auch?

Um halb sieben kommen Zofia und Dariusz in die Wohnung zurück. Sein Gesicht ist verschlossen, er nimmt mich nicht wahr. Ich will ihm die Jacke abnehmen, doch Zofia schüttelt nur unwirsch den Kopf. Da ziehe ich mich wieder in mein Zimmer zurück.

Später klingelt es an der Wohnungstür. Ich höre, wie Zofia mit jemandem spricht. Dann schaut sie bei mir rein, um zu sagen, dass eben zwei Pizzen gebracht worden seien.

»Dein Vater will nichts essen?«

»Nein, er hat sich schon hingelegt.«

Ich folge ihr in die Küche. Eigentlich bin ich noch viel zu satt. Auch Zofia hat kaum Hunger. So sitzen wir uns gegenüber und schweigen.

»Soll ich morgen nach Hamburg zurückfahren? Ich habe das Gefühl, dass ich eher eine Last für dich bin.«

»Nein, nein. Tut mir leid, dass ich keine Zeit für dich hatte.«

»Das meine ich nicht. Es geht ja nicht darum, dass du Zeit für mich haben sollst, sondern darum, dass ich gern irgendwas für dich tun möchte.«

»Das ist lieb von dir, aber diesen ganzen Behördenkram muss ich allein erledigen. Du kannst ja kein Polnisch.«

»Ich wünschte, ich könnte es.«

Zofia wirkt abwesend, als sie sich erkundigt, wie ich den Tag verbracht habe. Ich erzähle ihr von meinem Stadtrundgang, von dem Lokal, in dem ich Piroggen gegessen habe und von meiner Erinnerung an den ersten Besuch bei ihr zu Hause im Herbst 1990.

»Da gab's Piroggen?«

»Ja. Später beim Spielen hast du mich nach meinem Vater gefragt, und ich habe dir erzählt, dass er drei Monate zuvor gestorben war.«

»Das weiß ich nicht mehr.«

»Du hast mich getröstet. Weißt du das auch nicht mehr?«

Zofia runzelt die Stirn. »Ich erinnere mich natürlich, dass dein Vater gerade gestorben war. Aber ich hätte nicht sagen können, dass wir bei deinem ersten Besuch bei uns darüber gesprochen haben.«

Wir schweigen wieder eine Weile.

»Leider gelingt es mir nicht, dich zu trösten«, murmele ich schließlich.

»Doch. Ich habe dir gleich am Telefon gesagt, wie sehr es mich trösten wird, dass du bei mir bist, wenn wir meine Mutter begraben.«

»Ja, aber seitdem hat sich etwas verändert.«

»Du meinst, durch das, was ich gestern Abend zu dir gesagt habe?«

Ich nicke.

»Ich wollte das schon längst ansprechen«, fährt Zofia fort. »Es hat sich nur nie ergeben.«

Ich schlucke.

»Nachdem ich erfahren habe, was Aniela in ihrem letzten Gespräch mit meinem Vater geäußert hat, ist bei mir alles wieder hochgekommen.«

»Ich ... kann nur noch mal wiederholen, dass ich dich niemals ... bemitleidet habe«, stammele ich.

»Mein Eindruck ist ein anderer. Kannst du das nicht einfach so stehen lassen?«

»Es bleibt mir wohl nichts anderes übrig.« Warum fällt es mir so schwer zu akzeptieren, dass Zofia in diesem Punkt anderer Meinung ist?

»Du musst dich darüber nicht so aufregen. Es gibt Schlimmeres.«

Geht es mir wirklich um das Mitleidsthema oder eher darum, wie Zofia sich mir gegenüber verhält? Soll ich ihr sagen, was mich bedrückt? Ich hole tief Luft. »Seit gestern bist du auch ganz anders, so kühl und distanziert.«

Sie steht ruckartig auf. »Meine Mutter ist plötzlich gestorben. Mein Vater hat Atemnot. Ich bin nicht ganz zurechnungsfähig. Ist das so schwer zu kapieren?« Sie rauscht aus der Küche.

»Warte!«, rufe ich und laufe hinter ihr her.

Zofia schlägt ihre Zimmertür zu und schließt sich ein. Ich bleibe stehen und starre auf die Holzschnitte im Flur. Sie kommen mir auf einmal nicht mehr abstrakt vor. Wie Hirngespinste sehen sie aus, diese geweihähnlichen Verzweigungen, die aus Köpfen aufsteigen.

9.

Später telefoniere ich mit Peter. Paul scheint auf dem Weg der Besserung zu sein.

»Und mich hat's nur mild erwischt. Also kein Grund zur Aufregung.«

»Es kann sein, dass ich trotzdem schon morgen nach Hause komme.«

»Das ist nicht nötig.«

»Aber hier hat sich die Situation zugespitzt.«

Ich schildere ihm, was heute Abend passiert ist. Er hört mir ruhig zu und sagt erst einmal nichts.

»Bist du noch da?«

»Ja. Ich denke darüber nach, warum du es so schlimm findest, dass Zofia glaubt, du hättest Mitleid mit ihr.«

»Ich habe das Gefühl, dass unsere Freundschaft dadurch in eine Schieflage gerät. Als ob ich auf irgendeinem Podest sitze und auf Zofia herabschaue, weil sie keine Kinder, sondern nur einen interessanten Beruf hat.«

»Das ist nicht das, was ich unter Mitleid verstehe. Wenn wir uns gefragt haben, ob Zofia es nicht irgendwann bereuen wird, auf Kinder verzichtet zu haben, schwang immer etwas Traurigkeit mit. Wir wissen doch, wie gut sie mit Kindern umgehen kann.«

»Das stimmt.«

»Vermutlich hat sie selbst manchmal ähnliche Gedanken, auch wenn sie nach außen hin ihr Leben als Single so vehement verteidigt. Durch den Tod ihrer Mutter hat sich vielleicht ihr Blick auf das Thema Familie auch noch mal verändert.«

»Aber woher kommt diese Kühle mir gegenüber?«

»Zofia ist es gewöhnt, ihr Leben souverän zu meistern. Ich kann mir vorstellen, dass sie es nicht erträgt, im Moment so bedürftig zu sein. Anstatt sich bei dir anzulehnen, grenzt sie sich von dir ab.«

»Wahrscheinlich hast du recht.«

»Ich glaube, das alles hat im Kern gar nichts mit dir zu tun.«

»Du hättest ihre Stimme hören sollen.«

»Miriam, sie trauert um ihre Mutter, und sie hat Angst um ihren Vater.«

»Ja.«

»In der Situation ist es nicht gerade hilfreich, wenn du ihr Vorwürfe machst.«

»Du musst mich nicht so zurechtweisen.«

»Tut mir leid, wenn das so bei dir ankommt. Ich meine es nur gut. Und ich habe wirklich den Eindruck, dass du das Ganze zu sehr auf dich beziehst.«

Wir verabschieden uns, und diesmal klinge ich eine Spur kühler als sonst.

Ich schlafe erst gegen drei Uhr ein. Als ich aufwache, ist es halb zehn. Im Flur begegne ich Zofia. Sie zieht gerade ihre Jacke an.

»Guten Morgen.«

»Morgen, Miriam. Ich bin schon wieder auf dem Sprung.«

»Wie geht's deinem Vater?«

»Schwer zu sagen. Beim Frühstück wirkte er ganz stabil.«

Sie nimmt mich in die Arme. Ich bin so überrascht, dass ich einen Moment brauche, um auch sie in die Arme zu schließen.

»Ist zwischen uns jetzt alles wieder gut?«

»Ja.«

»Ich wünschte, ich hätte mehr Zeit für dich. Heute Abend koche ich was für uns.«

»Aber ich kann genauso ...«

»Nein, das schaffe ich schon«, unterbricht sie mich. »Und jetzt muss ich los. Mach dir einen schönen Tag in Krakau. Bis nachher.«

Bevor ich noch etwas sagen kann, hat sie die Wohnung verlassen. Ich bin erleichtert, dass Zofia sich etwas gefangen hat und ich wieder ihre Wärme spüre.

Von Dariusz sehe und höre ich nichts. Ob ich mal nach ihm schauen soll? Ich klopfe ein-, zweimal an seine Tür. Er antwortet nicht. Da drücke ich die Klinke herunter und trete in sein Zimmer. Er liegt auf einer Chaiselongue und schläft. Seine Gesichtszüge sind ruhig und entspannt. Leise schließe ich die Tür wieder.

Ich sitze in einem Café auf dem Rynek Główny und frühstücke. Wieder scheint die Sonne. Ich habe mir einen Milchkaffee und ein Hefebrötchen mit Blaubeerfüllung bestellt. Daran knüpfen sich zum Glück keine Erinnerungen.

Fast hätte ich den SMS-Ton überhört. Die Nachricht ist von Peter.

Liebe Miriam,
ich hoffe, Du hast Dich etwas beruhigt und gut geschlafen.
Bei uns ist alles o. k.
Versuch, Deinen letzten Tag in Krakau zu genießen.
Marie und Paul schicken Dir liebe Grüße.
Dein Peter

Über meine Antwort muss ich nicht lange nachdenken.

Lieber Peter,
gut, dass bei Euch alles o. k. ist. Leider habe ich nicht viel geschlafen, weil ich wegen der schlechten Stimmung zwischen Zofia und

*mir Gedankenrasen hatte. Aber heute Morgen war Zofia wieder so, wie ich sie kenne, offen und herzlich. Du hattest also recht: Ich habe ihr Verhalten zu sehr auf mich bezogen. Gestern Abend konnte und wollte ich das noch nicht einsehen. Sei nicht böse, dass ich beim Abschied so kühl und knapp geklungen habe.
Grüß mir die beiden.
Deine Miriam*

Zwei Minuten später lese ich:

Schön, dass sich bei Euch die Situation geklärt hat. Und natürlich bin ich Dir nicht böse.

Danke!

Ich bezahle meine Rechnung und breche auf in Richtung Kasimierz. Als ich die Alte Synagoge betrete, höre ich eine deutsche Stimme. Ein Reiseleiter erklärt seiner Gruppe, dass sich heute hier ein jüdisches Museum befände, in dem die Geschichte und Kultur der Krakauer Juden dargestellt werde. Vor den Ausstellungsvitrinen herrscht großer Andrang.

»Unser nächstes Ziel ist die Remuh-Synagoge, die wieder als jüdisches Gotteshaus dient.«

Ich folge der Gruppe. Es fällt mir leichter, diesem Mann zuzuhören, als in meinem Reiseführer zu lesen. Die Remuh-Synagoge ist klein und hell. Ich weiß nicht, warum ich einen dämmerigen Raum erwartet habe. Einige Menschen beten. Während der Reiseleiter uns erklärt, dass das Lesepult auf dem Podest in der Mitte der Synagoge Bima heiße und dort die Tora ausgerollt werde, schaut sich einer der Betenden nach uns um. Plötzlich ist es mir unangenehm, inmitten einer deutschen Reisegruppe zu stehen.

Ich gehe allein weiter, hinüber zum Neuen jüdischen Friedhof, der im Jahr 1800 angelegt wurde. Hier ist es ganz ruhig. In der Ferne sehe ich eine alte Frau, die langsam an den überwucherten Gräbern und den zerstörten Grabsteinen entlangläuft. Ab und zu bleibt sie stehen und studiert kopfschüttelnd die Inschriften. Ich wünschte, Peter wäre bei mir.

Am Ausgang begegne ich der Frau. Sie blickt mich an und scheint etwas sagen zu wollen, doch dann nickt sie nur und steigt in ein wartendes Taxi. Vielleicht ist sie eine Überlebende des Holocaust, die hier nach Familiengräbern aus dem 19. Jahrhundert gesucht hat.

Erst jetzt sehe ich, dass für die Friedhofsmauer Bruchstücke von Grabsteinen als Baumaterial verwendet wurden. Mir läuft es kalt den Rücken herunter.

Mein Smartphone klingelt. Ich zucke zusammen, hatte gedacht, ich hätte es ausgeschaltet. Es ist Zofia.

»Hallo.«

»Wo steckst du gerade?«

»In Kasimierz. Ich will nachher ins Oskar Schindler-Fabrik-Museum.«

»Oh, wenn du vorher im Internet kein Ticket gebucht hast, wird das schwierig. Es ist immer sehr voll.«

»Ich versuch's.«

»Ganz in der Nähe ist übrigens der *Platz der Ghettohelden*. Dort stehen lauter leere Stühle aus Bronze, als Erinnerung an all das, was die Ghettobewohner zurücklassen mussten, als sie deportiert wurden.«

»Ah, darüber habe ich noch nichts gelesen.«

»Es ist ein bewegendes Mahnmal, das vor vierzehn oder fünfzehn Jahren errichtet wurde.«

»Danke für den Hinweis.« Ich sehe die deutsche Reisegruppe

von vorhin auf mich zukommen und gehe ein Stück weiter. »Wie sieht's bei euch aus?«

Zofia räuspert sich. »Ich war eben kurz in der Wohnung. Dariusz schläft. Er hat gestern mit der Einnahme eines Medikaments begonnen. Zum Glück konnte sein Hausarzt ihn dazu überreden.«

»Bist du etwas zuversichtlicher?«

»Ich schwanke.«

»Vertraut Dariusz seinem Arzt?«

»Ja.«

»Wenigstens das.«

»Ich muss jetzt Schluss machen, weil ich gleich meinen Termin bei der Bank habe.«

»Alles Gute.«

»Dir auch. Bis nachher.«

Ich mache mich auf den Weg zum linken Weichselufer. Auf der Brücke bleibe ich eine Weile stehen und schaue ins Wasser. Wie gut, dass ich nicht abgereist bin.

Vom Fluss ist es nicht weit bis zum *Ghetto Heroes Square,* wie der Platz auf meinem Stadtplan heißt. Ich war nicht darauf vorbereitet, dass die vielen leeren Bronzestühle so weit voneinander entfernt stehen würden und sich in regelmäßigen Abständen über den gesamten Platz verteilen. Je länger ich sie betrachte, desto mehr sehe ich die Leere zwischen ihnen. Ein Symbol für verlorenes Leben.

Vielleicht ist es an anderen Tagen anders, aber heute sitzt niemand auf diesen Stühlen.

An der Kasse des Oskar Schindler-Fabrik-Museums erfahre ich, dass für heute und morgen keine Eintrittskarten mehr zu haben sind.

»You should have booked a ticket in advance«, lautet der Kommentar der Kassiererin.

Dann wendet sie sich dem älteren, französischen Paar zu, das hinter mir in der Schlange steht. Die beiden haben auch keine Tickets gebucht.

Eine Kollegin der Kassiererin muss meine Enttäuschung gesehen haben. Sie nimmt mich beiseite und sagt mir, dass sich für den 15-Uhr-Termin eine größere Gruppe angemeldet habe. Manchmal käme es vor, dass Gruppen ihr Kontingent nicht ausschöpften. Ich könnte Glück haben, wenn ich bereit sei zu warten.

Gleich halb drei. Wie wichtig ist es mir, in die Ausstellung zu gehen? Ich blättere in der ausliegenden Broschüre und lese noch einmal den Abschnitt in meinem Reiseführer. Dann beschließe ich zu bleiben. Wenn es die Chance auf ein Ticket gibt, kommt es auf eine halbe Stunde nicht an.

Die Franzosen und ich sind offenbar die Einzigen, die hoffen, noch eingelassen zu werden. Die Frau erzählt mir, wo sie in Krakau bisher gewesen seien, und der Mann fügt hinzu, wie sehr sie sich darüber ärgern, ausgerechnet den Besuch dieses für sie so wichtigen Museums nicht genügend vorbereitet zu haben. Ob sie an meinem leichten Akzent gehört haben, dass ich Deutsche bin?

Um zehn vor drei trifft eine große Gruppe von Amerikanern ein. Ich sehe, wie nacheinander alle ihre Eintrittskarte überreicht bekommen. Am Schluss sind zwei übrig. Die erste wird mir angeboten, die zweite den Franzosen. Einen Moment lang überlege ich, ob ich meine Karte an sie abtreten soll. Dann entscheide ich mich dagegen. Das Paar schaut sich an; schließlich ist die Frau diejenige, die mit mir zusammen die Ausstellungsräume betritt.

Ich sehe Fotos, lese Texte und höre Interviews mit Zeitzeugen, aus denen deutlich wird, wie sich zwischen 1939 und 1945 der Naziterror auf die Bevölkerung Krakaus auswirkte. Gewalt und Beschlagnahme von Häusern und Wohnungen waren an der Tagesordnung. Die nichtjüdischen Polen erlebten immer mehr Einschränkungen in ihrem Alltag, aber das Leben der polnischen Juden wurde unerträglich. Sie waren ständigen Plünderungen und Misshandlungen durch die Besatzungsmacht ausgesetzt. Im März 1941 wurde in Podgórze, hier, im südlichen Teil der Stadt, ein Ghetto eingerichtet, in das die jüdischen Bewohner innerhalb weniger Wochen umzuziehen hatten. Ein Jahr später begannen von dort die Deportationen der noch Überlebenden in verschiedene Vernichtungslager. Mir wird schwindelig. Ich begreife es nicht, werde es nie begreifen, wie Menschen solche Grausamkeiten begehen können.

Langsam setze ich mich wieder in Bewegung. Ich komme an Fotos vorbei, auf denen dokumentiert wird, wie sich die deutschen Besatzer und ihre Familien in diesem Land bereichert haben, mit Pelzen, Schmuck, Kunstwerken, Möbeln, Autos und Häusern. Die Bilder ekeln mich an. Immer wieder lese ich den Namen *Hans Frank*. Der Schlächter von Polen herrschte hier wie ein König. Und seine Frau Brigitte ließ sich als selbst ernannte Königin feiern.

In den ehemaligen Büroräumen von Oskar Schindler treffe ich auf die Französin. Sie studiert die Namen der von Schindler geretteten Personen. Vielleicht ist darunter einer ihrer Vorfahren. Sie sieht mich, aber sie sagt nichts, und auch mir ist nicht nach Reden zumute.

In einem anderen Raum lese ich auf einer Tafel, dass die noch arbeitsfähigen Juden in das Zwangsarbeiter- und spätere Konzentrationslager Płaszów, südöstlich von Krakau, verlegt wurden. Nur die wenigsten überlebten.

Płaszów. Das war das Lager, in dem Zofias Großvater ermordet wurde.

In einem Schaukasten hängt ein Foto des Kommandanten Amon Göth, der für seine Brutalität und seinen Sadismus bekannt war. In dem Spielberg-Film *Schindlers Liste,* den ich vor zwanzig Jahren zusammen mit Zofia gesehen habe, gab es barbarische Szenen, in denen dieser Mann willkürlich auf Lagerinsassen schoss oder seine Hunde auf sie hetzte. Wir hätten das Kino damals beinahe verlassen.

Auf einem weiteren Foto sind Mitglieder der SS abgebildet, die Göth unterstanden. Sie scheinen sich gerade über irgendetwas zu amüsieren.

Ich beuge mich vor, um mir die jungen Männer näher anzusehen.

Plötzlich erstarre ich. Eines der Gesichter kommt mir bekannt vor.

Nein, das kann nicht sein.

Ist das wirklich mein Großvater, der mir dort lächelnd entgegenblickt?

10.

Ich finde den Ausgang nicht. Wie kann denn das sein? In den engen Ausstellungsgängen herrscht so ein Gedränge, dass ich nur langsam vorankomme. Und immer wieder lande ich in Räumen, die nirgendwo hinführen.
»May I help you?«, höre ich da eine Stimme neben mir sagen. Eine junge Museumsangestellte sieht mich besorgt an.
»I … have to get out«, stoße ich hervor.
»No problem.«
Sie greift sacht nach meinem Arm und führt mich in wenigen Minuten nach draußen.
»Thank you«, murmele ich.
»Will you be all right?«
»I … think so.«
»If you like I could call a doctor for you.«
Bloß kein Arzt. »No, that won't be necessary.«
»Are you sure?«
»Absolutely. I just needed some fresh air.«
Ich bedanke mich noch einmal bei der jungen Frau und gehe los, vorbei an dem Franzosen, der mich verwundert anschaut. Wenn ich ihm meine Eintrittskarte überlassen hätte, wäre alles anders gekommen. Oder wenn die amerikanische Gruppe vollzählig gewesen wäre. Oder wenn ich heute Morgen abgereist wäre. Ich hätte nicht diese verstörende Entdeckung gemacht und würde jetzt nicht so konfus durch die Gegend laufen.
Schon bald weiß ich nicht mehr, wo ich bin. Anstatt stehen zu bleiben und meinen Stadtplan aus dem Rucksack zu holen oder

mir auf meinem Smartphone über Google Maps einen Weg zu suchen, fange ich an zu rennen, als ob ich so alles von mir abschütteln könnte.

Irgendwann lande ich an einer Fußgängerbrücke, die über die Weichsel führt. Hier war ich noch nie, aber die Richtung stimmt. Auf der Brücke stehen unzählige Touristen und sind mit ihren Selfies beschäftigt. Ich schiebe mich an ihnen vorbei und lehne wortlos die Bitte dreier Japanerinnen ab, sie vor der Stadtkulisse zu fotografieren.

Am anderen Ufer weist ein Schild in Richtung *Kasimierz*. Noch immer erkenne ich nichts wieder. Ich laufe und laufe, bis ich plötzlich vor der Alten Synagoge stehe. Ich sinke auf eine Bank. Mein Herz schlägt bis zum Hals. War ich wirklich erst heute Morgen hier? Es kommt mir vor, als seien seitdem Wochen vergangen.

Allmählich atme ich wieder ruhiger. Ich sehe noch immer das Foto der grinsenden Männer vor mir. Es kann nicht sein, dass mein geliebter Opa der SS angehörte und ein Mörder war. Je länger ich darüber nachdenke, desto sicherer bin ich mir, dass es sich um eine Verwechslung handeln muss. Ein herzensguter Mensch wie er hätte nie jemandem etwas zuleide tun können.

Und wenn er doch der Mann auf dem Foto ist?

Nein.

Ich laufe weiter. Nach einer Dreiviertelstunde erreiche ich die Wohnung. Als ich die Tür aufschließen will, höre ich, wie Zofia ihrem Vater etwas zuruft. Ich hatte gehofft, dass sie noch unterwegs wäre und ich Zeit hätte, um mich zu fangen.

»Da bist du ja.« Zofia kommt mir im Flur entgegen. »Ist irgendwas passiert? Du bist ganz bleich.«

»Ach, ich … Das Museum … Es hat mich so erschüttert, was ich dort gesehen habe.«

»Tut mir leid, dass wir nicht zusammen dort hingehen konnten. Dann hättest du wenigstens jemanden zum Reden gehabt.«
Wenn sie wüsste.
»Willst du dich einen Moment ausruhen?«
»Nein, nein.«
»Das Essen ist bald fertig. Es gibt Tomatensuppe und anschließend Käse mit Weintrauben. Ich hoffe, du hast Hunger.«
Ich zwinge mich zu einem Nicken. »Wie geht's Dariusz?«
»Nicht gut. Mal sehen, ob ich ihn überreden kann, mit uns zu essen.«

Ich bringe den Rucksack in mein Zimmer. Erst jetzt sehe ich, dass Peter mir vor zwei Stunden eine Nachricht auf die Voicemail gesprochen hat. Da war ich noch im Museum und hatte mein Smartphone auf stumm geschaltet.

»Hallo, Miriam. Ich wollte mal eben hören, wie es dir im Laufe des Tages ergangen ist. Wir telefonieren bestimmt heute Abend, oder? Die Kinder können es kaum noch erwarten, bis du wieder da bist. Hier wird schon eifrig was für deine Rückkehr vorbereitet. Gestern ist Fridolin ausgebüxt. Wir haben viereinhalb Stunden gebraucht, um ihn wieder einzufangen. Das hättest du schneller geschafft. Daran siehst du, wie sehr du uns fehlst. Ich freue mich auf dich. Tschüs.«

Für einen Moment holt Peters Stimme mich zurück in meine normale Welt. Ich sehe mich an meinem Schreibtisch unter dem Hochbett, sehe Fridolin zitternd hinter der Waschmaschine, sehe Peter mit den Kindern am Frühstückstisch, sehe den hüpfenden Paul und die juchzende Marie beim Drachensteigen, sehe Mama schlafend im Sessel. Dann ist der Moment vorbei, und ich spüre wieder die Schwere dieses Tages.

»Miriam?«, ruft Zofia vom Flur aus.
»Ich komme.«

Zofia steht in der Küche und füllt die Suppe in eine Terrine.
»Mein Vater wird mit uns essen. Von daher habe ich im Esszimmer gedeckt. Bringst du den Brotkorb und die Käseplatte mit?«
»Ja.«

Dariusz sitzt bereits am Tisch. Ich begrüße ihn. Er antwortet mir mit so leiser Stimme, dass ich ihn kaum verstehen kann. Zofia füllt uns Suppe auf und wünscht guten Appetit. Schweigend beginnen wir zu essen.

Mein Platz ist direkt gegenüber der Anrichte. Ich versuche, nicht auf die Fotos zu blicken. Zofias Großvater hat nicht einmal die Geburt seines Sohnes erlebt. Opa dagegen wurde achtzig Jahre alt und starb nach einem erfüllten Leben als Goldschmied im Kreis seiner Familie. Was soll ich tun, wenn ich herausfinde, dass ich mich nicht getäuscht habe und Opa tatsächlich einer der SS-Männer auf dem Foto ist? Würde ich es Zofia erzählen können? Bei dem Gedanken schießt mir das Blut in den Kopf. Nein, niemals.

»Miriam war heute in dem Museum in Oskar Schindlers ehemaliger Fabrik«, höre ich Zofia da sagen. »Es hat sie sehr mitgenommen.«

Dariusz rührt langsam in seiner Suppe, ohne hochzuschauen. »Das glaube ich … Obwohl ich selbst noch nicht dort gewesen bin.«

»Es war Zufall, dass ich überhaupt eine Eintrittskarte bekommen habe«, murmele ich.

»Ja, wie hast du das angestellt?«, fragt Zofia.

»Eine amerikanische Reisegruppe hatte ihr vorbestelltes Kontingent an Karten nicht ausgeschöpft.«

»Ah, Glück muss man haben.«

Ich schlucke.

»Aber du hast ja meistens Glück.«

»Habe ich das?«

»Ja, klar. Denk doch nur an deine wunderbaren Kinder.«

Wieso schneidet sie jetzt hier, vor ihrem Vater, dieses Thema an? Er reagiert nicht, sondern rührt weiter in seiner Suppe.

»Sie vermissen dich bestimmt, oder?«

»Ja. In den letzten Tagen waren beide krank.«

»Das hast du gar nicht erzählt. Was hatten sie denn?«

»Durchfall. Aber inzwischen scheint alles wieder okay zu sein.«

Dariusz steht plötzlich auf und verlässt das Zimmer.

Zofia rollt mit den Augen. »Ich halte das bald nicht mehr aus.«

»Er hat kaum etwas gegessen. Meinst du, das Medikament bekommt ihm nicht?«

»Keine Ahnung.«

»Oder er wollte nicht über das Thema Kinder sprechen. Vielleicht ist das zu schmerzlich für ihn.«

»Ich frage mich, welches Thema im Moment nicht zu schmerzlich für ihn ist. Über irgendwas müssen wir schließlich reden. Wir können ja nicht nur hier sitzen und still unsere Suppe löffeln.« Zofias Stimme ist immer lauter geworden.

Ich lege meine Hand auf ihren Arm. »Er muss dich nicht unbedingt hören.«

»Warum eigentlich nicht?«

»Weil es ihm schlecht geht.«

»Jetzt verteidigst du ihn schon wieder, genau wie vorgestern, nach der Beerdigung. Denkst du gar nicht daran, wie es mir geht?«

»Doch, natürlich.«

»Ich rackere mich ab, erledige alles für ihn, und als Dank dafür gibt's nichts als Schweigen.« Sie schneidet sich ein großes Stück Käse ab und beißt hinein.

»Was meinst du, wie lange du noch in Krakau bleiben wirst?«

»Höchstens bis Dienstag. Am Mittwoch habe ich eine Vorstellung in Köln.«

»So schnell schon?«

»Was heißt hier schnell? Mehr als zwei Wochen Ausfall kann ich mir in meinem Beruf nicht leisten. Außerdem wird es mir guttun, wieder Theater zu spielen.«

Sie schiebt mir die Käseplatte zu. Ich schüttele den Kopf, habe noch nicht einmal die Suppe geschafft.

»So wie du guckst, fragst du dich jetzt sicherlich, wie mein Vater sich dann versorgen wird.«

Der spitze Unterton in Zofias Stimme ist nicht zu überhören.

»Und? Hast du eine Lösung gefunden?«

»Ich habe mit verschiedenen Cousins und Cousinen gesprochen. Wir wollen versuchen, eine Haushälterin einzustellen, die Auto fahren kann und ihn auch mal zum Arzt oder zum Friedhof begleitet. Bis wir jemanden gefunden haben, wird sich die Familie um ihn kümmern.«

»Das ist doch eine Entlastung für dich.«

»Ja, vorausgesetzt, Dariusz lässt sich auf den Plan ein. Als ich ihm gestern diesen Vorschlag gemacht habe, wollte er nichts davon wissen. Er hat nicht nur Atemnot, sondern ist auch ziemlich starrsinnig.«

»War er das früher schon?«

Zofia zuckt mit den Achseln. »Kann sein. Vielleicht habe ich es nur nicht gemerkt, weil Aniela vieles ausgeglichen hat.«

»Oder es ist eine Alterserscheinung.«

»Ja, vermutlich eher das. Meine Oma konnte auch sehr störrisch sein.«

Unwillkürlich schaue ich zu den Fotos hinüber. Es kommt mir so vor, als ob Zofias Großvater mich direkt ansieht.

»Miriam?«

»Ja?«

»Was ist? Du bist auf einmal wieder so blass.«

»Ich ... Mir geht's nicht so gut.«

»Soll ich dir einen Ingwertee kochen?«

»Nein, danke.«

»Hoffentlich hast du dich nicht zu sehr über mich aufgeregt.«

»Mach dir mal darüber keine Gedanken.«

»Doch. Meine Stimmungsschwankungen sind wirklich schlimm.«

»Kein Wunder. Das ist gerade eine verdammt harte Zeit für dich.«

»Ja.« Zofia beugt sich zu mir hinüber. In ihrem Blick liegt etwas Flehentliches. »Ich weiß, wie schwer ich im Moment zu ertragen bin. Versprich mir, dass du mir verzeihst, bevor du morgen Abend abreist.«

»Natürlich verzeihe ich dir.«

»Ich hatte gehofft, dass wir an deinem letzten Tag zusammen was unternehmen könnten. Aber das wird leider nicht klappen.«

»Macht nichts«, antworte ich, obwohl ich enttäuscht bin. »Was steht denn bei dir auf dem Programm?«

»Vorstellungsgespräche für den Job als Haushälterin bei meinem Vater. Eine meiner Cousinen hat mit drei Frauen Termine vereinbart. Wir treffen uns nicht hier, sondern bei ihr zu Hause.«

»Ich drücke euch die Daumen, dass was daraus wird.«

»Danke.«

Wir decken den Tisch ab, räumen das Geschirr in die Spülmaschine und sprechen noch kurz darüber, wann ich morgen aufbrechen muss, um rechtzeitig am Flughafen zu sein. Dann umarmen wir uns und wünschen uns gegenseitig eine gute Nacht.

Als ich meine Zimmertür hinter mir geschlossen habe, spüre ich, wie erschöpft ich bin. Ich lege mich aufs Bett und schicke Peter eine SMS, dass ich todmüde sei und wir morgen telefonieren würden.

Ich weiß nicht, was mit mir los ist. Vielleicht hat mich irgendein Infekt erwischt.
Grüß Marie und Paul von mir. Deine Miriam

Ein paar Minuten später schreibt er mir:

Oh, hoffentlich wirst Du nicht krank.
Schlaf gut! Dein Peter

An Schlaf ist nicht zu denken. Soll ich ihn doch anrufen und ihm erzählen, was mich beunruhigt? Nein. Ich brauche erst einmal Gewissheit, dass es sich bei dem Mann auf dem Foto nicht um Opa handelt. Vorher werde ich mit niemandem über das Thema reden, auch nicht mit Peter.

Während ich daliege und an die Decke starre, steigt eine Erinnerung in mir hoch. Zofia und ich waren etwa zehn Jahre alt. Wir saßen in Opas Küche, aßen Quarkhörnchen und tranken heiße Schokolade, als ein erboster Nachbar bei ihm an der Wohnungstür klingelte.

»Haben Sie mitgekriegt, wer meinen Opel Astra angefahren hat?«
»Nein. Wann ist das passiert?«
»Irgendwann in den letzten anderthalb Stunden. Der Wagen steht direkt vor Ihrem Laden. Er hat jetzt vorn, im rechten Kotflügel, eine Riesendelle.«

»Habt ihr etwas bemerkt?«, rief Opa uns zu.

Zofia und ich schauten uns an und schüttelten die Köpfe. »Nein«, rief ich zurück.

»Meine Enkelin und ihre Freundin haben auch nichts gesehen.«

»Wahrscheinlich war's der Pole von nebenan«, brummte der Nachbar.

»Was haben Sie da gesagt?«, fragte Opa mit eisiger Stimme.

»Na, Sie wissen schon ... der Kowalczyk oder wie der Typ heißt.«

»Wie kommen Sie zu dieser Unterstellung?«

»Den Polacken kann man doch nicht über den Weg trauen.«

Ich hielt die Luft an. Zofia hatte die Augenbrauen hochgezogen und lauschte. Sie sprach inzwischen fließend Deutsch und verstand mit Sicherheit jedes Wort.

»Unterstehen Sie sich, unseren polnischen Nachbarn auf diese Weise zu verleumden. Sonst bekommen Sie es mit mir zu tun.«

»Nun seien Sie doch nicht so empfindlich.«

»Behalten Sie Ihre Vorurteile für sich. Ich will damit nichts zu tun haben.« Mit diesen Worten schlug Opa die Tür zu.

Als er in die Küche zurückkam, war er noch ganz aufgewühlt. Er sah uns beide an und murmelte: »Der Mann ist nicht besonders intelligent; er macht häufig solche dummen Sprüche. Am besten beachtet ihr ihn gar nicht.«

Zofia hat mir später einmal gesagt, wie wichtig dieser Tag für sie gewesen sei. In der Schule, beim Sport und auch in ihrer Schauspielausbildung habe sie es immer wieder erlebt, dass über Polen hergezogen wurde. Aber mein Opa hatte seinen polnischen Nachbarn verteidigt. Das habe sie ihm nie vergessen.

11.

Ich sehe Männer in Uniformen und hohen Stiefeln. Sie halten ihre Gewehre im Anschlag und zielen auf die Lücken zwischen den Baracken. Dann höre ich Schüsse und Schreie. Ein junger Mann stürzt zu Boden und gleich darauf ein zweiter. Ein dritter rennt auf den Stacheldrahtzaun zu und hat ihn fast erreicht, als auch er von einer Kugel getroffen wird. Die Schützen brechen in Gelächter aus. Ihre Gesichter sind merkwürdig verschwommen. Ich rufe ihnen zu, dass man sie für ihre Morde zur Rechenschaft ziehen wird, doch sie reagieren nicht. Erst da merke ich, dass ich von der Welt des Lagers durch eine hohe Glasscheibe getrennt bin.

Ich werde wach, bin in Schweiß gebadet. Es ist dunkel. Ich taste nach dem Schalter der Nachttischlampe. Als ich ihn finde und wieder weiß, wo ich bin, wünschte ich, ich läge zu Hause in meinem Bett.

Ich wälze mich hin und her und überlege, ob ich aufstehen soll. Es ist erst Viertel nach drei. Das Foto der SS-Männer steht mir deutlich vor Augen. Wie soll ich herausfinden, ob Opa einer dieser Männer war? Die Einzige, die mir etwas darüber sagen kann, ist Mama. Sobald ich wieder in Hamburg bin, werde ich versuchen, mit ihr zu reden. Vielleicht hat sie einen ihrer klaren Tage und erinnert sich, wo Opa im Krieg stationiert war.

Irgendwann, als es schon hell wird, muss ich doch eingeschlafen sein.

Das Klingeln meines Smartphones weckt mich. Es ist Peter.
»Hallo.«

»Guten Morgen.«
»Wie spät ist es?«
»Kurz vor zehn.«
»Ehrlich?«
»Sag bloß, du hast bis eben geschlafen.«
»Ich hatte eine schlechte Nacht.«
»Hast du Fieber?«
»Glaube ich nicht.«
»Wirst du die Reise heute schaffen?«
»Na, klar. Ich will unbedingt nach Hause.«
»Nimm dir ein Taxi zum Flughafen.«
»Mal sehen.«

»Jetzt stehen die Kinder neben mir und wollen dir Hallo sagen. Ich stelle wieder den Lautsprecher an.«

»Darf ich zuerst?«, ruft Paul.
»Heute ist Marie mal als Erste dran.«
»Warum?«
»Weil wir es neulich so verabredet haben.«
»Das ist gemein.«
»Nein, das ist gerecht«, ertönt Maries Stimme. »Hallo, Mama.«
»Hallo, mein Schatz.«
»Wir haben eine schöne Überraschung für dich gebastelt.«
»Da bin ich aber gespannt.«
»Sie soll mal raten«, schreit Paul aus dem Hintergrund.
»Nein, das soll sie nicht«, protestiert Marie. »Ich hatte die Idee für dein Geschenk.«
»Aber ich habe die Farben ausgesucht.«
»Paul redet immer dazwischen.«
»Ich freue mich so, dass ich bald wieder bei euch sein werde.«
»Ich mich auch. Jetzt kommt Paul. Tschüs.«
»Tschüs, Marie.«

»Hallo, Mama.«

»Hallo, mein Kleiner. Bist du wieder ganz gesund?«

»Ja, aber Papa noch nicht.«

»Das hat er mir gar nicht gesagt.«

»Wir konnten keinen Ausflug mehr machen, weil immer einer von uns krank war.«

»Oh, dann holen wir das nach.«

»Ja. Jetzt will Papa noch mal mit dir reden.«

»Ist gut. Tschüs, Paul.«

»Tschüs, Mama.«

Peter erklärt mir, dass er mich nicht habe beunruhigen wollen. Es ginge ihm aber heute schon ein ganzes Stück besser.

»Wenn ich das gewusst hätte, wäre ich doch eher zurückgekommen.«

»Genau das wollte ich vermeiden. Es war wichtig für Zofia und dich, dass du diese Tage bei ihr verbracht hast, auch wenn es den Konflikt zwischen euch gab.«

»Na ja, also ...«

»Du, hier ist plötzlich die Hölle los«, unterbricht Peter mich. »Wahrscheinlich ist der Hamster wieder entkommen. Ich rufe dich gleich noch mal an.«

»Ist gut.«

Der Konflikt mit Zofia ist nichts im Vergleich zu dem, was ich gestern entdeckt habe. Und das wäre mir erspart geblieben, wenn ich meine Reisepläne geändert hätte.

Ich zucke zusammen. So darf ich nicht denken. Natürlich wäre es mir lieber, wenn ich mich nicht näher mit dem Leben meines Großvaters im Zweiten Weltkrieg beschäftigen müsste. Aber jetzt geht es darum, die Wahrheit herauszufinden.

Ich will gerade aufstehen, als Peter sich wieder meldet.

»Diesmal war's nicht der Hamster. Die Kinder haben sich in

die Wolle gekriegt, weil sie unterschiedliche Vorstellungen von dem Geschenk für dich haben.«

»Oje.«

»Sie geben sich solche Mühe.«

»Ich vermisse euch so.«

»Wir dich auch.« Er räuspert sich. »Hast du gestern mit Zofia eigentlich darüber gesprochen, dass du dich krank fühlst?«

»Ja.«

»Und? Wird sie vor deiner Abreise etwas Zeit für dich haben?«

»Nein. Sie und eine ihrer Cousinen haben für heute Vorstellungsgespräche mit ein paar Frauen vereinbart, weil sie eine Haushälterin für Zofias Vater suchen.«

»Schade.«

»Ja. Nicht zu ändern.«

»Am besten bleibst du in der Wohnung und ruhst dich aus.«

»Nein, ich finde es hier zu bedrückend.«

»Wieso?«

»Es ist immer unglaublich still. Und deshalb weiß ich nie, ob Dariusz da ist und vielleicht schläft oder ob es ihm wieder schlechter geht.«

»Dann setz dich irgendwo in die Sonne. Ich habe im Internet gesehen, dass ihr immer noch über zwanzig Grad habt.«

»Ja.«

»Zu blöd, dass du heute Abend nicht direkt nach Hamburg zurückfliegen kannst. Wie lange hast du Aufenthalt in Warschau?«

»Eine Stunde und zehn Minuten.«

»Ganz schön knapp. Ich drück dir die Daumen, dass dein Flug aus Krakau keine Verspätung hat.«

»Das fehlte noch.«

»Da kreischt schon wieder jemand im Hintergrund. Ich muss jetzt Schluss machen.«

»Sag den beiden, sie sollen dich schonen, weil du noch krank bist.«

»Ja, aber das haben sie fünf Minuten später wieder vergessen.«

Auf dem Weg ins Badezimmer bleibe ich einen Moment lang im Flur stehen. Es ist genauso still, wie ich es Peter eben beschrieben habe.

Erst als ich zurückkomme, sehe ich den Zettel an meiner Tür.

Liebe Miriam,
hoffentlich hast Du gut geschlafen und bist heute Morgen wieder fit.
Ich muss jetzt los (9.15 Uhr), werde aber spätestens gegen 14.30 Uhr wieder da sein. Dann können wir noch zusammen einen Kaffee trinken, und anschließend bringe ich Dich zum Bahnhof.
Das Wetter ist so herrlich. Mach's Dir schön. Im Planty Park kann man wunderbar spazieren gehen oder auf einer Bank sitzen und lesen.
Liebe Grüße und bis nachher
Zofia

Ja, ich werde mich ein paar Stunden lang treiben lassen. Im Café frühstücken, ein Stück durch den Planty Park laufen und Mitbringsel für Peter und die Kinder besorgen.

Den Reiseführer lasse ich hier. Mir steht nicht der Sinn danach, noch irgendwelche touristischen Attraktionen zu besichtigen.

Bevor ich gehe, schaue ich noch einmal nach Dariusz. Er schläft wieder tief und fest.

Es ist Viertel vor zwei, als ich in die Wohnung zurückkomme.

»Ich bin's«, rufe ich.

Keine Antwort.

Ich werfe einen Blick in die Küche. Auf dem Tisch steht ein benutzter Suppenteller. Dariusz hat offenbar etwas gegessen. Immerhin.

Ich gehe in mein Zimmer und fange an, meine Sachen zusammenzupacken. Peter wird sich über die Wildschweinsalami freuen. Und für die Kinder habe ich zwei Puzzles gekauft, mit bunten Bildern vom Wawel und den Tuchhallen. Beim Bezahlen wurde mir auf einmal bewusst, dass ich in all den Tagen kein einziges Foto gemacht habe.

War das ein Klopfen an meiner Zimmertür?

»Ja?«

Dariusz kommt herein. »Ich möchte mich bei dir entschuldigen.«

»Wofür?«

»Ich war kein guter Gastgeber. Es war sehr unhöflich von mir, dass ich gestern Abend ohne ein Wort zu sagen vom Tisch aufgestanden bin.«

»Mach dir darüber bitte keine Gedanken. Ich kann nachvollziehen, dass das alles momentan zu viel für dich ist.«

»Danke für dein Verständnis. Ich bin nervlich so am Ende, dass ich manchmal die Kontrolle über mich verliere. In gewisser Weise gilt das auch für Zofia.« Er streicht sich über die Stirn. »Bei ihr äußert es sich nur anders. Sie reagiert ungeduldig und aggressiv. Das darfst du ihr nicht übel nehmen.«

»Nein, natürlich nicht. Ich hätte gern mehr für euch getan, etwas eingekauft oder gekocht.«

Er winkt ab. »Es war alles gut so.«

»Ich wünsche euch beiden viel Kraft für die nächsten Wochen und Monate.«

»Danke, liebe Miriam.« Wie bei unserer Begrüßung am Montag nimmt er meine Hand in seine beiden Hände. »Zofia und ich werden dir nie vergessen, dass du in dieser für uns so schweren Zeit zu uns gekommen bist. Adieu.«

Dann nickt er mir zu und verlässt den Raum.

In meiner Kehle wird es eng. Vielleicht werde ich ihn nicht wiedersehen. Ich öffne das Fenster und hole tief Luft. Im Innenhof spielen wieder die drei kleinen Kinder. Bin ich wirklich erst seit vier Tagen hier?

Kurz darauf ruft Zofia mich an, um mir zu sagen, dass es terminliche Missverständnisse gegeben habe und das Gespräch mit der dritten Frau erst um halb vier stattfinden könne.

»Von daher werde ich es leider nicht schaffen, dich zum Bahnhof zu bringen.«

»Keine Sorge, ich finde den Weg auch allein.«

»Bist du sehr enttäuscht?«

»Nein. Was für einen Eindruck hattet ihr denn von den Frauen, mit denen ihr bisher gesprochen habt?«

»Sie waren beide sehr freundlich, aber die eine hat nur zweimal in der Woche Zeit, und die andere kann nicht Auto fahren.«

»Dann hoffe ich, dass ihr mit der dritten mehr Glück habt.«

»Danke. Überhaupt danke für alles.«

»Du hast schon so viel geschafft.«

»Gute Reise.«

»Pass auf dich auf.«

»Bis bald in Hamburg.«

Ich gehe zum Bahnhof, nehme den Zug zum Flughafen, checke ein. Alles verläuft problemlos.

Beim Einsteigen in die Maschine denke ich an das seltsame Gefühl, das ich hatte, als ich am Montag nach Krakau aufgebrochen bin. Ich habe nicht ahnen können, was für Folgen diese Reise möglicherweise für mich haben wird. Oder war die diffuse Unsicherheit, die ich all die Jahre Polen gegenüber verspürt habe, eine Art unbewusster Ahnung, dass meine Familiengeschichte etwas mit diesem Land zu tun hat? Etwas Monströses, das alles übersteigt, was ich mir jemals habe vorstellen können?

12.

Ich steige aus dem Taxi und blicke zu unseren Fenstern hinauf. Im Wohnzimmer brennt Licht. Noch nie war ich so erleichtert, wieder zu Hause zu sein.

Als ich die Wohnungstür aufschließe, kommt Peter mir entgegen und nimmt mich in die Arme.

»Schön, dass du schon da bist.«

»Die Maschine ist zwanzig Minuten früher gelandet.«

»Und wie war die Reise?«

»Gut. Ich habe auf beiden Flügen geschlafen.«

»Du bist ziemlich blass.«

»Wahrscheinlich habe ich mir doch irgendeinen Infekt eingefangen«, murmele ich und kann Peter dabei nicht ansehen. »Wie geht's dir?«

»Besser. Willst du einen Tee?«

»Ja, gern.«

»Ingwer?«

»Nein, lieber Pfefferminztee.«

Ich ziehe mir die Jacke aus, und wir gehen in die Küche.

»Die Kinder wollten unbedingt wach bleiben, um dich noch zu sehen«, sagt Peter, während er den Wasserkocher startet. »Aber dann sind sie irgendwann auf dem Sofa eingeschlafen.«

»Ging's dir heute gut genug, um mit ihnen nach draußen zu gehen?«

»Ja. Wir waren über eine Stunde mit den Rädern im Stadtpark. Da haben sie sich ordentlich ausgetobt. Die beiden sind wieder topfit.«

»Na, wenigstens das.«

Ich schaue Peter zu, wie er den Tee aufgießt und Becher auf den Tisch stellt. Aber mit meinen Gedanken bin ich im Museum und starre auf das Foto. Eine Gruppe junger, grinsender SS-Männer in identischen Uniformen. Wieso kam mir dieses Foto bekannt vor? Ich muss es schon einmal irgendwo gesehen haben.

»Miriam?«

»Ja?«

»Ich habe dich eben gefragt, ob du auch was essen willst.«

»Nein, danke.«

»Du bist so abwesend. Hast du Kopfschmerzen?«

»Ach, ich ...«

Peter schenkt uns ein und setzt sich mir gegenüber.

Ich kann seinem Blick nicht länger ausweichen. »Es ist etwas passiert.«

Er zieht fragend die Augenbrauen hoch.

»Ich ...« Meine Stimme versagt. Warum habe ich jetzt davon angefangen?

»Nun sag schon.«

»Eigentlich wollte ich noch nicht darüber sprechen, bevor ich nicht sicher weiß, dass ich mich nicht getäuscht habe.«

»Ich habe keine Ahnung, wovon du redest.«

Stockend erzähle ich Peter von dem Foto und dass ich meine, es von irgendwoher zu kennen. Ich sehe, wie er erschrickt.

»Es ist bisher nur eine Vermutung, aber ...« Meine Zunge klebt am Gaumen. Ich bekomme kein weiteres Wort heraus.

Peter greift nach meiner Hand. »Du zitterst ja.«

Ich trinke einen Schluck Tee und zwinge mich, ganz ruhig zu atmen.

»Quäl dich nicht. Wir können auch morgen ...«

»Nein. Ich ertrage es nicht länger, diesen furchtbaren Gedanken für mich zu behalten … Ich glaube, dass es sich bei einem dieser SS-Männer … um meinen Großvater handelt.«

»Was?«, ruft er bestürzt.

»So, wie ich ihn kannte, halte ich es für völlig unmöglich, und trotzdem … dieser lächelnde SS-Mann hatte etwas Vertrautes.«

Peter schluckt. »Weißt du, wo dein Opa im Krieg stationiert war?«

»Nein. Über so was wurde bei uns in der Familie nicht gesprochen.«

»Meinst du, es hat Sinn, Ursel zu fragen?«

»Ich werde es versuchen, wenn sie mal einen lichten Moment hat. Und dann werde ich natürlich ihre Fotoalben durchsehen.«

»Ja, und die zwei Umzugskisten, die wir nach der Auflösung ihrer Wohnung bei uns auf den Dachboden gestellt haben.«

»Stimmt, da sind auch Fotos drin.« Ich lehne mich zurück. Obwohl ich auf der Reise geschlafen habe, bin ich unendlich müde.

»Nicht verzagen.« Peters Stimme klingt sanft. »Vielleicht klärt sich alles auf gute Weise.«

»Wie soll das gehen?«

»Indem du zum Beispiel herauskriegst, dass dein Opa niemals in Polen war.«

»Ja.«

»Du bist skeptisch.«

Ich nicke.

»Mit Zofia hast du über all das wahrscheinlich noch nicht geredet, oder?«

»Nein, natürlich nicht«, antworte ich und stoße beinahe meinen Becher um. »Ich will auf keinen Fall, dass sie etwas davon erfährt.«

Peter schaut mich verwundert an. »Wieso reagierst du denn so heftig?«

»Zofias Großvater wurde im August 1944 von den Deutschen ermordet, und zwar in Płaszów. Das war das Konzentrationslager, in dem vielleicht mein Großvater einer der Mörder war.« In meiner Kehle brennt es. Ich will nicht weinen, aber ich kann die Tränen nicht länger zurückhalten.

»Miriam, ich weiß, wie sehr du deinen Opa geliebt hast.«

»Ja, und ich kann mir nicht vorstellen, dass er ... Menschen gequält oder getötet haben könnte.«

»Es wäre furchtbar, wenn du herausfinden würdest, dass es tatsächlich so war. Aber du musst immer daran denken, dass dich so oder so keine Schuld trifft. Zofia würde dich niemals für die Taten deines Großvaters verantwortlich machen.«

»Nein. Trotzdem würde zwischen uns nichts mehr so sein wie vorher.«

»Warum nicht?«

»... Weil ich mich so schämen würde.«

Wir verfallen in Schweigen. Es ist spät, ich müsste ins Bett gehen, aber ich weiß, dass ich jetzt nicht einschlafen kann.

Peter steht irgendwann auf, streicht mir über den Kopf und verlässt die Küche. Ich höre, wie er ins Badezimmer geht und ein paar Minuten später im Flur das Licht ausmacht.

Ich bleibe noch über eine Stunde am Tisch sitzen und trinke den kalt gewordenen Tee.

Ein lautes »Huhu!« weckt mich.

»Aufwachen, Mama!«

»Es ist schon neun Uhr!«

Ich öffne die Augen und sehe meine strahlenden Kinder vor dem Hochbett stehen. Sie halten ein großes Plakat in die Höhe, auf das sie lauter bunte Tiere gemalt haben und auch ein paar Regenbogen-Drachen.

»Na, meine Süßen. Was für ein schönes Bild!«

»Wir haben auch was draufgeschrieben!«, ruft Marie. »Das musst du suchen.«

»Erst mal muss ich euch richtig begrüßen.«

Ich klettere vom Hochbett herunter, nehme den beiden vorsichtig das Plakat ab und schließe sie in die Arme. Wir küssen und drücken uns, und all meine Sorgen sind plötzlich nicht mehr so wichtig.

»So, und jetzt such!«, sagt Paul und greift wieder nach dem Plakat.

Ich entdecke einzelne, kleine Buchstaben, die teilweise auf der Seite liegen oder auf dem Kopf stehen.

»Schneller! Schneller!«

»Warte mal, Paul. Ich hab's gleich ... *H-E-R-Z-L-I-C-H* ...«

»Das ist noch nicht alles.« Marie hüpft ungeduldig von einem Fuß auf den anderen.

»*W-I-L-L-K-O-M-M-E-N*«, lese ich.

»Weiter! Weiter!«, spornt Paul mich an.

»... *L-I-E-B-E* ... *M-A-M-A-!*«

»Die Buchstaben sind fast alle von mir«, verkündet Marie stolz.

»Aber *MAMA* habe ich gemalt«, brummt Paul.

»Toll! Das ist ein wunderbares Willkommensgeschenk. Ich danke euch, ihr Lieben.«

»Wo wollen wir's aufhängen?«, fragt Marie.

»Vielleicht im Flur«, schlage ich vor.

»Okay.«

Jetzt kommt Peter ins Zimmer. »Na, du Langschläferin. Die Kinder haben sich bemüht, leise zu sein.«

»Ich habe auch wirklich nichts gehört.«
»Wir machen jetzt Frühstück, und du kannst in Ruhe duschen.«
»Aber wir haben Mama noch gar nicht gefragt, ob sie uns was mitgebracht hat«, protestiert Paul.

»Ich weiß nicht, ob sie Zeit genug hatte, Mitbringsel zu besorgen«, wendet Peter ein.

»Klar hatte ich dafür Zeit. Jeder bekommt ein Päckchen. Ich hol sie mal eben aus meinem Koffer.«

Die Freude der Kinder ist groß, als sie ihre Puzzles auspacken. Und für Peter ist die Wildschweinsalami genau das Richtige.

Nach dem Duschen schicke ich Zofia eine SMS, dass ich gestern Abend gut in Hamburg angekommen bin. Sie antwortet mir beinahe sofort:

Liebe Miriam,
ich bin erleichtert zu hören, dass es bei Deiner Rückreise keine Probleme gab. Ein späterer Flug nach Warschau musste aufgrund von Nebel ausfallen.
Hab nochmals vielen Dank dafür, dass Du nach Krakau gekommen bist und uns so beigestanden hast. Auch im Namen meines Vaters. Meine Cousine und ich hatten Glück mit dem dritten Gespräch gestern Nachmittag. Die Frau ist Anfang fünfzig, sehr freundlich und patent. Sie hat viel Erfahrung im Umgang mit älteren Menschen und könnte sofort anfangen. Außerdem hat sie einen Führerschein! Dariusz ist damit einverstanden, dass sie sich heute bei ihm vorstellt. Drück mir die Daumen, dass es klappt.
Liebe Grüße und bis bald
Zofia

Ja, das mache ich, simse ich zurück. *Und grüß Deinen Vater von mir.*

Auf dem Weg in die Küche sehe ich, wie etwas Braunes, Pelziges an der Fußleiste entlangflitzt und im Badezimmer verschwindet.

Ich bin drauf und dran, alle zusammenzutrommeln, aber dann beschließe ich, dass wir erst einmal frühstücken, bevor wir den ausgebüxten Fridolin wieder einfangen.

13.

Wir laufen über den Goldbekmarkt, um fürs Wochenende einzukaufen. Marie wünscht sich Möhreneintopf.

»So wie dein Opa ihn immer gekocht hat: mit Kartoffeln, Möhren und Rauchendchen.«

»Und Petersilie und einem Stück Butter«, ergänze ich.

»Wir brauchen auch eine Möhre für Fridolin«, ruft Paul.

»Vielleicht sogar zwei«, meint Peter. »Als Belohnung dafür, dass er sich vorhin so schnell hat einfangen lassen.«

»Das lag nur an Mama«, verkündet Marie. »Die weiß einfach, wie man's macht.«

»Es wäre gar nicht schlecht, wenn ihr etwas mehr Übung darin entwickeln würdet. Ich kann ja nicht immer die Hamsterfängerin sein.«

»Doch«, rufen alle drei.

»Irgendwann muss ich auch mal arbeiten.«

Paul grinst. »Ja, nachts, wenn wir schlafen.«

»Nein, Kinder.« Peter bleibt stehen und sieht plötzlich ganz ernst aus. »Es war eine Ausnahme, dass Mama neulich morgens immer um vier Uhr aufgestanden ist und an ihrer Übersetzung gearbeitet hat.«

»Warum?«

»Weil wir drei Ferien hatten und sie tagsüber Zeit für unsere gemeinsamen Ausflüge haben wollte. Aber das kann so nicht weitergehen. Sonst wird sie krank.«

»Das soll sie nicht«, murmelt Paul zerknirscht.

»Keine Sorge«, sage ich und streiche ihm über den Kopf. »In der nächsten Woche sind die Ferien vorbei. Dann stehe ich wieder um halb sieben auf und übersetze, wenn ihr in der Schule seid.«

Hauptsache, ich schaffe es, mich nicht durch die Geschichte mit Opa ablenken zu lassen.

Am Nachmittag sind die Kinder bei ihrer Cousine Emilia zum Geburtstag eingeladen. Marie hat darauf bestanden, ein Pferdebuch für sie zu kaufen. Emilia reitet seit einem Jahr, und Marie wünscht sich nichts sehnlicher, als auch reiten zu dürfen.

»Vielleicht, wenn du etwas älter bist«, versuche ich, sie zu vertrösten, während ich das Buch in unser gepunktetes Geschenkpapier einwickele.

»Warum nicht jetzt schon?«

»Weil Papa und ich finden, dass ein Kind mit acht Jahren noch zu jung dafür ist.«

»Tante Sonja und Onkel Daniel finden das nicht. Und Emilia ist auch erst acht.«

»Eltern sind eben verschieden«, seufze ich.

»Ganz schön blöd«, murmelt Marie.

Ihre Laune verbessert sich nicht, als ich ihr erkläre, dass Papa sie zu Emilia fahren werde, weil ich heute Nachmittag Oma Ursel besuchen müsse.

»Och, wieso das denn? Kannst du nicht morgen gehen? Dann könnten wir mitkommen.«

»Nein, ich war schon eine Woche nicht mehr bei ihr.«

»Und wann dürfen wir Oma Ursel wieder besuchen?«

»Beim nächsten Mal«, antworte ich. Aber mir graut davor, weil Mama ihre Enkelkinder oft nicht mehr erkennt und es passieren kann, dass sie sie aus dem Zimmer schickt.

Als Peter mit den beiden aufbrechen will, wirkt Marie immer noch unversöhnt. Und Paul schmollt jetzt auch.

»Was ist los mit dir?«, frage ich.

»Nichts.«

»Und warum guckst du so traurig?«

»Ich möchte lieber mit zu Oma Ursel. Bei dem Geburtstag sind wieder nur Mädchen.«

»Das stimmt nicht«, ruft Marie. »Jakob ist auch da.«

»Aber mit dem kann ich nicht spielen, der ist erst drei.«

»Kinder, nun streitet euch nicht«, sagt Peter. »Mama muss heute allein zu Oma fahren, um zu sehen, wie es ihr geht. Außerdem wird's auf dem Geburtstag bestimmt schön.«

»Glaub ich nicht.«

»Dann bleib doch bei Papa«, stichelt Marie.

Peter holt tief Luft und wirft mir einen fragenden Blick zu. »Eigentlich wollte ich nachher zum Sport.«

Paul ist den Tränen nahe.

Ich will gerade vorschlagen, dass ich den Besuch bei meiner Mutter verschiebe, als ich Peter sagen höre: »Ich glaube, ihr wisst noch gar nicht, dass Emilia und Jakob seit Kurzem einen Hund haben.«

»Oh!« Maries Augen leuchten. »Haben die's gut.«

»Was denn für einen?«, fragt Paul.

»Einen Golden Retriever.«

»Dann komme ich mit.«

Der Nachmittag ist gerettet.

Im Pflegeheim sind, wie immer samstags, viele Besucher unterwegs. Ich erfahre, dass Frau Bruns an diesem Wochenende freihat. Es dauert eine Weile, bis ich eine Pflegerin gefunden habe, die mir sagen kann, wie es Mama in der letzten Woche ergangen ist.

»Ihre Aggressivität hat leider weiter zugenommen.«

Wieder spüre ich meine Schuldgefühle. Was hatte ich erwartet? Dass Mama sich unauffällig verhält, nur damit ich mir in dieser schwierigen Zeit nicht auch noch um sie Sorgen machen muss?

»Es passiert immer häufiger, dass Ihre Mutter auf andere Patienten losgeht«, fährt die Pflegerin fort. »Deshalb haben wir ihre Medikamentendosis nochmals erhöht.«

»Aber das haben Sie hoffentlich mit dem Arzt abgeklärt, oder?«

»Ja, natürlich. Und wir haben die Information auch an Sie weitergegeben. Ich habe selbst auf Ihre Mailbox gesprochen.«

»Oh, die Nachricht hat mich nicht erreicht.«

»Das tut mir leid.«

Plötzlich erinnere ich mich dunkel, dass es an dem Tag, als ich das Foto entdeckt habe, eine Voicemail gab. Über all der Aufregung habe ich vergessen, sie abzuhören.

»Das Medikament macht sehr müde. Aber vielleicht haben Sie Glück, und Ihre Mutter ist wach.«

»Danke.«

Ich gehe zu Fuß in den dritten Stock, weil ich ein paar Minuten brauche, um wieder einen klaren Kopf zu bekommen. Selbst wenn Mama heute einen stabilen Eindruck macht, ist es vielleicht zu riskant, sie danach zu fragen, wo Opa im Krieg stationiert war. Wer weiß, wie sie auf das Wort Krieg reagiert.

Vor ihrem Zimmer bleibe ich stehen. Von drinnen ertönt die Übertragung eines Fußballspiels. Mama hat sich früher nie für Fußball interessiert. Wenn ich Pech habe, wird sie darauf bestehen, dass wir uns das Spiel anschauen. Ich klopfe. Als ich keine Antwort bekomme, öffne ich die Tür.

Mama sitzt auf ihrem Bett und blickt aus dem Fenster. Sie scheint gar nicht wahrzunehmen, dass der Fernseher läuft. Ich schalte ihn aus und setze mich neben sie. »Hallo, Mama.«

Wie in Zeitlupe dreht sie sich zu mir um und sieht mich fragend an. Ich nehme sie in die Arme, aber sie macht sich steif.
»Wie geht es dir?«
Sie zuckt mit den Achseln.
»Tut mir leid, dass ich dich eine Woche lang nicht besuchen konnte.«
»Eine Woche?«, fragt sie leise. »Was ist eine Woche?«
»Das sind sieben Tage.«
»Aha.«
»Ich war in Krakau, weil Zofias Mutter gestorben ist. Wir haben sie am Dienstag dort beerdigt.«
Mama kneift die Augen zusammen und schüttelt langsam den Kopf. Sie will vom Thema Tod nichts hören. Das hätte ich mir auch denken können.
»Heute Morgen ist Maries Hamster wieder ausgebüxt«, sage ich nach einer Weile.
Mama runzelt die Stirn. Offenbar kann sie mit dem Wort »Hamster« nichts verbinden. Oder sie weiß nicht mehr, wer Marie ist. Mein Blick fällt auf die gerahmten Familienfotos, die auf ihrer Fensterbank stehen. Vor ein paar Wochen hat sie das Bild von uns vieren noch erkannt, das wir im Sommer an der Atlantikküste aufgenommen haben. Ich greife nach dem Foto und zeige auf Marie. »Das ist Marie, deine Enkelin. Hier siehst du sie am Strand in Südfrankreich.«
»Frankreich?«, fragt Mama und wischt sich über den Mund.
»Ja, dort haben wir in den letzten Sommerferien gezeltet.«
»Sagt mir nichts.«
»Der Junge neben Marie ist ihr Bruder Paul.«
»Wie alt sind die beiden?«
»Acht und sechs.«
»Er sieht viel jünger aus.«

»Paul ist klein für sein Alter.«

»Und die Frau mit dem blonden Pferdeschwanz, das bist du.«

»Genau.«

»Aber den Mann mit dem Bart und der Brille kenne ich nicht.«

»Doch, natürlich kennst du den. Das ist Peter.«

»Peter? Nie gehört.«

»Wir sind seit neun Jahren verheiratet. Er ist der Vater meiner Kinder.«

Mama reißt mir das gerahmte Foto aus der Hand und knallt es mit dem Bild nach unten auf die Fensterbank.

»Vorsichtig!«, rufe ich. »Sonst geht noch das Glas kaputt.«

Ich will das Foto wieder umdrehen und aufstellen, als Mamas schroffes »Nein« ertönt.

»Aber was hast du denn?«, frage ich und merke erst in dem Moment, wie demütigend es für sie sein muss, ihre Familie nicht mehr zu erkennen.

Mama lässt sich auf ihr Kopfkissen sinken, rollt sich zusammen und schließt die Augen. Ich stehe auf und hole eine Wolldecke für sie. Als ich sie über ihr ausbreiten will, nimmt sie mir die Decke aus der Hand und wickelt sich darin ein. Ich schlucke. Sie ist so weit von mir entfernt.

Den Anblick der drei anderen Fotos auf ihrer Fensterbank wird sie wahrscheinlich auch nicht mehr lange ertragen können: Meine Eltern an ihrem Hochzeitstag. Sie stehen vor einem blühenden Rhododendronbusch und sehen so glücklich aus, Mama in ihrem kurzen, beigen Kleid und den hohen Pumps und Papa in einem hellen Sommeranzug und mit einer Fliege. Er hat den Arm um ihre Schultern gelegt, und sie strahlt ihn an. In den Händen hält sie einen bunten Brautstrauß.

Das nächste Foto zeigt Papa in der Buchhandlung, wie er sich mit einem Kunden unterhält und etwas überrascht in die Kamera schaut.

Auf dem dritten Bild sitzen meine Großeltern auf einer Bank unter Palmen, wahrscheinlich irgendwo am Mittelmeer. Das Bild muss Anfang der Achtzigerjahre aufgenommen worden sein. Opa mit seinen dichten, weißen Haaren und dem freundlichen Lächeln sieht so aus, wie ich ihn in Erinnerung habe. Meine gebrechlich wirkende Oma war bestimmt schon krank. Sie starb kurz nach meiner Geburt.

Mama rührt sich nicht. Aber ich glaube nicht, dass sie schläft.

Ich gehe an ihr Bücherregal und ziehe die beiden Fotoalben heraus, die einzigen, die sie mitnehmen wollte, als sie vor anderthalb Jahren ins Pflegeheim umzog. Das eine enthält Bilder von mir, vom Tag meiner Geburt bis zur Abiturfeier. In dem anderen sind Fotos einer Reise in die Bretagne, die Mama mit ihrer besten Freundin Hannelore unternommen hat, ein oder zwei Jahre, bevor sie krank wurde. Seit Mama im Heim lebt, hat Hannelore sich mehr und mehr zurückgezogen. Sie sagte mir, dass sie es nicht mit ansehen könne, wie ihr der Mensch, mit dem sie seit ihrer Schulzeit befreundet sei, nach und nach verloren ginge.

Der SMS-Ton lässt mich zusammenzucken. Die Nachricht ist von Peter.

Liebe Miriam,
ich wollte Dir nur kurz sagen, dass die Kinder wieder bester Stimmung waren, als wir bei Emilia ankamen. Die Hündin Cora hat es ihnen natürlich angetan. Du kannst Dich schon mal darauf gefasst machen, dass die beiden jetzt unbedingt auch einen Hund haben wollen.
Wie geht es Ursel? Hoffentlich gibt's keine schlechten Nachrichten.
LG, Peter

Ich bin so traurig, antworte ich ihm. *Ursel verschwindet immer mehr aus dieser Welt. Heute hat sie weder ihre Enkel noch Dich auf dem Foto erkannt. Und mit dem Wort »Frankreich« konnte sie auch nichts mehr anfangen. Dabei hat sie das Land unendlich geliebt und war so oft dort. Bis nachher, Deine Miriam*

Es ist eine entsetzliche Krankheit. Ich wünschte, ich könnte Dir noch mehr beistehen.

Du tust, was Du kannst. Ich muss lernen, es auszuhalten, dass ich sie verliere. Manchmal ertappe ich mich bei dem Gedanken, dass es besser wäre, wenn sie bald sterben würde.

Das geht mir genauso.

»Was sind das für Töne?«, höre ich Mama da sagen.
»Peter und ich haben uns gegenseitig ein paar Nachrichten geschickt«, antworte ich und zeige auf mein Smartphone.
»Aha«, murmelt sie. »Verstehe ich nicht, aber macht nichts.«
»Hast du Durst?«
Sie nickt.
»Soll ich dir einen Pfefferminztee holen?«
»Ja.«
Als ich ein paar Minuten später mit dem Becher in Mamas Zimmer zurückkomme, hat sie sich aufgerichtet und hält das Foto von ihren Eltern in den Händen.
»Auf dem Bild sieht meine Mutter schon sehr krank aus.« Sie klingt auf einmal wieder wie früher. »Wusstest du, dass sie Krebs hatte?«
»Ja.«
»Sie ist viel zu spät zum Arzt gegangen. Dabei habe ich ihr

immer wieder gesagt, dass ihre Schluckbeschwerden nicht normal sind.«

»Opa war doch sicherlich auch besorgt um sie, oder?«

»Ja. Aber meine Mutter war ein Dickkopf.« Sie schnalzt missbilligend mit der Zunge. »Jetzt will ich was trinken.«

Ich nehme Mama das Foto ab und reiche ihr den Becher. »Pass auf, der Tee ist heiß.«

Sie nimmt vorsichtig einen ersten Schluck. »Schmeckt etwas dünn. Wie lang hast du ihn ziehen lassen?«

»Drei Minuten.«

»Pfefferminztee braucht fünf Minuten«, antwortet sie und stellt den Becher auf ihren Nachttisch.

»Gut. Dann weiß ich fürs nächste Mal Bescheid.« Ich schaue auf das Foto. »Was ich dich immer schon mal fragen wollte«, sage ich so beiläufig wie möglich. »Wo war Opa eigentlich im Krieg?«

Mama runzelt die Stirn. »Krieg?«

»Mein Opa, dein Vater, war ja im Krieg Soldat. Weißt du, in welchem Land?«

Sie starrt mich an. »Papa war ein guter Mensch!«, platzt es aus ihr heraus.

»Natürlich war er das.«

»Ein guter Mensch!«, schreit sie. »Ein guter Mensch! Ein guter Mensch!«

»Mama, beruhige dich doch.«

Als ich ihr über den Kopf streichen will, schlägt sie meine Hand weg.

»Es tut mir leid. Ich wollte dich nicht aufregen.«

»Geh jetzt! Geh!«

»Mama ...«

»Geh! Wie oft soll ich es noch sagen?«

Da nehme ich meine Tasche und verlasse das Zimmer.

14.

Im Treppenhaus begegne ich derselben Pflegerin, mit der ich vorhin gesprochen habe.

»Meine Mutter ist sehr aufgebracht und wollte, dass ich gehe. Das habe ich bisher noch nicht erlebt.«

Sie scheint nicht überrascht zu sein. »Ist denn was Besonderes vorgefallen?«

»… Nein.«

»Ich werde regelmäßig nach ihr schauen.«

»Danke. Vielen Dank.«

Als ich auf mein Rad steige, merke ich, dass ich zittere. Vielleicht hätte ich der Pflegerin doch sagen sollen, warum Mama mich plötzlich nicht mehr bei sich haben wollte.

Halb fünf. Peter ist jetzt im Fitnessstudio und hat sein Smartphone wahrscheinlich eingeschlossen. Ich schicke ihm trotzdem eine SMS, dass ich bei Mama mit meiner Suche nicht weitergekommen bin.

Gleich sehe ich mir die beiden Umzugskisten auf dem Dachboden an. Damit werde ich bestimmt ein oder zwei Stunden beschäftigt sein.
Sag mir Bescheid, sobald Du die Kinder abholst. Dann komme ich rechtzeitig wieder nach unten.

Vielleicht ist es übertrieben, aber ich möchte vermeiden, dass die beiden mich fragen, wieso ich auf dem Dachboden gewesen bin.

Ich steige die steile Treppe hinauf und taste nach dem Lichtschalter. Seit wir Mamas Kisten hier oben abgestellt haben, war ich nicht mehr auf dem Boden. Unser Verschlag ist hinten rechts. Aber im schwachen Schein der nackten Glühbirne werde ich nicht genug sehen können. Ich gehe wieder zurück in unsere Wohnung und hole eine Taschenlampe.

Als Mamas Umzug ins Pflegeheim anstand, musste es mit der Auflösung ihrer Wohnung schnell gehen. Damals habe ich die Dinge, die mir wichtig erschienen, wie ihre Dokumentenmappe, einen Ordner mit Steuerbescheiden, Kontoauszüge, gebündelte Briefe und ein paar Fotoalben in die beiden Kisten gepackt, ohne mir irgendetwas davon gründlicher anzuschauen. Ich weiß nicht einmal, ob noch Unterlagen von Opa dabei sind.

In der ersten Kiste befindet sich nichts, was mir weiterhelfen könnte. In der zweiten dagegen liegt obenauf eine Plastiktüte mit Briefen und Postkarten, die Mama und ich früher aus den Sommerferien an Opa geschickt haben.

Darunter entdecke ich auch eine Glückwunschkarte von Zofia, mit einer Abbildung vom *Turm der blauen Pferde*. Sie kannte das Bild natürlich aus meinem Zimmer. Wir haben die Karte damals zusammen ausgesucht. Zofia wusste, wie sehr Opa sich für die Werke der Klassischen Moderne interessierte. In seiner Wohnung hingen viele gerahmte Drucke. Durch ihn haben wir die Bilder von Malern wie Paul Klee, August Macke und Franz Marc kennengelernt und uns von seiner Begeisterung für diese Farben und Formen anstecken lassen, als wir nicht älter als neun oder zehn waren.

Ich zögere einen Moment, dann beginne ich zu lesen.

Hamburg, den 30. Juli 1999

Lieber Opa Heinrich,

ich gratuliere Dir von ganzem Herzen zu Deinem achtzigsten Geburtstag und wünsche Dir viel Glück und vor allem Gesundheit für Dein neues Lebensjahrzehnt. Ich freue mich sehr, dass ich diesen besonderen Tag gemeinsam mit Dir und Deiner Familie feiern darf.

Wie Du weißt, habe ich meinen Großvater nicht gekannt, weil er im Krieg gestorben ist. Aber durch Dich habe ich erfahren, was es bedeutet, einen Großvater zu haben. Ich danke Dir dafür, dass Du mich so in Dein Herz geschlossen hast und ich all die Jahre Deine zweite Enkelin sein durfte.

Viele liebe Grüße
Deine Zofia

Mir ist plötzlich, als ob ich keine Luft mehr bekommen würde.

Ich reiße die Dachluke auf und atme tief ein.

Wie kann Peter sich auch nur im Entferntesten vorstellen, dass ich jemals mit Zofia über dieses Thema sprechen könnte, wenn sich mein Verdacht bestätigen sollte? Soll ich ihr dann etwa sagen, dass der von ihr so verehrte Wahl-Großvater möglicherweise der Mörder ihres richtigen Großvaters war?

Es hat angefangen zu regnen. Ich schließe die Augen und lasse das Wasser über mein Gesicht laufen. Will ich wirklich so genau wissen, was sich in dieser zweiten Kiste noch verbirgt? Natürlich will ich das, muss ich das, sage ich mir und ziehe die Dachluke wieder zu.

Die Bündel mit den Briefen lege ich erst einmal beiseite und nehme mir die alten Fotoalben vor. Mama als Kind mit ihren Eltern. Mama als Jugendliche mit ihren Freundinnen. Mama mit Papa in Paris, am Atlantik, in der Provence, in Burgund, in der

Normandie. Mama und Papa bei der Eröffnung ihrer Buchhandlung. Mama und Papa beim Tanzen, auf Geburtstagen und Silvesterfeiern.

Nach Papas Tod wurde eine Zeit lang nicht fotografiert, bis Mama wieder anfing zu reisen, wieder nach Frankreich, aber in andere Städte und Regionen. Bordeaux, die Dordogne, das Loire-Tal, Lyon, die Auvergne. Ich blättere immer schneller, kann die vielen Kirchen, Burgen und Schlösser bald nicht mehr unterscheiden.

Der Stapel der durchgesehenen Alben wächst, bis ich schließlich auf dem Boden der Kiste ein kleines, viel älteres Fotoalbum finde. Bilder von der Hochzeit meiner Großeltern im Jahr 1947 und von ihrer Hochzeitsreise in den Harz. Auf den Fotos ist Opa achtundzwanzig Jahre alt, also nur drei oder vier Jahre älter als der Mann auf dem Kriegsfoto. Oma und er schauen ernst in die Kamera. Sein Blick und seine Gesichtszüge lassen schon den Opa erahnen, wie ich ihn kannte.

Plötzlich ist der Zweifel wieder da. Ich muss mich getäuscht haben. Aber warum habe ich im Museum sofort gedacht, dass dieser lächelnde SS-Mann mein Opa ist? Woher war mir das Foto so vertraut?

Während ich weiter in dem Album blättere, erinnere ich mich auf einmal an einen Regennachmittag bei uns zu Hause. Ich war sieben oder acht Jahre alt. Auf jeden Fall lebte Papa noch. Mama und er waren wie immer nach dem Mittagessen wieder in die Buchhandlung gegangen.

Ich saß am Fenster und schaute zu, wie das Wasser an den Scheiben herunterlief. Wieder so ein Tag, an dem ich nicht rausgehen konnte. Meine Hausaufgaben waren fertig, ich hatte mit meiner Puppe gespielt und ein ganzes Buch gelesen. Jetzt langweilte ich mich. Ich ging ans Bücherregal und zog das Album von unseren letzten Sommerferien in Südfrankreich heraus. Aber die Fotos hatte ich mir schon hundertmal angesehen, genauso wie die Babybilder von mir, für die Mama ein rosafarbenes Album ausgesucht hatte.

Wo konnten sonst noch Fotos sein? Mein Blick wanderte durchs Wohnzimmer und blieb an den Schreibtischschubladen hängen. Mama und Papa hatten mir verboten, an die Schubladen zu gehen, aber sie würden es gar nicht merken, wenn ich sie vorsichtig aufmachte und guckte, was darin aufbewahrt wurde. Ich würde nichts wegnehmen oder durcheinanderbringen.

Ich kniete mich auf den Teppich und zog die oberste Schublade auf. Darin waren nur lauter Stifte, Radiergummis, ein Hefter, ein Locher, Klebstoff, Klebeband, eine Rolle Bindfaden und eine Schere. In der zweiten Schublade lagen irgendwelche Unterlagen von der Sparkasse und Plastiktüten mit Quittungen von Einkäufen. In der dritten Schublade war auch nichts Besonderes. Nur zwei Papierstapel und viele Briefumschläge in verschiedenen Größen.

Die unterste Schublade klemmte, weil sie so voll war, aber mit etwas Rütteln kriegte ich sie auf. Hier sammelten Mama und Papa Briefe und Postkarten von Opa, von Papas Eltern und von ihren Freunden. Und ich fand auch einen alten, grauen Umschlag. Es stand nichts drauf, und er war nicht zugeklebt. Eine rostige Büroklammer hielt die Öffnung zusammen. Der Umschlag war ganz leicht, viel konnte da nicht drin sein. Wahrscheinlich nur ein paar Briefe.

Ich zog die Büroklammer ab und schaute hinein. Keine Briefe, sondern Fotos! Mein Herz klopfte, als ich die kleinen Schwarz-Weiß-Bilder mit gezacktem Rand nach und nach aus dem Umschlag holte und vor mir auf dem Teppich ausbreitete. Eins, zwei, drei, vier, fünf, sechs, sieben, acht, neun Stück. Sie sahen so altmodisch aus, diese Bilder.

Ein schlafendes Baby in einer Wiege. War das etwa Opa? Ja, hinten drauf stand: *Heinrich, sechs Wochen alt.* Opa als pummeliges Kind mit einem Teddybären. *Heinrich an seinem dritten Geburtstag.* Opa mit kurzen Hosen und einem Schulranzen auf dem Rücken. Opa mit seinen Eltern und vier jüngeren Geschwistern. Keiner von ihnen lachte. Opa im schwarzen Anzug und mit einer Fliege. *Heinrich am Tag seiner Konfirmation, 9. April 1933.* Opa an einem Werkbrett mit einer Feile in der Hand. *Heinrich als Goldschmiedelehrling.* Opa in Uniform und mit Stahlhelm. Opa mit einer jungen Frau im Arm. *Während des Fronturlaubs Verlobung mit Waltraud, 2. Mai 1941.* Das war Oma. Fünf Soldaten mit Feldmützen. Alle hatten die gleiche Uniform an. Ein kleiner Pfeil zeigte auf den lächelnden Opa.

Das Album mit den Hochzeitsbildern ist mir aus den Händen geglitten. War es dieses Soldatenfoto, das ich im Museum gesehen habe? Habe ich gemeint, Opa darauf zu erkennen, weil ich vor dreißig Jahren dasselbe Foto schon einmal gesehen habe und der Pfeil deutlich machte, bei welchem der Männer es sich um Opa handelte? Es scheint mir fast unmöglich zu sein.

Der Regentag damals endete mit einer schlimmen Auseinandersetzung. Es war mir nicht gelungen, den Umschlag zusammen mit all den Briefen und Postkarten in die Schublade zurückzustopfen. Sie klemmte wieder und blieb ein Stück offen.

»Miriam?« Mamas Stimme klang streng.

Ich ahnte schon, was jetzt kommen würde.

»Kannst du mir mal sagen, was du an unserem Schreibtisch zu suchen gehabt hast?«

»Es war so langweilig heute, weil ich nicht rauskonnte.«

»Und da hast du dir gedacht, ich stöbere mal ein bisschen in Mamas und Papas Unterlagen?«

»Nein, so war es nicht.«

»Wie war es denn?«

»Ich gucke mir doch so gerne Fotos an, und die Alben im Bücherregal kenne ich alle schon.«

»Ja, und?«

»Ich wollte nur mal sehen, ob in den Schubladen im Schreibtisch auch noch Fotos sind.«

Jetzt kam Papa dazu. Er sah mich ernst an und schüttelte den Kopf. Da fing ich an zu weinen.

»Schäm dich«, sagte Mama. »Dafür gibt es eine Woche Hausarrest.«

»Was?«, rief ich entgeistert.

»Und zwei Wochen lang kein Taschengeld«, fügte Papa hinzu.

»Aber ich habe doch nichts kaputt gemacht!«

»Man geht nicht ohne zu fragen an die Sachen anderer Leute. Das weißt du ganz genau.«

»Ja, Papa.«

»Dann entschuldige dich bitte.«

»'tschuldigung«, murmelte ich und lief heulend in mein Zimmer.

Ich habe diese Schreibtischschubladen erst wieder geöffnet, als Mama nicht mehr in der Lage war, ihre Angelegenheiten selbst zu regeln. Und noch bei der Auflösung ihrer Wohnung fiel es mir schwer zu entscheiden, welche Dinge aus dem Schreibtisch ich behalten und welche ich wegwerfen sollte. Den Umschlag mit Opas Fotos habe ich nicht entdeckt, aber ich habe auch nicht danach gesucht, weil ich diesen Nachmittag vor dreißig Jahren längst vergessen hatte.

Ich räume die beiden Umzugskartons noch einmal aus, schaue in jede Mappe, jeden Ordner, jedes Album. Aber ich kann jenen alten, grauen Umschlag mit Opas Fotos nicht finden. Vermutlich hat Mama ihn irgendwann weggeworfen. Sie neigte nicht dazu, Dinge zu horten.

15.

Ich bin gerade erst vom Dachboden heruntergekommen, als ich höre, wie die Wohnungstür aufgeschlossen wird.

»Mama, Mama, können wir auch einen Hund haben?«, ruft Paul und rennt mir entgegen.

Ich fange ihn auf und gebe ihm einen Kuss. »Du weißt doch, dass wir in unserer Wohnung leider keinen Hund halten dürfen.«

»Warum nicht?«, fragt Marie und schlingt ihre Arme um meinen Hals.

»So steht es in unserem Mietvertrag. Eigentlich sind auch Hamster verboten.«

»Das ist gemein.«

»Ich habe den beiden das alles schon erklärt«, seufzt Peter.

»Cora ist so süß«, verkündet Marie. »Sie hat mir sofort die Hand geleckt und sich von mir kraulen lassen.«

Paul strahlt. »Von mir auch.«

»Wenn ihr groß seid, werdet ihr vielleicht mal in einer Wohnung oder einem Haus leben, wo ihr einen Hund haben dürft«, versuche ich, sie zu trösten.

»Das ist ja noch eine Ewigkeit bis dahin«, protestiert Marie.

»Was ist eine Ewigkeit?«, will Paul wissen.

»Ganz, ganz lange«, antwortet Marie und greift nach seiner Hand. »Komm, wir spielen mit Fridolin.«

Widerwillig folgt er ihr, aber kurz bevor sie in ihrem Zimmer verschwinden, schaut er sich noch einmal um und wirft mir einen grimmigen Blick zu.

»Oje, Peter. Ich dachte, dieses Thema wäre ein für alle Mal erledigt.«

»Du hättest Cora sehen sollen. Sie ist vier Monate alt und noch richtig tapsig. Bei der Geburtstagsfeier drehte sich natürlich alles um sie.«

»Vielleicht können wir mit deiner Schwester verabreden, dass die Kinder Cora ab und zu mal ausführen.«

»Ja, das hat Sonja auch schon vorgeschlagen. Wenn Cora etwas älter ist.«

»Also sagen wir den Kindern noch nichts?«

»Genau.« Peter legt mir die Hände auf die Schultern. »Hast du das Foto gefunden?«

»Nein, aber …« Plötzlich habe ich einen dunklen Fleck vor Augen, ich sehe alles verzerrt, und die Farben sind verschwunden.

»Miriam, was ist?«

Ich fahre mir mit der Hand über die Stirn. »Ich weiß nicht.«

»Das war zu viel in den letzten Tagen. Mach ein paar Entspannungsübungen. Ich bereite schon mal das Abendbrot vor.«

Ich gehe langsam in unser Zimmer. Allmählich geht es mir besser. Als ich auf meiner Matte liege, frage ich mich, ob es die Szene an jenem Regennachmittag vor dreißig Jahren wirklich gegeben hat. Sind Erinnerungen nicht zuweilen trügerisch?

Nachdem wir die Kinder ins Bett gebracht haben, erzähle ich Peter von meiner Erinnerung oder dem, was ich dafür halte.

»Du bist dir also nicht sicher?«

»Nein. Ich habe ein seltsames Gefühl. Als ob ich mich auf mein Gedächtnis nicht verlassen kann. Gleichzeitig denke ich, dass ich diese Situation damals bei uns zu Hause doch nicht geträumt habe.«

»Und wenn du versuchst, mit Ursel darüber zu reden?«

»Das kannst du vergessen. Sie ist vorhin völlig außer sich geraten, als ich sie ganz vorsichtig gefragt habe, wo Opa im Krieg war. Und dann hat sie darauf bestanden, dass ich ihr Zimmer verlasse.«

»Es könnte ein Zeichen dafür sein, dass du bei ihr einen wunden Punkt berührt hast.«

»Du meinst, unbewusst?«

Peter nickt. »Vielleicht weiß sie tatsächlich mehr über die Vergangenheit deines Großvaters, als du dir vorstellen kannst.«

»Ich glaube nicht, dass sie noch irgendetwas weiß. Vermutlich ist es eher so, dass das Wort ›Krieg‹ ihr große Angst macht.«

»Ja, trotzdem werde ich den Gedanken nicht los, dass sie ...«

»Ich hatte nie den Eindruck, dass in meiner Familie bestimmte Dinge verschwiegen wurden«, unterbreche ich ihn, »falls du auf so was anspielst.«

Peter schaut mich kopfschüttelnd an. »Was soll denn dieser scharfe Ton?«

»Es ärgert mich, was du Ursel unterstellst.«

»Ich versuche nur, mit dir gemeinsam in Ruhe zu überlegen, wie wir in Erfahrung bringen können, was damals passiert ist.«

»Mein Opa war politisch mindestens so fortschrittlich wie meine Eltern«, fahre ich fort und rede mich immer mehr in Rage. »Als er achtzig wurde, kam eine Abordnung des SPD-Ortsverbands zu ihm nach Hause, um ihm zu gratulieren. Er war eines ihrer ältesten Mitglieder, und er gehörte eher dem linken Flügel an.«

»Du brauchst deinen Großvater mir gegenüber nicht zu verteidigen. Ich weiß doch, wie sehr du ihn mochtest und dass er wie ein Vater für dich war.«

»Tut mir leid, ich ...« Tränen steigen mir in die Augen. »Das

Ganze nimmt mich so mit. Mir ist, als ob ich den Boden unter den Füßen verliere.«

»Willst du ein Glas Wein?«

»Ja.«

Während Peter in die Küche geht, frage ich mich, ob es sein könnte, dass ich früher in meiner Familie irgendwelche Anzeichen übersehen habe. Gab es nie einen Moment, in dem abrupt das Thema gewechselt wurde oder ein kurzer Blick zwischen meinen Eltern oder zwischen Mama und Opa hin- und herging, der so viel bedeuten sollte wie: »Jetzt reden wir besser nicht weiter«? Ich kann mich an nichts dergleichen erinnern, aber vielleicht habe ich einen solchen Moment tief in mir vergraben, weil er zu beunruhigend war.

Peter kommt mit einer Flasche Rotwein zurück und schenkt uns ein. »Auf dein Wohl.«

»Danke.«

Eine Weile sind wir beide still.

»Ich denke, es gibt zwei Möglichkeiten«, höre ich Peter schließlich sagen.

»Und die wären?«

»Entweder du lässt die Angelegenheit auf sich beruhen. Dann beenden wir die Diskussion. Oder du stellst Nachforschungen an, ob dein Großvater im Krieg in Polen stationiert war.«

»Und wie soll ich das herausfinden?«

»Es könnte sein, dass es Namenslisten gibt, zum Beispiel von denjenigen, die zu den KZ-Wachmannschaften in Płaszów gehört haben.«

»Aber die befinden sich wahrscheinlich in irgendwelchen Archiven, in Berlin oder München oder sonst wo. Ich würde Jahre brauchen, um solche Akten durchzusehen. Wie soll ich das neben meiner Arbeit schaffen? Ich bin sowieso im Verzug.«

»Viele Dokumente sind mittlerweile veröffentlicht worden, vielleicht sogar als Datenbänke im Internet.«

»Aha.«

»Wenn du willst, helfe ich dir.«

»Indem du für mich recherchierst?«

»Ich kann dir zumindest ein paar einschlägige Bücher besorgen.«

»Lass mich bis morgen darüber nachdenken.«

»Oder auch länger. Du hast keinen Zeitdruck.«

»Doch. Ich muss wissen, wie es jetzt weitergeht.«

»Erst mal musst du dich ausschlafen.«

»Ja.«

»Und morgen könnten wir mit den Kindern eine Radtour durchs Alte Land machen. Frische Luft wird dir guttun.«

»Ich dachte eigentlich, dass ich mich gleich nach dem Frühstück an den Schreibtisch setze.«

»Gönn dir noch einen Tag Pause. Danach siehst du die Dinge bestimmt klarer.«

»Hoffentlich.«

Ich trinke meinen Wein aus und stehe auf. »Danke.«

Auf dem Weg ins Badezimmer denke ich daran, wie sehr es mir in schwierigen Situationen immer geholfen hat, auch Zofias Meinung zu hören. Ausgerechnet mit ihr kann ich nicht über Opa sprechen.

16.

Ich irre durch die dunklen Gänge der Katakomben. Der felsige Boden ist feucht, es riecht modrig. Wo sind Opa und Zofia? Warum haben sie nicht auf mich gewartet? Ich rutsche aus, schlage mir das Knie auf, verliere meine Taschenlampe. Mit ausgestreckten Armen taste ich mich Schritt für Schritt vor. Mein Herz rast. Ich versuche, ruhig zu atmen, aber es gelingt mir nicht. Ich muss hier raus. Schließlich lande ich in einer Nische, kann nicht mehr aufrecht stehen. Gebückt gehe ich weiter, die Decke wird immer niedriger, ich sinke auf die Knie. Meine Wunde brennt, sie wird sich entzünden. Ich lege mich auf den Bauch, krieche langsam vorwärts, bis ich mit den Händen an eine Mauer stoße. Ich will wieder zurückkriechen, doch um mich herum sind überall Mauern. Ich schreie.

»Miriam?«

Ich spüre eine Hand auf meiner Schulter. »Was ist?«

Peter knipst die Nachttischlampe an. »Du hast gerade geschrien.«

»Ich … ich hatte einen Albtraum.«

»Soll ich dir ein Glas Wasser holen?«

»Ja.« Ich richte mich auf und wische mir über meine schweißnasse Stirn.

Als Peter zurückkommt und mir das Glas reicht, habe ich mich schon wieder etwas beruhigt. Hastig trinke ich ein paar Schlucke. Er schaut mich besorgt an, fragt aber nichts.

Ich stelle das Glas ab und schließe ihn in die Arme. »Danke.«

Es dauert nicht lange, bis er wieder eingeschlafen ist. Ich jedoch bin hellwach. Während ich mich von einer Seite auf die andere drehe, verfolgen mich die Bilder des Traums. Ist es nicht bezeichnend, dass in den Katakomben die Gänge immer enger und die Decken immer niedriger wurden, bis ich zuletzt eingemauert, das heißt lebendig begraben war? Ich habe mich da in etwas hineingesteigert, was nur dazu führt, dass ich mich selbst zerstöre.

Je länger ich über den Traum nachdenke, desto sicherer bin ich mir, dass darin noch etwas anderes vorkam, an das ich mich nicht mehr erinnern kann. Wo waren Opa und Zofia? Hatte es Streit zwischen uns gegeben? War ich deshalb allein in den Katakomben unterwegs?

Ich glaube nicht, dass ich jemals zuvor von Rom geträumt habe. Aber auch das ist kein Zufall. Opa wollte sein Leben lang nach Rom. Wie oft hat er Zofia und mir von der ewigen Stadt vorgeschwärmt, über die er so viel wusste. Doch er war nicht geübt im Reisen, und irgendwann hatte er auch zu viele gesundheitliche Probleme, um sich auf eine solche Fahrt zu begeben. Dennoch haben Zofia und ich kurz vor seinem achtzigsten Geburtstag überlegt, ob wir es nicht schaffen könnten, gemeinsam mit ihm für ein paar Tage nach Rom zu reisen. Aber wir waren erst siebzehn, hatten wenig Geld, und sowohl Mama als auch Zofias Eltern hielten das Ganze für eine Schnapsidee. Opa haben wir von unserem Plan nichts erzählt. Und kurz darauf war er tot.

Mir kommt es auf einmal wieder ganz absurd vor, dass ich ihn verdächtigt habe.

Ich muss doch noch tief eingeschlafen sein. Als ich am nächsten Morgen aufwache, weiß ich einen Moment lang nicht, wo ich bin.

Peter liegt nicht mehr neben mir. Vom Flur her höre ich das Lachen der Kinder. Es duftet nach Kaffee. Ich atme tief ein und sage mir, dass ein entspannter Tag mit meiner Familie vor mir liegt. Den will ich mir durch nichts verderben lassen.

»Mama!« Marie stürmt ins Zimmer.

»Morgen, mein Schatz.«

»Du musst aufstehen. Das Frühstück ist fertig. Wir wollen doch eine Radtour machen.«

»Ich komme.«

In dem Augenblick piept mein Handy.

»Oh, nein!«, stöhnt Marie. »Hoffentlich ist nicht wieder was mit Oma.«

Oder mit Zofias Vater, schießt es mir durch den Kopf. Ich klettere die Leiter herunter und gebe Marie einen Kuss.

Sie greift nach meiner Hand und will mich hinter sich herziehen. »Erst mal frühstücken.«

»Lass mich kurz nachschauen, wer mir die Nachricht geschickt hat.«

»Dieses blöde Handy!«, brummt Marie und läuft in den Flur.

Zofia hat mir geschrieben.

Liebe Miriam,
ich wollte Dir kurz erzählen, dass gestern Nachmittag alles bestens geklappt hat. Olga heißt die gute Seele, die sich jetzt um meinen Vater kümmern wird. In der ersten Viertelstunde war er skeptisch, aber Olgas ruhige, freundliche Art hat ihn schnell für sie eingenommen. Morgen Vormittag fängt sie an. Ich bin so erleichtert!
Wie läuft's bei Euch? Als Du hier warst, habe ich Dich gar nicht nach Ursel gefragt, weil ich so mit mir selbst beschäftigt war. Sorry! Und wie geht's meiner süßen Marie? Hat sie inzwischen eine Freundin gefunden? Falls sie heute zu Hause ist, könnte ich endlich mal wieder mit ihr telefonieren.
Grüß Peter, Marie und Paul von mir.
Herzlichst
Zofia

»Mama!«, ruft Marie aus der Küche. »Wir essen alles auf, wenn du nicht sofort kommst!«

»Ich brauche nur noch eine Minute.«

Liebe Zofia,
wie gut, dass das geklappt hat. Olga scheint genau die Richtige zu sein.
Wir sind gegen vier von unserer Radtour zurück. Marie wird sich freuen, mit Dir zu sprechen. Sie vermisst Dich! Eine Freundin hat sie leider immer noch nicht.
Ursel ist jetzt manchmal kaum wiederzuerkennen. Die Demenz macht sie aggressiv, vermutlich weil sie spürt, was sie alles nicht mehr kann. Es ist furchtbar.
Liebe Grüße, auch an Dariusz
Miriam

Oh, ich habe nicht geahnt, dass es schon so schlecht um sie steht. Das tut mir wahnsinnig leid. Hoffentlich wird sie in dem Heim wenigstens gut versorgt.
Ich wünsche Dir viel Kraft, liebe Miriam.
Deine Zofia

Als ich in die Küche komme, zeigt Marie mit strenger Miene auf die Wanduhr. »Das war mehr als eine Minute.«

»Dafür habe ich auch eine schöne Überraschung für dich.«

»Was denn?«

»Die SMS war von Tante Zofia. Sie fragt, ob du nachher Zeit hast, mit ihr zu telefonieren.«

»Ja! Super!«

»Und ich?«, knurrt Paul. »Was kriege ich für eine Überraschung?«

»Hm, du könntest ...«

Peter räuspert sich. »Wie wär's, wenn du Tante Sonja anrufst und sie fragst, wann du Cora wieder besuchen darfst?«

»Au ja!«

»Da will ich aber mit!«, protestiert Marie.

»Nein, ich will auch mal was allein machen.«

»Nun streitet euch nicht, ihr zwei«, sagt Peter und schenkt mir Kaffee ein. »Wer möchte einen frisch gepressten Orangensaft?«

»Ich!«, rufen beide wie aus einem Mund.

Wie gut, dass ich meine Familie habe.

Wir sind noch dabei, unsere Picknickbrote für die Radtour zu schmieren, als ich plötzlich ein pladderndes Geräusch höre. »Hey, es hat angefangen zu regnen.«

Peter ist empört. »Davon war gestern im Wetterbericht keine Rede.«

»Müssen wir jetzt zu Hause bleiben?«, fragt Paul enttäuscht.

»Vielleicht ist es nur ein Schauer«, versuche ich, die Gemüter zu beruhigen. »Außerdem haben wir unser Regenzeug.«

»Ich schau mir noch mal die Vorhersage an«, murmelt Peter und öffnet sein Tablet. Kurz darauf seufzt er und schüttelt den Kopf. »Es hat einen plötzlichen Wetterumschwung gegeben. Im Alten Land sieht's noch schlechter aus als hier. Die Radtour können wir vergessen.«

Marie verschränkt die Arme. »Ich hatte mich so darauf gefreut!«

»Ich auch«, schimpft Paul.

»Ist doch nicht schlimm«, sage ich. »Wir denken uns was anderes aus.«

»Was denn?«

»Lass mich überlegen. Wir könnten zum Beispiel mal wieder ins Kl!ck Kindermuseum gehen.«

»Oh, ja! Da waren wir ewig nicht«, ruft Marie.

»Ich war da noch nie«, behauptet Paul.

»Doch«, entgegnet Peter. »Das weißt du nur nicht mehr, weil du noch ganz klein warst.«

»Und was sollen wir da?«

»Gucken, wie die Leute früher gewohnt haben«, erklärt Marie. »Und wir können auch lauter Sachen selber machen: Wäsche auf einem Waschbrett waschen, Kaffeebohnen mahlen und Teppiche klopfen.«

»Hab ich keine Lust zu.«

»Du kannst auch ein Skelett anfassen und in einem alten Zahnarztstuhl sitzen und in eine große Puppe reinkrabbeln, damit du siehst, wie es bei Mama im Bauch war, bevor du auf die Welt kamst.«

Paul zieht eine Schnute. »Und das soll Spaß machen?«

»Das Tollste ist der Raum, in dem man Geld drucken kann.«

»Richtiges Geld?«

»Nein, Spielgeld natürlich. Aber in dem Tante-Emma-Laden, den sie dort haben, kannst du damit Salzstangen und so was kaufen.«

»Okay.«

»Und wenn wir wieder zu Hause sind, machen wir ein Picknick im Wohnzimmer«, schlägt Peter vor.

Marie fängt an zu kichern. »Meinst du auf dem Fußboden?«

»Ja, wir setzen uns auf unsere Decke.«

»Cool.«

»Gibt's dann auch hart gekochte Eier?«, will Paul wissen.

»Es gibt alles, was zu einem richtigen Picknick gehört.«

Die Kinder strahlen.

Das Kl!ck ist ein großer Erfolg. Paul entdeckt in Urgroßmutters Küche einen Fleischwolf und eine Mandelmühle und stellt damit Obstpralinen aus Trockenfrüchten und Mandeln her. Und Marie druckt Geldscheine, prägt Münzen und laminiert ihre eigene Kreditkarte.

Später, beim Picknick auf dem Wohnzimmerfußboden, verkünden die beiden, dass dies der schönste Sonntag seit Langem sei. Erst in dem Moment fällt mir auf, dass ich in all den Stunden weder an meinen Albtraum noch an die mögliche Recherche in irgendwelchen Büchern gedacht habe.

Als das Telefon klingelt, springt Marie sofort auf. »Das ist bestimmt Tante Zofia. Kann ich drangehen?«

»Ja, klar.«

»Hallo? ... Tag, Tante Zofia.« Maries Augen leuchten. »... Gut. Wir haben heute einen super Ausflug gemacht ... Nein, nicht mit den Fahrrädern. Dafür war das Wetter zu schlecht.«

Während sie vom Kl!ck erzählt, geht sie in den Flur, und dann höre ich, wie die Kinderzimmertür ins Schloss fällt.

Paul runzelt die Stirn. »Warum bleibt Marie denn nicht hier?«

»Weil sie allein sein möchte, wenn sie telefoniert«, antwortet Peter. »Das geht mir genauso.«

»Dann mache ich das nachher auch, wenn ich Tante Sonja anrufe.«

»Ist gut.«

Nach ein paar Minuten kommt Marie wieder zu uns zurück. Ihre Wangen glühen. »Tante Zofia hat sich ganz doll über meine Karte gefreut. Und ihr Papa auch.«

»Kenn ich den?«, fragt Paul.

»Ja, das ist der Mann, der so schön Geige spielen kann. Er heißt Dariusz.«

Ich denke an die Geige auf dem nassen Balkon. Peter wirft mir einen kurzen Blick zu. Aber wir lassen uns nichts anmerken.

»Und dann hat Tante Zofia mir versprochen, dass wir etwas Besonderes zusammen unternehmen, wenn sie wieder in Hamburg ist.«

»Weißt du, wann das sein wird?«, frage ich.

»Das hat sie nicht gesagt. Erst mal fährt sie nach Köln, weil sie da Theater spielt.«

Bei dem Wort Theater durchzuckt es mich. Ja, genau. In meinem Traum heute Nacht ging es auch um etwas, was mit Theater zu tun hatte. Wenn ich mich bloß genauer erinnern könnte.

»Was hast du, Mama?«, ruft Marie erschrocken.

»Ach, nichts.«

»Und warum guckst du plötzlich so ernst?«

»Ich habe nur gerade an … Oma gedacht. Hoffentlich ist bei ihr alles in Ordnung.«

»Ruf mal im Heim an.«

»Das ist nicht so einfach. Die Leiterin hat es nicht gern, wenn man sich telefonisch nach den Angehörigen erkundigt.«

»Warum nicht?«

»Weil sie nicht genug Pflegepersonal haben.«

»Versuchen kannst du's doch«, meint sie und reicht mir das Telefon.

Ich gehe hinüber in unser Arbeitszimmer und setze mich an meinen Schreibtisch. Marie merkt immer sofort, wenn jemand bedrückt ist. Ich wünschte, meine kleine Notlüge eben wäre nicht nötig gewesen. Aber wenn ich ihr die Wahrheit gesagt hätte, wären weitere Fragen gekommen, und ich hätte ihr auch von meinem Albtraum erzählen müssen. Manchmal denke ich, dass Marie sich mit ihren acht Jahren viel zu viele Sorgen um uns alle macht.

Unter der Festnetznummer des Heims meldet sich niemand. Habe ich irgendwo noch eine Handynummer? Im Hintergrund höre ich, wie Peter mit den Kindern die Reste unseres Picknicks wegräumt. Ich schließe die Tür und probiere es noch einmal mit derselben Nummer. Diesmal nimmt beinahe sofort jemand ab. Und ich habe Glück. Die Pflegerin hat Mama noch vor einer halben Stunde gesehen, und da ging es ihr gut.

»Danke, das erleichtert mich sehr. Als ich meine Mutter gestern Nachmittag besucht habe, hat sie sich ziemlich aufgeregt.«

»Ja, Sie haben mir davon berichtet, als wir uns im Treppenhaus begegnet sind.«

»Ah, jetzt weiß ich auch, wer Sie sind. Wie ist Ihr Name?«

»Tanja. Ich arbeite seit einer Woche hier. Tut mir leid, dass ich mich gestern nicht vorgestellt habe. Wir hatten verschiedene Notfälle, und da war ich etwas im Stress.«

»Das verstehe ich.«

»Nachdem wir miteinander gesprochen hatten, bin ich zu Ihrer Mutter gegangen. Sie war damit beschäftigt, all ihre gerahmten Fotos im Schrank, unter ihren Strümpfen, zu verstauen.«

»Ach.«

»So eine Reaktion habe ich bei Demenzkranken schon öfter erlebt. Es kann sein, dass der Anblick von Familienfotos für sie von einem Moment auf den anderen unerträglich ist.«

Ich hätte Mama nicht nach Opa fragen dürfen.

»Vielleicht blitzt da in ihnen eine Erinnerung an ihr früheres Leben auf, und sie spüren, was sie alles verloren haben.«

»Das kann sein.«

»Ich muss jetzt leider auflegen. Wir sind heute nur zu zweit auf der Etage, und verschiedene Patienten haben geklingelt.«

»Natürlich. Danke, dass Sie sich die Zeit genommen haben, mit mir zu sprechen. Ich werde in den nächsten Tagen wieder vorbeikommen.«

»Tun Sie das. Und Sie brauchen nicht beunruhigt zu sein. Ihre Mutter wird gut versorgt.«

»Ja. Auf Wiederhören.«

Ich lehne mich zurück und versuche, nicht mehr an Mama zu denken, wie sie ihre Fotos versteckt, aber es gelingt mir nicht. Alles, was mit Opa zusammenhängt, werde ich künftig von ihr fernhalten.

Mein Blick fällt auf den Laptop und den Textstapel. Morgen früh fange ich wieder an zu übersetzen. Der Gedanke hat etwas Entlastendes, auch wenn es sehr viel zu tun gibt. Arbeit bedeutet Ablenkung, und die habe ich im Augenblick dringend nötig.

An diesem Abend dauert es eine Weile, bis die Kinder im Bett liegen. Vorher muss Paul mit Tante Sonja telefonieren, um zu verabreden, wann er Cora besuchen darf, und Marie muss vor dem Schlafengehen unbedingt noch eine Nachricht an Zofia schicken:

Liebe Tante Zofia,
es war schön, mit Dir zu telefonieren. Ich freue mich schon sehr auf unser Wiedersehen.
Viel Spaß beim Theaterspielen.
Ganz liebe Grüße
Deine Marie

Beim Gutenachtsagen verkündet sie mir, dass sie lernen wolle, Blockflöte zu spielen.

»Ja ... schön«, antworte ich überrascht. »Wie kommst du plötzlich darauf?«

»Tante Zofia hat mich vorhin gefragt, ob ich Lust dazu hätte. Sie würde mir die Flötenstunden bezahlen.«

»Das ist ja nett von ihr.«

»Finde ich auch. Sie sagte, am meisten Spaß macht es mit anderen Kindern zusammen in einer Gruppe.«

»Dann werden wir uns mal darum kümmern.«

Vor einem Jahr habe ich Marie dasselbe vorgeschlagen, aber da wollte sie nichts davon wissen. Es ist eben etwas anderes, wenn der Vorschlag von ihrer Patentante kommt.

Als Peter und ich schließlich auf dem Sofa sitzen, erzähle ich ihm von meinem Traum und all dem, was mir inzwischen durch den Kopf gegangen ist.

»Ich kann mir nicht vorstellen, dass mein Großvater ein Mörder war.«

»Das habe ich auch nicht behauptet. Ich habe nur angeboten, für dich zu recherchieren.«

»Ja, ich weiß. Aber ich habe jetzt beschlossen, dass ich darauf verzichte, mich in irgendwelche Bücher zu versenken. Der Verdacht ist völlig abwegig.«

»Okay.«

»Morgen beginnt wieder unser normales Leben.«

Peter nickt. Ganz überzeugt ist er nicht, das sehe ich ihm an.

Gleich halb drei. Irgendetwas hat mich geweckt. Peter schläft. Haben die Kinder gerufen? Nein, in der Wohnung ist es still. Ich höre nur das Ticken des Weckers.

Plötzlich sehe ich schemenhaft Zofia in einem langen, weißen Gewand vor mir, wie sie im Kolosseum eine Sterbende spielt. Es ist der Teil des Traums, den ich vergessen hatte.

17.

I̲n̲ ̲d̲e̲n̲ ̲f̲o̲l̲g̲e̲n̲d̲e̲n̲ ̲T̲a̲g̲e̲n̲ habe ich immer mal wieder die beunruhigenden Traumbilder vor Augen, aber meistens gelingt es mir, schnell an etwas anderes zu denken.

Der Alltag ist meine Rettung. Morgens herrscht bei uns das übliche Chaos. Wir sind alle etwas zu spät dran, die Schulsachen müssen gepackt werden, das Sportzeug fehlt oder ist nicht gewaschen worden, Marie möchte zu ihrem Pausenbrot Möhren, aber keine Kirschtomaten, Paul dagegen will unbedingt Kirschtomaten, aber auf keinen Fall Radieschen. Und Peter meint, dass ihm ein Apfel genügt. Das finde ich unvernünftig, er ist sowieso zu dünn. Ich versuche, ihn zu überreden, wenigstens noch eine Banane mitzunehmen. Ohne Erfolg.

Sobald er und die Kinder die Wohnung verlassen haben, vertiefe ich mich in meine Übersetzung. Ich komme besser voran, als ich gedacht habe. Das stimmt mich zuversichtlich, und ich merke, dass ich gelassener werde.

Endlich jogge ich auch mal wieder. An diesem grauen, feuchten Vormittag ist im Stadtpark fast niemand unterwegs. Es scheint gar nicht richtig hell zu werden, aber das macht mir nichts aus. Ich spüre, wie sehr mir die Bewegung in den letzten Wochen gefehlt hat. Vielleicht gelingt es mir, einen Trainingsrhythmus zu entwickeln, den ich tatsächlich einhalten kann. Ein- bis zweimal in der Woche. Das wäre schon ein großer Fortschritt. Beim Laufen kann ich auch wieder an Opa denken, ohne dass mich Zweifel quälen, ob ich nicht doch Nachforschungen über seine Vergangenheit anstellen sollte.

Am Freitagvormittag klingelt das Telefon. Noch bevor ich auf das Display geschaut habe, ahne ich, dass der Anruf vom Heim kommt. Prompt meldet sich mein schlechtes Gewissen, weil ich Mama seit Samstag nicht besucht habe.

»Tiedtke.«

»Carola Bruns hier. Tag, Frau Tiedtke. Ich wollte Ihnen nur kurz Bescheid sagen, dass es Ihrer Mutter heute Morgen nicht so gut ging. Wir warten jetzt auf den Arzt, der jeden Augenblick hier sein müsste.«

Mein Herz klopft. »Was ist denn passiert?«

»Ihr wurde plötzlich schwindelig, als die Pflegerin sie waschen wollte. Und dann hat sie für ein paar Sekunden das Bewusstsein verloren.«

»Oh!« Ich schlucke. »Ist sie gestürzt?«

»Nein, keine Sorge. Vermutlich ist es nichts Ernstes, aber wir wollen es trotzdem abklären lassen.«

»Ja, natürlich. Wissen Sie, ob meine Mutter so was schon mal gehabt hat?«

»In ihrer Akte habe ich dazu keinen Vermerk gefunden.«

»Mir gegenüber hat sie Schwindel oder Ohnmacht auch nie erwähnt. Ich würde gern mit dem Arzt sprechen. Meinen Sie, dass das möglich ist?«

»Er hat meistens wenig Zeit, aber vielleicht haben Sie Glück.«

»Dann fahre ich sofort los.«

Ich schalte meinen Laptop aus und mache mich mit dem Rad auf den Weg. Es fällt mir schwer, mich auf den Verkehr zu konzentrieren. Was ist, wenn sie doch etwas Ernstes hat? Einen Schlaganfall? Oder einen Herzinfarkt?

Im Heim nehme ich den Aufzug direkt in den dritten Stock. Als ich an Mamas Zimmertür klopfen will, höre ich jemanden hinter mir sagen, dass ich einen Moment warten müsse, weil Frau Tiedtke gerade untersucht werde. Ich drehe mich um. Vor mir steht eine junge Pflegerin, die ich noch nicht kenne. »Danke.«

»Der Arzt ist eben erst angekommen.«

»Ah, okay. Sie sind neu hier, oder?«

»Ja, ich habe gerade meine Ausbildung begonnen. Dies ist meine zweite Woche.«

»Und wie gefällt es Ihnen?«

»Gut.«

»Haben Sie meine Mutter heute zufällig schon gesehen?«

Sie schüttelt den Kopf. »Gestern war ich bei ihr. Da meinte sie, dass sie nie Besuch kriegen würde.«

Ich spüre einen Stich. »Dabei tue ich, was ich kann.«

»Das glaube ich Ihnen. Wahrscheinlich vergisst sie, dass Sie da waren, sobald Sie ihr Zimmer verlassen haben.«

»Ja.«

»Und dann war da noch etwas. Das fand ich irgendwie seltsam.« Die junge Frau bricht ab und schaut mich traurig an.

»Aha ...« Meine Stimme versagt.

»Ich hatte sie gefragt, wo denn ihre schönen Fotos seien. Da wurde sie auf einmal ganz nervös und winkte mich zu sich, um mir was ins Ohr zu flüstern. ›Die habe ich vergraben, tief vergraben, damit sie niemand mehr finden kann.‹ Und als ich wissen wollte, warum sie das getan hat, meinte sie nur: ›Die Menschen, die da drauf sind, haben mich alle vergessen.‹«

Mir steigen Tränen in die Augen. Einen Moment sind wir beide still.

»Es muss schwer für Sie sein, Ihre Mutter auf diese Weise zu verlieren.«

Ich nicke. »Danke. Für Ihr Mitgefühl und auch dafür, dass Sie ab und zu mit meiner Mutter reden.«

»Das mache ich gern.«

»Sagen Sie mir noch, wie Sie heißen.«
»Jolanta.«
»Ein ungewöhnlicher Name.«
»In Polen nicht. Meine Eltern stammen aus Krakau.«
»Ach, wirklich?«, frage ich, eine Spur zu laut.
Jolanta sieht mich erstaunt an. »Waren Sie schon mal dort?«
»Ja ... Eine schöne Stadt.«
Sie lächelt. »Das finde ich auch. Aber jetzt muss ich weiterarbeiten. Da drinnen scheint's ja etwas länger zu dauern. Wenn Sie sich setzen wollen – am Ende des Gangs sind Stühle.«
»Danke.«
»Alles Gute.«
Ich hole mir einen der Plastikstühle, während Jolanta auf eine gebrechliche Bewohnerin zugeht, die sich offenbar verlaufen hat. Behutsam nimmt sie ihren Arm und führt sie in ihr Zimmer. Hoffentlich wird Jolanta noch oft Zeit für Mama haben.

Ich sehe, dass Zofia mir eine SMS geschickt hat. Die Vorstellungen in Köln gestern und vorgestern Abend hat sie gut geschafft.

Bis auf einen Moment, in dem ich meinen Text plötzlich nicht mehr wusste, weil ich an meinen Vater gedacht habe. Aber zum Glück konnte ich improvisieren.
Wie geht's Dir?

Ursel ist heute Morgen ohnmächtig geworden. Ich bin jetzt im Pflegeheim und warte darauf, dass ich mit dem Arzt sprechen kann.

Oh, hoffentlich muss sie nicht ins Krankenhaus.

Daran mag ich gar nicht denken. Das wäre eine Katastrophe für sie, weil sie sich dort überhaupt nicht mehr orientieren könnte.

Schreib mir, was der Arzt gesagt hat.

Mach ich.

Ich lehne mich zurück. Zofias Anteilnahme tut mir gut.

Ob der Arzt wirklich noch bei Mama ist? Vielleicht sollte ich doch mal klopfen.

Ich bin gerade aufgestanden, da öffnet sich die Tür, und ein streng aussehender Mann von Ende fünfzig kommt heraus. Ich stelle mich vor und bitte ihn um ein kurzes Gespräch über die Verfassung meiner Mutter.

»Der Schwindelanfall und die Ohnmacht sind auf ihren niedrigen Blutdruck zurückzuführen«, lautet die knappe Antwort.

»Aber soweit ich weiß, hat sie so etwas noch nie gehabt.«

»Es handelt sich vermutlich um eine Nebenwirkung des neuen Medikaments, das ich ihr vor zwei Wochen zur Beruhigung verschrieben habe.«

»Gibt es etwas, was sie stattdessen einnehmen könnte und was nicht schwindelig macht?«

»Andere Beruhigungsmittel haben andere Nebenwirkungen, und nicht jedes ist für eine Demenzkranke geeignet. Aber wir werden ab heute ein alternatives Präparat ausprobieren.«

»Danke.«

Der Arzt sieht mich prüfend an. »Es ist auffällig, wie sehr sich der Zustand Ihrer Mutter seit meiner letzten Visite verschlechtert hat. Sie wirkt viel ängstlicher und hat diverse Wahnvorstellungen.«

»Ja, die Pflegerinnen haben mir davon berichtet.«

»Die vaskuläre Demenz, unter der Ihre Mutter leidet, verläuft häufig in Schüben. Und da kann es natürlich sein, dass Ihre Mutter gerade einen solchen Schub erlebt hat. Dennoch möchte ich Sie fragen, ob in den letzten Tagen etwas Besonderes vorgefallen ist?«

»Ja. Am letzten Samstag hat sie mich plötzlich aus dem Zimmer geschickt.«

»Hatten Sie Streit?«

»Nein.«

»War sonst jemand bei ihr zu Besuch?«

»Nicht dass ich wüsste. Auch ihre beste Freundin kommt nicht mehr.«

»Sie sind das einzige Kind, oder?«

»Ja.«

»Versuchen Sie, Themen zu vermeiden, über die Ihre Mutter sich aufregen könnte.«

Ich nicke.

»Und jetzt entschuldigen Sie mich bitte. Es warten hier noch zwei Patientinnen auf mich.«

Ich blicke ihm nach, wie er mit schnellen Schritten den Gang entlangläuft und dann im Treppenhaus verschwindet. Mama muss irgendetwas zu ihm gesagt haben, das ihn auf den Gedanken gebracht hat, wir hätten uns gestritten.

Ich bin auf alles gefasst, als ich ihr Zimmer betrete. Sie liegt reglos im Bett und hat die Augen geschlossen.

»Mama?«, sage ich leise.

Keine Antwort. Schläft sie? Oder ist sie erschöpft? Oder will sie mich nicht sehen?

Ich setze mich zu ihr und betrachte ihr Gesicht. Je länger ich es anschaue, umso fremder kommt es mir vor. Waren vor sechs Tagen ihre Wangen auch schon so eingefallen, die Lippen so schmal und die Augenhöhlen so tief?

Ich streichele ihre Hand. »Mama?«

Sie rührt sich nicht. Ich bin mir sicher, dass sie wach ist. War das ein Laut?

»Möchtest du, dass ich gehe?«

Keine Reaktion. Meine Kehle schnürt sich zu.

Ich warte noch eine Weile. Dann stehe ich leise auf und verlasse das Zimmer.

18.

ALS ICH NACHMITTAGS IM Heim anrufe, sagt mir Frau Bruns, dass es meiner Mutter besser gehe. Sie habe gut gegessen, und die Pflegerin habe sie sogar zu einem kleinen Gang im Flur überreden können. Von Schwindel sei nicht mehr die Rede gewesen.

Am nächsten Morgen besuche ich Mama. Sie sitzt im Sessel und lächelt. Ich will auf keinen Fall über etwas sprechen, was sie beunruhigen könnte, und so erzähle ich ihr von meiner Radfahrt hierher und wie warm es immer noch sei, ganz ungewöhnlich für Ende Oktober.

»Ich habe auch ein Eichhörnchen gesehen. Es hatte einen schönen, buschigen Schwanz und flitzte in einem irren Tempo einen Baum hinauf.«

Mama hört mir interessiert zu. Dann legt sie ihre Hand auf meinen Arm. »Entschuldigen Sie, sind Sie die neue Pflegekraft?«

Ich schlucke. »Nein, ich bin doch Miriam, deine Tochter.«

Sie schüttelt den Kopf, und dabei lächelt sie noch immer. »Das muss ein Irrtum sein. Ich habe keine Tochter, sondern einen Sohn.«

Der Satz triff mich wie ein Schlag. »Mama, du hast keinen Sohn!«

»Na, hören Sie mal! Ich werde doch wohl wissen, ob ich einen Sohn habe oder nicht.«

»Du warst schwanger mit einem Jungen, aber nach Papas Tod hattest du eine Fehlgeburt.« Meine Stimme ist immer lauter geworden.

»Was erlauben Sie sich? Mein Sohn ist Regisseur und sehr erfolgreich in seinem Beruf.«

»Das ist nicht dein Sohn, sondern der Sohn deiner Tischnachbarin!«

»Warum schreien Sie denn so?«

»Mama, jetzt pass mal auf ...«

»Frau Tiedtke?«

Ich drehe mich um. Tanja steht in der Tür und gibt mir ein Zeichen, ihr zu folgen.

»Gleich. Ich will nur noch meiner Mutter ...«

»Bitte kommen Sie sofort«, unterbricht sie mich.

Fast hätte ich auf den scharfen Ton in ihrer Stimme mit einer entsprechenden Antwort reagiert. Doch dann wird mir schlagartig klar, was eben passiert ist. Wie konnte ich so die Kontrolle über mich verlieren.

Ich raffe meine Sachen zusammen und stürze an Tanja vorbei aus dem Zimmer. Im Flur lehne ich mich an die Wand und ringe um Fassung. Nach den Anzeichen der letzten Monate hätte ich wissen müssen, dass Mama mich eines Tages nicht mehr erkennen würde. Aber an meiner Reaktion merke ich, dass ich darauf nicht vorbereitet war.

Ich weiß nicht, wie lange ich so dastehe. Mein Kopf fühlt sich auf einmal ganz leer an.

Irgendwann öffnet sich Mamas Zimmertür, und Tanja kommt heraus. »So, nun hat sie sich wieder beruhigt. Tut mir leid, wenn ich eben etwas zu energisch geklungen habe.«

»Nein, nein, Sie hatten absolut recht. Ich konnte und wollte in dem Moment einfach nicht wahrhaben, dass meine Mutter nicht mehr weiß, wer ich bin.«

»Sie hat einen schweren Schub erlebt.«

»Gibt es etwas, was ich für sie tun kann?«

»Ja. Verzichten Sie eine Zeit lang darauf, sie zu besuchen.«
»Wirklich? Wie lange denn?«
»Vielleicht zehn bis vierzehn Tage.«
»Wird sie sich nicht verlassen fühlen?«
»Das glaube ich kaum. Es wird sie eher wieder etwas stabilisieren. Für Demenzkranke sind manchmal auch die Besuche der engsten Familienangehörigen eine Belastung, mit der sie nicht zurechtkommen.«

Ahnt Tanja, dass ich versucht habe, mit Mama über ein schwieriges Thema zu reden?

»Durch Gespräche können Erinnerungen geweckt werden, die sehr schmerzlich für sie sind. Wir sprachen ja neulich schon über die Familienfotos.«

»Ja.«

»Versuchen Sie, das Verhalten Ihrer Mutter nicht persönlich zu nehmen.«

»Das sagen Sie so leicht.«

»Nein, ich weiß, wie schwer das ist. Aber man kann es lernen. Machen Sie sich immer wieder bewusst, dass Ihre Mutter es nicht böse meint, sondern krank ist.«

Ich nicke. »Kann ich mich noch kurz von ihr verabschieden?«

»Gehen Sie besser nicht mehr zu ihr hinein. Das könnte sie wieder aus dem Gleis werfen.«

»Ist gut. Danke.«

Auf der Nachhausefahrt halte ich am Mühlenteich. Ich bin noch so aufgewühlt und kann mich nicht daran freuen, dass die Sonne scheint und sich das bunte Herbstlaub der Bäume im Wasser spiegelt. Dabei hat dieser Ort sonst immer etwas Tröstliches für mich gehabt. Als Kind habe ich hier mit Papa Stockenten, Graugänse und Haubentaucher beobachtet. Und natürlich die Alsterschwäne. Ich weiß noch, wie er mir erklärt hat, dass sie jedes Jahr im November vom Schwanenvater in einen abgegrenzten Bereich des Mühlenteichs gebracht würden. Dort, in ihrem Winterquartier, würden Unterwasserpumpen dafür sorgen, dass der Teich nicht zufriert. Ich habe es damals erst nicht glauben können, dass die Hamburger Schwäne einen Vater haben.

Auf einmal kann ich mich nicht länger zusammenreißen und breche in Tränen aus. Es erschüttert mich, dass Mama meint, sie hätte einen Sohn statt einer Tochter. Hat sie sich immer eher einen Sohn gewünscht? Nein, dieses Gefühl hat sie mir nie vermittelt. Über ihre Fehlgeburt haben wir nur selten gesprochen. Vielleicht war unsere Trauer über den Verlust von Papa so übermächtig, dass der zweite Verlust eine Woche später nicht mehr richtig betrauert werden konnte. Irgendwann hat sie mich einmal plötzlich an sich gedrückt und mir ins Ohr geflüstert, wie dankbar sie sei, dass es mich gäbe.

Ich werfe einen letzten Blick auf den Teich und steige wieder auf mein Fahrrad.

Von nun an telefoniere ich regelmäßig mit Frau Bruns, um mich zu vergewissern, dass Mamas Medikamente wirken und sie nicht wieder ohnmächtig geworden ist. Mit Zofia spreche ich auch alle paar Tage. Sie ist sehr besorgt um Ursel und will immer den neuesten Stand der Dinge erfahren.

Anfang November kann ich ihr berichten, dass wir eine Flötengruppe gefunden haben und jetzt eine Blockflöte kaufen werden. In einer Woche fängt Marie mit dem Unterricht an.

Dariusz scheint mit Olgas Hilfe einigermaßen zurechtzukommen. Und Zofia wirkt von Mal zu Mal zuversichtlicher, dass sie sich bald wieder besser auf ihre Rollen konzentrieren kann.

»Weißt du, was heute für ein Tag ist?«, fragt sie mich an einem Sonntagmorgen.

»Der 10. November.«
»Genau. Fällt dir dazu nichts ein?«
»Nein. Wieso?«
»Heute vor zwanzig Jahren ist dein Opa gestorben.«
»Was?« Ich schlucke. »Stimmt.«
»Hattest du das wirklich vergessen?«
»Ja, ich ... Wahrscheinlich wegen der Sorgen um Ursel.«
»Wirst du irgendwann in den nächsten Tagen zum Friedhof fahren?«
»Eh ... ja, sicher.«
»Dann nimm bitte eine Schale Blumen von mir mit. Vielleicht gibt es noch bunte Astern. Die mochte dein Opa doch so gern.«
Das hätte ich nicht mehr gewusst.

Am Montagmittag ist in der Gärtnerei am Friedhof nur wenig Betrieb. Bunte Astern haben sie nicht mehr. Die Verkäuferin rät mir überhaupt von Blumenschalen ab. Seitdem das Wetter umgeschlagen sei und es den ersten Frost gegeben habe, würden sich Grabgestecke besser eignen.

Sie führt mich in einen Ausstellungsraum mit etwa zwanzig Gestecken, viele in der Form von Herzen, Kreuzen oder Kränzen. Die Verzierungen reichen über farbige Holzkugeln und Engelfiguren bis hin zu gebündelten Zimtstangen. Sie erscheinen mir allesamt so hässlich, dass ich schon wieder gehen will.

»Ist nichts Passendes dabei?«
»Ich hätte gern etwas ganz Schlichtes.«
»Das haben wir auch«, antwortet sie mit einem beleidigten Unterton und zeigt auf einen Tisch im hinteren Teil des Ladens, auf dem kleine Gestecke mit Kiefernzweigen, Tannenzapfen und getrockneten Blumen liegen.

Ich wähle eins mit dunkelroten und eins mit honigfarbenen

Strohblumen aus und bin froh, als ich den Laden wieder verlassen kann.

Auf dem Weg zur Grabstätte meiner Familie überlege ich, wann ich zuletzt hier gewesen bin. Vielleicht vor zwei oder drei Jahren. Mir geht es wie Mama, die auch nur selten das Bedürfnis hatte, Papas Grab und die Gräber ihrer Eltern aufzusuchen. »Ich denke lieber an die schönen Zeiten mit ihnen, statt an diesem traurigen Ort zu stehen«, sagte sie einmal zu mir. Den Vertrag für die Grabpflege, den sie mit der Friedhofsgärtnerei abgeschlossen hat, habe ich übernommen, als es ihr immer schwerer fiel, sich um diese Dinge zu kümmern.

Habe ich mich verlaufen? Ich gehe ein Stück zurück und sehe, dass ich eine Abzweigung verpasst habe. Ein paar Minuten später stehe ich vor den mit Heidekraut bepflanzten Gräbern. Die in den Grabstein aus hellem Granit eingravierten Namen sind mit einer dünnen Moosschicht bedeckt. Offenbar gehört das Reinigen des Steins nicht zu den Aufgaben eines Friedhofsgärtners.

Waltraud Cordes *Heinrich Cordes*
1923–1983 *1919–1999*

Rainer Tiedtke
1946–1990

Ich lege die Gestecke auf Opas Grab und versuche, mit einem Taschentuch das Moos von den Buchstaben zu entfernen. Aber das ist nicht so einfach. Als ich über das Todesjahr meiner Großmutter wische, erinnere ich mich plötzlich an einen heißen Spätsommertag, kurz nach dem Ende der Ferien. Zofia und ich waren nach der Schule zum Essen zu Opa gegangen.

»Würdet ihr mich vielleicht heute Nachmittag zum Friedhof begleiten?«, fragte er, als wir uns eigentlich gerade verabschieden wollten.

Ich zögerte, weil ich Friedhöfe seit Papas Tod nicht mochte und lieber schwimmen gegangen wäre. Aber Zofia sagte sofort, dass sie gern mitkommen würde. Also stiegen wir in Opas alten Renault und fuhren zum Ohlsdorfer Friedhof.

Wir waren überrascht, als er eine Schale mit bunten Astern aus dem Kofferraum holte.

»Die Blumenhändlerin bei mir um die Ecke hat sie für mich eingepflanzt.«

»Schön sehen die aus«, meinte Zofia.

Opa bestand darauf, die Schale zu tragen, obwohl wir sie ihm gern abgenommen hätten.

Als wir an den Gräbern ankamen, sah ich, wie Zofia die Inschriften genau studierte. Ich hoffte, dass ich nicht über Papa sprechen müsste. Zofia warf mir einen kurzen Blick zu, aber sie fragte nichts.

»Heute vor zehn Jahren ist meine Waltraud gestorben«, sagte Opa leise und stellte die Schale auf Omas Grab.

»War sie lange krank?«, wollte Zofia wissen.

Er nickte und erzählte uns von Omas Krebserkrankung und wie sehr sie sich gequält hätte. »Zum Schluss war der Tod eine Erlösung für sie.«

»So traurig, dass sie nur sechzig Jahre alt geworden ist.«

»Ja. Als Miriam geboren wurde, ging es ihr schon sehr schlecht. Aber sie hat sich noch so über ihr Enkelkind gefreut.«

Das hörte ich zum ersten Mal. »Ich weiß davon gar nichts mehr.«

»Natürlich nicht. Du warst elf Monate alt, als sie starb.« Opa wischte sich über die Augen. »Ich vermisse sie so.«

Wir verfielen in Schweigen. Ich schaute auf Papas Sterbejahr. War er wirklich erst seit drei Jahren tot? Es kam mir viel länger vor.

»Was haltet ihr davon, wenn wir jetzt die Grabkerze anzünden?«, schlug Opa nach einer Weile vor.

»Oh, ja. Das macht meine Oma auch immer, wenn sie zu Opas Grab geht.«

»Wo wohnt deine Oma?«, fragte Opa, während er ein Streichholz anriss.

»Da, wo wir auch gewohnt haben, in Krakau.«

»Ach ...« Opas Hand fing auf einmal an zu zittern, und er ließ das Streichholz fallen.

»Warst du schon mal dort?«

»Eh ... Nein!« Er riss ein zweites Streichholz an.

Ich sah, dass seine Hand noch immer zitterte.

Ja, es gab dieses kurze Zögern, bevor Opa sein entschiedenes »Nein!« hervorstieß. Und dass er zitterte, war auch ungewöhnlich. Er arbeitete damals noch als Goldschmied und hätte seinen Beruf aufgeben müssen, wenn er häufiger gezittert hätte.

Ich spüre meinen Puls, ganz oben am Hals. So schnell ich kann, laufe ich zum Ausgang des Friedhofs.

19.

Ich sitze schon auf meinem Rad, als mir klar wird, dass ich nicht direkt nach Hause fahren kann. Peter und die Kinder würden mir meine Bestürzung sofort anmerken. Die Kinder!, schießt es mir durch den Kopf. Hätte ich sie nicht von der Schule abholen müssen? Ich bin so konfus, dass es ein paar Sekunden dauert, bis mir wieder einfällt, was wir heute Morgen verabredet haben: Peter würde sie abholen, weil bei ihm die letzte Unterrichtsstunde auf morgen verschoben wurde.

Ich radele ziellos durch die Gegend und lande schließlich im Stadtpark. Wolken sind aufgezogen, der Wind ist stärker geworden, und mir ist auf einmal kalt. Ich hätte eine wärmere Jacke anziehen sollen. Zwei Joggerinnen kommen mir entgegen; sie wirken sehr trainiert. Hatte ich mir nicht fest vorgenommen, in diesem Herbst endlich wieder regelmäßig zu joggen? Einmal habe ich es bisher geschafft, und das ist fast drei Wochen her.

Beim Klingeln meines Smartphones zucke ich zusammen. Ich halte an. Es ist Peter. »Hallo.«

»Wo steckst du denn? Wir warten mit dem Essen auf dich.«

»Ich war auf dem Friedhof.«

»Ja, ich weiß, dass du mittags dahin wolltest, aber es ist schon zehn nach zwei.«

»Ich kann noch nicht nach Hause kommen.«

»Ist bei dir alles okay?«

»Ich erzähl's dir später.«

»Du klingst so seltsam. Was ist denn passiert?«

»Ich kann jetzt nicht darüber reden. Sag den Kindern, dass ich noch was zu erledigen habe. In ein, zwei Stunden bin ich bestimmt zurück.«

»Soll ich dich nicht irgendwo abholen?«

»Nein, ich brauche Zeit für mich allein.«

»Miriam, ich fände es wirklich gut, wenn du mir sagen könntest ...«

»Peter, lass mich bitte«, unterbreche ich ihn. »Du brauchst dir keine Sorgen zu machen. Bis nachher.«

Es hat angefangen zu regnen. Ich stelle mich unter einen Baum, und als es auch dort zu nass wird, fahre ich weiter zu einem Café in Winterhude, wo ich mir einen Tee bestelle und versuche, meine Gedanken zu ordnen.

Sobald ich die Augen schließe, habe ich das Gefühl, die Szene mit Opa und Zofia an Omas Grab deutlich vor mir zu sehen. Aber 1993 war ich elf, das ist sechsundzwanzig Jahre her. Kann es sein, dass ich diese Szene tatsächlich erinnere? Und wenn ja, warum jetzt und nicht vor ein paar Wochen, als ich ständig gegrübelt habe, ob Opa in Polen stationiert war? Vielleicht ist es wie mit dem Foto: Ich glaube, etwas zu erinnern. Dabei weiß ich doch, dass auf das Gedächtnis kein Verlass ist.

Natürlich könnte ich Zofia anrufen und sie fragen, was für Erinnerungen sie an jenen Nachmittag hat. Und wenn sie sich wundert, warum ich das mitten am Tag von ihr wissen will, erzähle ich ihr, wie bewegend der Moment am Grab gewesen sei und dass ich mich zurückversetzt gefühlt hätte in die Situation damals, als wir beide mit Opa auf dem Friedhof waren.

Ich bezahle meinen Tee und verlasse das Café. Es hat aufgehört zu regnen. Kurz nach drei. Vielleicht habe ich Glück und kann Zofia erreichen.

Ich klicke ihre Telefonnummer an, Zofia antwortet sofort, und sie hat Zeit. Ja, auch sie erinnert jenen Nachmittag im Spätsommer 1993.

»Vor allem weiß ich noch genau, wie schön die Schale mit den bunten Astern war.«

»Ja.«

»Und dass deine Oma nur sechzig Jahre alt geworden ist und Waltraud hieß. Und dass ich gedacht habe, wie traurig, dass du deinen Papa so früh verloren hast und dass es erst drei Jahre her war und du so aussahst, als ob du ganz bestimmt nicht über ihn reden wolltest.«

»Genauso war's«, murmele ich.

»Zum Schluss hat dein Opa noch eine Grabkerze angezündet. Das hat meine Oma am Grab meines Opas auch immer gemacht.«

In meinen Ohren rauscht es.

»Bist du noch da?«

»… Ja.«

»Und dein Opa hat mich gefragt, wo meine Oma wohnt. In dem Augenblick wurde mir bewusst, dass ich nie über Krakau gesprochen hatte. Dabei kannte ich ihn doch schon seit drei Jahren. Aber wahrscheinlich lag's daran, dass ich im Laufe der Zeit das Thema Polen immer mehr vermieden habe, weil es zu schmerzlich für mich war, an die Welt erinnert zu werden, die ich verloren hatte.«

Ich lehne mich gegen eine Hauswand.

»Dein Opa war so ein fürsorglicher Mensch. Ich wäre gern heute mit dir zusammen zu seinem Grab gegangen … Miriam? … Hörst du mich? … Die Verbindung ist nicht besonders gut.«

Ich bringe kein Wort heraus.

»Hallo? ... Jetzt scheint sie ganz unterbrochen zu sein ... Wir telefonieren bald wieder. Pass auf dich auf.«

Ich starre auf mein Smartphone und habe plötzlich starke Kopfschmerzen, an der linken Schläfe und direkt über meinem Auge.

Wie in einem Film, den ich zum zweiten Mal anschaue, sehe ich mich wieder in Opas Küche stehen, an dem Tag, als ich ihm erzählt habe, dass ich endlich eine Freundin gefunden hätte. Doch bevor er mich fragte, ob Zofia Deutsch könne, war etwas passiert, was ich völlig vergessen hatte.

»Wie heißt sie denn?«, fragte Opa.
»Zofia.«
Er stutzte.
»Sie kommt aus Polen.«
Opas Gesicht verdüsterte sich. »Polen?«
Ich erschrak, weil ich diesen scharfen Ton an ihm nicht kannte. »Ist es schlimm, dass sie aus Polen kommt?«
Er antwortete nicht, sondern starrte in eine unbestimmte Ferne.
»Sag doch was, Opa!«
Da nahm er mich in die Arme und stammelte: »... Nein! ... Nein! ... Es ist nicht schlimm!«
»Warum hast du denn so böse geguckt? Zofia ist sehr nett.«
»... Das glaube ich dir.«
Nach einer Weile ließ er mich los, räusperte sich ein paarmal und fragte leise: »Kann sie Deutsch?«

Opas verdüstertes Gesicht, der scharfe Ton, der starre Blick. Ich hatte mich vor ihm gefürchtet, weil er auf einmal ein ganz anderer zu sein schien als der Opa, der mir vertraut war.

Wie kommt es, dass ich diese Szene so in mir vergraben hatte? Weil Opas Reaktion mich zutiefst erschreckt hat? Weil ich gespürt habe, dass er offenbar mit Polen etwas Entsetzliches verband? Und weil alles, was dann folgte, so anders war? Opa hat Zofia nie abschätzig behandelt, sondern war immer überaus herzlich zu ihr. Nichts in seinem Verhalten deutete darauf hin, dass er früher einmal eine andere Einstellung Polen gegenüber gehabt haben könnte. Nur in diesem einen Moment hatte er seine Mimik und seine Stimme nicht im Griff.

Zum ersten Mal kann ich mir erklären, woher die diffuse Unsicherheit kommt, die ich all die Jahre empfunden habe, wenn es um Polen ging.

»Kann ich Ihnen helfen?«

»Wie bitte?«

Vor mir steht eine ältere Frau mit kurzen, grauen Haaren und schaut mich besorgt an. »Sie sehen aus, als ob Ihnen nicht gut wäre.«

»Danke, ich … Es geht mir bestimmt gleich wieder besser.«

»Sind Sie sicher?«

»Ja.«

Sie zeigt auf mein Fahrrad. »Das würde ich an Ihrer Stelle schieben.«

Ich folge ihrem Rat, weil ich es tatsächlich nicht schaffen würde, Rad zu fahren.

Mir fällt es sogar schwer, die Treppen bis zu unserer Wohnung im vierten Stock hinaufzusteigen. Als ich die Tür aufschließe, stürzen die Kinder auf mich zu. Marie will wissen, was ich denn so lange erledigen musste, und Paul fragt, ob ich ihnen etwas mitgebracht hätte.

»Nein, mein Schatz. Ich war auf dem Friedhof, da gibt's nichts zu kaufen.«

»Schade.«

»Wir haben für dich eine Portion Risotto mit Erbsen in die Mikrowelle gestellt«, ruft Marie.

»Das ist lieb von euch. Aber ich kann jetzt nichts essen.«

»Du bist ganz bleich«, sagt Peter und nimmt mir meinen Rucksack ab. »Ist dir übel?«

»Ich habe wahnsinnige Kopfschmerzen. Kannst du mal nachsehen, ob wir noch irgendwelche Tabletten haben?«

»Ja. Leg dich schon mal hin.«

Er bittet die Kinder, leise zu sein. Sie bemühen sich zu flüstern, aber als Peter mir ein starkes Schmerzmittel und ein Glas Wasser bringt, toben sie bereits wieder in voller Lautstärke im Flur.

»Ist es okay, wenn ich Paul jetzt zu Lukas bringe? Die beiden sind um vier verabredet.«

»Ja, klar.«

»Ich könnte Marie gleich mitnehmen. Heute fängt doch ihr Flötenunterricht an.«

»Ach, das habe ich ganz vergessen.«

»Und heute Abend reden wir in Ruhe.«

Ich nicke. Ein paar Minuten später fällt die Tür ins Schloss.

Es war so ein Schock, dass meine Erinnerung mich nicht getäuscht hat. Wie genau Zofia alles noch wusste. Dass Opa mit seiner Antwort leicht gezögert hat, als es um Krakau ging, hat sie nicht erwähnt. Aber warum hätte ihr das auffallen sollen? Für mich hat dieses Zögern auch erst im Nachhinein eine Bedeutung bekommen.

Nach einer Weile merke ich, wie die Kopfschmerzen nachlassen. Soll ich versuchen zu arbeiten? Nein, ich werde mich nicht konzentrieren können. Stattdessen schicke ich Zofia eine SMS:

Liebe Zofia,
es tut mir leid, dass die Verbindung vorhin unterbrochen wurde. Ich war draußen unterwegs.
Liebe Grüße,
Miriam

Sie antwortet mir beinahe sofort.

Hab mir schon so was gedacht. Wir telefonieren bald wieder. Und in zehn Tagen komme ich nach Hamburg zurück. Dann treffen wir uns.

Wie soll ich sie treffen, wenn ich nicht offen mit ihr reden kann?

Es tat gut, an jenen Nachmittag zurückzudenken. Auch wenn der Anlass für Deinen Opa traurig war, hat er uns zum Friedhof mitgenommen. Ich finde es im Nachhinein immer noch bewundernswert. Er gehörte nicht zu der Sorte von Erwachsenen, die Bedrückendes von Kindern fernhalten wollen. Das machte ihn so glaubwürdig.
Herzlichst,
Zofia

So habe ich bis vor ein paar Wochen auch gedacht. Und jetzt muss ich mich mit dem Gedanken beschäftigen, dass wir uns vielleicht alle in ihm getäuscht haben. Das heißt, ich werde Peters Angebot annehmen und mir von ihm Bücher über KZ-Wachmannschaften in Polen besorgen lassen. Die Recherche wird Zeit brauchen. Selbst wenn ich morgen damit anfange, ist es höchst unwahrscheinlich, dass ich in zehn Tagen Klarheit darüber haben werde, was damals passiert ist.

»Zofia würde dich niemals für die Taten deines Großvaters verantwortlich machen«, hat Peter am Abend meiner Rückkehr aus Krakau gesagt. Er hat recht. Wenn Opa Schuld auf sich geladen hätte, wäre sie entsetzt, aber an unserer Freundschaft würde sich für sie dadurch nichts verändern. Ich bin diejenige, für die nichts mehr so sein würde wie vorher. Die Scham wäre unerträglich. Warum? Ich weiß es nicht. Und alles in mir sperrt sich dagegen, weiter darüber nachzudenken.

Ich stehe auf, koche mir einen Tee und beschließe, dass ich doch versuchen werde zu arbeiten. Vielleicht wird das Übersetzen mich ablenken können.

Und so ist es. Als Peter anderthalb Stunden später mit Marie vom Blockflötenunterricht zurückkommt, spüre ich, dass ich mein inneres Gleichgewicht ein Stück weit wiedergefunden habe. Aber bei Marie scheint gerade alles im Argen zu liegen. Ohne Hallo zu sagen, läuft sie ins Kinderzimmer und schlägt die Tür hinter sich zu.

»Was ist denn los mit ihr?«

Peter seufzt. »Ich habe es nicht herausbekommen können. Sie hat auf der ganzen Rückfahrt mit den Tränen gekämpft.«

»Dabei hatte sie sich so auf den Flötenunterricht gefreut.«

»Ja, und mit der Gruppe schien so weit auch alles okay zu sein. Es sind fünf Mädchen. Das jüngste ist sechs, eins ist sieben, und die beiden anderen sind genauso alt wie Marie.«

»Das klingt doch gut.«

Er nickt. »Eines der Mädchen hat ihr zum Abschied zugewunken. Als ich sie gefragt habe, wer das war, hat sie nur mit den Achseln gezuckt.«

»Vielleicht konnte sie sich vor Aufregung nicht alle Namen sofort merken.«

»Vier Namen? Bei Maries super Gedächtnis?«

»Ich rede mal mit ihr.«

Leise öffne ich die Tür zum Kinderzimmer. Marie liegt zusammengerollt auf ihrem Bett und weint. Ich setze mich zu ihr und streichele ihre Schulter. »Was ist passiert?«, frage ich schließlich.

Keine Reaktion.

»War jemand beim Flötenunterricht hässlich zu dir?«

Immer noch keine Antwort.

»Ein Instrument zu lernen, ist nicht so leicht. Da dauert es manchmal eine Weile, bis es einem richtig Spaß macht.«

»Es macht mir ja Spaß«, brummt sie.

»Das ist doch toll. Was bedrückt dich denn so?«

»Paul und Lukas sind schon so lange beste Freunde, und ich habe immer noch keine beste Freundin«, platzt es da aus ihr heraus.

»Vielleicht findest du in der Flötengruppe eine Freundin.«

Sie schüttelt energisch den Kopf.

»Papa hat mir erzählt, dass eins der Mädchen dir zum Abschied zugewunken hat.«

»Hm.«

»Möchtest du dich mit der mal verabreden?«

»Lilli hat schon eine Freundin. Nele. Die ist auch in der Gruppe.«

»Es kann doch sein, dass Lilli trotzdem Lust hat, sich mit dir zu treffen.«

»Glaub ich nicht.«

»Frag sie mal in der nächsten Woche.«

»Das traue ich mich nicht.«

Ich nehme Marie in die Arme. Es dauert lange, bis sie aufhören kann zu weinen.

Später, als Paul begeistert von seinem Fußballnachmittag mit

Lukas erzählt, sehe ich wieder Tränen in ihren Augen. Was haben wir falsch gemacht? Wie kommt es, dass sie so wenig Selbstvertrauen hat?

Abends sitzen Peter und ich im Wohnzimmer und überlegen, wie wir Marie helfen können.

»Ich rate zu Gelassenheit«, murmelt er.

»Das sagst du seit Jahren«, entgegne ich. »Marie leidet, das siehst du doch.«

»Ja. Aber es hat keinen Zweck, dass wir versuchen, für sie Verabredungen zu treffen. Das muss sie schon allein schaffen.«

»Ich weiß. Aber wir sollten sie mehr dazu ermutigen, anstatt es einfach so hinzunehmen, dass sie keine Freundin hat.«

»Vielleicht ergibt sich ein Kontakt in der Flötengruppe.«

»Ich hatte eher den Eindruck, dass Marie dort dasselbe erlebt wie in der Schule: Diese Lilli und Nele scheinen bereits beste Freundinnen zu sein.«

»Warten wir's ab. Erst mal ist es sehr gut, dass sie sich auf Zofias Vorschlag mit der Flötengruppe eingelassen hat.«

»Ja.«

»Marie wird schon ihren Weg gehen und irgendwann Freunde finden. Wir dürfen nicht anfangen, sie ängstlich zu beobachten.«

»Was sollen wir denn tun?«

»Zuversicht ausstrahlen.«

»Darin bist du besser als ich.«

»Das kann sein.«

Ich trinke einen Schluck Wasser und hoffe, dass Peter mich nicht fragen wird, was mich am Nachmittag so aus dem Gleis geworfen hat. Ich will von dem Thema erst einmal nichts mehr wissen.

»Wie geht's dir? Hast du noch Kopfschmerzen?«

»Nein.«

»Was ist denn heute auf dem Friedhof bloß mit dir passiert?«
»Oh, ich möchte lieber nicht darüber reden. Sonst kann ich bestimmt nicht schlafen.«
»Okay. Wie du willst.«
Wir verfallen beide in Schweigen.
Vielleicht ist es Peters skeptischer Blick, der bewirkt, dass ich ihm schließlich doch von meiner Erinnerung am Grab und dem Telefonat mit Zofia erzähle.
»Ein Zögern bei einer Antwort ist kein Beweis für eine Schuld.«
»Nein. Und es kann natürlich auch wieder so sein, dass meine Erinnerung mich täuscht und es dieses Zögern gar nicht gab. Aber da ist noch was anderes, was mir heute wieder eingefallen ist.«
Peter hört mir stirnrunzelnd zu, als ich ihm den seltsamen Flashback beschreibe, den ich vorhin hatte. »Vor ein paar Wochen konnte ich nur das Unproblematische in der Szene mit Opa erinnern. Aber vorhin kam all das wieder hoch, was für mich in der Situation so beunruhigend war und was ich viele Jahre lang verdrängt hatte. Da wurde mir plötzlich klar, warum ich nie nach Polen fahren wollte.«
»Das Verhalten deines Großvaters bedeutet nicht, dass er einer dieser SS-Männer im KZ Płaszów war«, entgegnet Peter. »Es kann sein, dass er als Soldat in Polen Schreckliches erlebt hat.«
»Das stimmt.«
»Ich habe ja neulich schon mal gesagt, welche Möglichkeiten ich sehe, und ich denke nach wie vor ...«
»Ich weiß«, unterbreche ich ihn. »Um herauszufinden, ob Opa in Polen bei der SS war, werde ich nicht darum herumkommen, Nachforschungen anzustellen. Aber mir graut davor.«
»Soll ich dir ein paar Bücher besorgen?«
Ich nicke.

20.

Eigentlich habe ich keine Zeit, mich auf andere Texte zu konzentrieren. Nachdem ich am Samstag endlich mit der Übersetzung des schwierigen Romans fertig geworden bin, an der ich so lange gearbeitet habe, wartet längst das nächste Projekt auf mich, die Biografie einer renommierten Autorin aus dem Languedoc.

Aber als Peter mir ein paar Tage nach unserem Gespräch eine Reihe von Büchern mit Aufsätzen zum Thema nationalsozialistische Konzentrationslager, vor allem im Osten Europas, aus der Staatsbibliothek mitbringt, fange ich noch am selben Abend an zu lesen.

Die Inhalte sind zutiefst verstörend. Beim Umblättern jeder Seite befürchte ich, auf den Namen *Heinrich Cordes* zu stoßen. Und ich bin auch nur halbwegs erleichtert darüber, dass ich seinen Namen in keinem der Personenregister entdecke. Von Peter weiß ich, dass sie unvollständig sind.

In den Texten geht es immer wieder um SS-Totenkopfverbände, und ich verstehe erst nach einer Weile, dass sie unter anderem für die Bewachung in den Konzentrationslagern zuständig waren. 1944 wurde ein eigener SS-Totenkopf-Wachsturmbann Krakau-Płaszów gebildet, lese ich bei dem Historiker Dieter Pohl. Könnten die SS-Männer auf dem Foto dazugehört haben?

»Es ist schon halb eins«, murmelt Peter im Hochbett über mir.

»Ich bin mit dem Aufsatz fast fertig.«

»Lenk dich danach noch etwas ab, sonst kannst du nicht schlafen.«

»Wusstest du, dass 1936 die Mitglieder der SS-Totenkopfverbände im Schnitt etwa dreiundzwanzig Jahre alt waren?«

»Es wundert mich nicht. Die SS rekrutierte sich aus jungen, kräftigen, groß gewachsenen Männern.«

»Später sank das Durchschnittsalter sogar noch. 1939 lag es bei zwanzig Jahren und ein paar Monaten. Mein Opa war 1939 zwanzig Jahre alt.«

»Das ist doch kein Kriterium.«

»Nein, aber es würde passen.«

»Andere Zwanzigjährige waren im Widerstand.«

»Nicht sehr viele. Groß war mein Opa übrigens auch, allerdings nicht besonders kräftig.« Ich denke an seine schlanken Finger.

»Kannst du nicht versuchen, etwas objektiver an die Sache ...«

»Könnte Geld eine Rolle gespielt haben?«, unterbreche ich ihn. »Ich habe vorhin gelesen, dass die Besoldung recht gut war.«

»Geldknappheit allein reicht nicht. Vielleicht haben seine Eltern ihn unter Druck gesetzt.«

»Das kann ich mir nicht vorstellen. Soweit ich weiß, waren das auch überzeugte Sozialdemokraten.«

»Miriam ...«

»Ja?«

Peter seufzt. »Du hast bisher keinen einzigen Hinweis darauf, dass dein Großvater bei der SS war. Von daher ist es sinnlos, jetzt nach Gründen für eine Mitgliedschaft zu suchen.«

»Das stimmt. Aber ich begreife einfach nicht, wie ein Goldschmiedelehrling, der Interesse an moderner Kunst hatte, sich einer solchen Truppe hätte anschließen können. Das ist völlig abwegig.«

»Lass uns morgen weiterreden. Wir müssen beide früh raus.«

»Ich weiß.«

»Koch dir einen Ingwertee und komm dann auch ins Bett.«
»Ja.«

Vorher will ich noch die Inhaltsverzeichnisse und Anhänge aller Bücher durchgehen, um zu sehen, ob irgendwo Listen mit den Namen von SS-Wachmännern in Płaszów aufgeführt werden. Nein, ich finde weder Namenslisten für Płaszów noch für andere KZs. Im Internet dagegen entdecke ich mehrere Hinweise darauf, dass polnische Forscher 2017 eine Datenbank mit den Namen von mehr als 8500 Auschwitz-Wachleuten veröffentlicht haben. Gibt es vielleicht auch für Płaszów eine solche Datenbank? Ich gebe bei Google diverse Stichwörter ein, aber ohne Erfolg.

Plötzlich erscheint ein dunkler Fleck vor meinen Augen, und die Buchstaben wirken verzerrt. Das hatte ich doch neulich schon einmal. Ich lehne mich zurück und atme ein paarmal tief durch. Es muss daran liegen, dass ich heute zu lange am Bildschirm gearbeitet habe. Oder es ist die Übermüdung. Oder die Anspannung.

Soll ich Peter Bescheid sagen? Von oben höre ich seine tiefen, gleichmäßigen Atemzüge. Nein, ich werde ihn nicht wecken.

Kurz darauf ist alles wieder in Ordnung. Habe ich mir diese Sehstörung nur eingebildet? Peter hat recht, ich muss mich vor dem Schlafen noch etwas ablenken.

Leise stehe ich auf und gehe durch den dunklen Flur. In der Wohnung ist es ganz still.

Während das Teewasser kocht, überlege ich mir, dass ich mir die Recherche besser einteilen muss. Ich kann mich nicht jeden Tag stundenlang in diese Bücher und ins Internet vertiefen, immer getrieben von der Angst, Opas Namen irgendwo zu entdecken. Morgen werde ich mit der Übersetzung der Biografie beginnen, und am Samstag wollen wir mit den Kindern endlich unsere Radtour durchs Alte Land machen. Vielleicht werde ich am Sonntag weiterrecherchieren.

Ich habe gerade den Tee aufgegossen, als mich etwas Weiches an meinem linken Fuß zusammenzucken lässt. Es ist Fridolin, der offenbar ausgebüxt ist. Ich hocke mich hin, und zum ersten Mal läuft er nicht mehr vor mir weg. Vorsichtig nehme ich ihn in meine Hände und streiche mit dem Zeigefinger über seinen kleinen Kopf. Er zittert, aber nach einer Weile beruhigt er sich und blickt mich an. Ich wünschte, die Kinder könnten ihn so sehen. Seit Wochen hoffen sie, dass er endlich etwas zutraulicher wird.

»Vielleicht schaffst du das nur nachts«, flüstere ich.

In dem Moment macht er einen Satz und verschwindet im Flur.

Ich trinke meinen Tee und schaue in die Dunkelheit. Meine Müdigkeit ist verschwunden. Ich weiß, ich darf jetzt nicht an den Schreibtisch zurückkehren, weil ich dann womöglich die ganze Nacht lesen würde. In dreieinhalb Stunden klingelt der Wecker. Ich muss versuchen zu schlafen.

21.

Peter und die Kinder sind in der Schule, ich habe einen guten Einstieg in die Übersetzung gefunden, meine Augen lassen mich nicht im Stich.

Als um elf das Telefon klingelt, würde ich am liebsten nicht rangehen. Aber dann sehe ich auf dem Display die Nummer des Pflegeheims. Hat Mama wieder einen Schwindelanfall gehabt?

»Tiedtke.«

»Carola Bruns hier. Guten Morgen, Frau Tiedtke. Ihre Mutter verlangt nach Ihnen.«

»Oh ... Neulich wusste sie nicht einmal mehr, dass sie eine Tochter hat.«

»Tanja hat mir erzählt, dass es da eine schwierige Situation gab und sie Ihnen empfohlen hat, eine Zeit lang nicht zu kommen.«

»Ja, ich war zwei Wochen lang nicht bei meiner Mutter. Und als ich sie vor ein paar Tagen besuchen wollte, hat sie geschlafen.«

»Irgendetwas scheint sie sehr zu beschäftigen. Sie räumt ständig ihre Fotos hin und her und führt laute Selbstgespräche. Es geht wohl vor allem um ihren Mann. Hat sie ihn sehr früh verloren?«

»Ja. Sie war erst Anfang vierzig, als mein Vater starb.«

»Eine der Pflegerinnen hat vorhin gehört, wie sie sagte: ›Wenn Miriam nicht gewesen wäre, hätte ich damals Schluss gemacht. Wo ist sie überhaupt, meine Miriam?‹«

Mir treten Tränen in die Augen. »Ich komme.«

Auf der Fahrt zum Pflegeheim versuche ich, mich innerlich darauf vorzubereiten, dass Mamas Erinnerung an mich vielleicht nur von kurzer Dauer war und sie mich wieder für eine Pflegekraft oder sogar für einen Eindringling halten könnte.

Aber ich habe mich getäuscht. Als ich ihr Zimmer betrete, hellt sich ihr Blick sofort auf, und sie lächelt mich an. Das erste Lächeln seit Monaten. Ich gebe ihr einen Kuss auf die Stirn. »Hallo, Mama. Gut siehst du aus.«

Sie greift nach meiner Hand und drückt sie fest. »Da bist du ja endlich. Ich dachte schon, du hättest mich vergessen.«

»Ich vergesse dich doch nicht.«

»Na, da bin ich mir nicht so sicher.«

»Wieso?«

»Weißt du nicht mehr, wie du nach deinem Studium monatelang in der Weltgeschichte unterwegs warst, ohne dich bei mir zu melden?«

Ich werde rot. »Es war eine schwierige Zeit.«

»Ja, das hast du immer behauptet.« Sie knirscht mit den Zähnen, als wolle sie meinen Satz zermalmen.

»Ich brauchte Abstand, um herauszufinden, was für mich der richtige Beruf wäre. Und da habe ich eine Weile in Frankreich gejobbt.«

»Und warum hast du nicht mal zwischendurch angerufen?«

»Mama, ich habe dir schon oft gesagt, wie leid es mir tut, dass es damals diese Funkstille gab. Ich … ich war auch unglücklich verliebt. Damit wollte ich dich nicht belasten.«

»Hast du wegen dieser unglücklichen Liebe nie geheiratet?«

»Wie bitte?«

»Bist du taub?«

»Mama, ich bin verheiratet. Mit Peter. Und zwar seit neun Jahren.«

In dem Moment klopft es an der Tür. Habe ich wieder zu laut gesprochen?

Die junge polnische Pflegerin Jolanta kommt herein und schaut uns fragend an. »Ist bei Ihnen alles in Ordnung?«

»Ja, ja«, murmelt Mama. »Meine Tochter weiß nur mal wieder alles besser.«

Es liegt mir auf der Zunge zu sagen, dass es nicht um Besserwisserei, sondern um die Richtigstellung wichtiger Tatsachen ginge. Doch Jolantas warnender Blick lässt mich innehalten. Wenn es nur nicht dieses seltsame Hin und Her gäbe. Eben schien Mama noch ganz klar im Kopf zu sein, und plötzlich redet sie solchen Unsinn.

»Möchten Sie, dass ich Ihnen beiden einen Pfefferminztee bringe?«

»Danke. Das wäre wunderbar.«

»Und wenn ich keinen Pfefferminztee will?«, brummt Mama, nachdem Jolanta den Raum verlassen hat.

»Dann trinke ich auch deinen Tee.«

Aus unerfindlichen Gründen fängt sie an zu lachen, und ich lache mit. Um nicht zu weinen.

Als Jolanta uns den Tee serviert, hat Mama ihren Einwand vergessen. Sie lobt die junge Pflegerin, weil sie so umsichtig sei.

Jolanta lächelt. »Genießen Sie den Besuch Ihrer Tochter.«

Mama zieht die Augenbrauen hoch. »Allein habe ich's leichter.«

Was soll ich dazu noch sagen?

Jolanta nickt mir zu, dann verlässt sie das Zimmer.

Später mache ich mit Mama einen Gang über den Flur. Vorsichtig setzt sie einen Fuß vor den anderen.

»Du brauchst keine Angst zu haben. Ich halte dich.«

»Wann hättest du das jemals getan?«

»Du, das ist jetzt aber wirklich ...« Ich breche ab und hole tief Luft.

»Dabei war ich immer für dich da.«

»Ja, und dafür bin ich dir sehr dankbar.«

»Warum habe ich das nie gemerkt?«

Ich schließe einen Moment lang die Augen. Ihre Worte verletzen mich. Und da kann ich mir noch so oft sagen, dass sie krank ist und nicht weiß, was sie redet. Aber ich werde den Gedanken nicht los, dass die Krankheit sie enthemmt und sie vielleicht etwas ausspricht, was sie früher niemals geäußert hätte, weil sie unsere Beziehung nicht trüben wollte.

»Wollen wir in dein Zimmer zurückgehen?«

Sie zuckt mit den Achseln.

»Oder drehen wir noch eine Runde?«

»Ist mir alles egal.«

»Dann laufen wir noch etwas.«

»Eine liebende Tochter würde ihre Mutter nicht in so ein Zimmer abschieben.«

»Mama ...«

»Warum nimmst du mich nicht bei dir auf? Du hast eine schöne Wohnung, es gibt genug Platz. Ich verstehe nicht, wieso das nicht möglich sein soll.«

»Weil wir zu viert in einer kleinen Dreizimmerwohnung leben.«

Mama bleibt stehen. »Zu viert? Ist das eine Wohngemeinschaft?«

»Nein. Ich wohne dort mit meinem Mann Peter und unseren beiden Kindern Marie und Paul.«

»Die kenne ich nicht.«

Ich gebe es auf. Schweigend geleite ich Mama in ihr Zimmer und helfe ihr, sich in den Sessel zu setzen.

Erst jetzt sehe ich, dass auf ihrer Fensterbank wieder das gerahmte Bild von ihrem Hochzeitstag steht.

Sie muss meinem Blick gefolgt sein, denn sie herrscht mich an, dass ich ihr sofort das Foto geben solle.

»Wenn ich geahnt hätte, dass Rainer so früh sterben würde …«

Ich zwinge mich, sie nicht zu fragen, was dann gewesen wäre.

Zu Hause lege ich mich auf meine Matte und versuche, ein paar Entspannungsübungen zu machen. Aber anstatt mich darauf zu konzentrieren, ruhiger und gleichmäßiger zu atmen, rasen meine Gedanken wieder in alle Richtungen.

Schließlich stehe ich auf, hole den Staubsauger aus der Besenkammer und fange an, die Wohnung zu putzen. Das ist nicht gerade eine meiner Lieblingsbeschäftigungen, vor allem wenn ich unter den Betten der Kinder lauter Hamsterköttel entdecke. Aber heute sauge und wische ich voller Energie und freue mich zwei Stunden später, dass ich an diesem Tag wenigstens etwas Sinnvolles zustande gebracht habe. Ich muss lernen, mich zu beherrschen. Mama wird nie mehr diejenige sein, die sie einmal war, auch wenn es manchmal so scheint.

22.

AM NÄCHSTEN TAG GIESST es in Strömen, und wir müssen unsere Radtour durchs Alte Land noch einmal verschieben.

»So was Blödes«, schimpft Marie. »Immer ist am Wochenende das Wetter schlecht.«

»Ja«, brummt Paul. »Kann es nicht regnen, wenn wir Schule haben?«

»Das fände ich auch gut«, meint Peter.

»Also, ihr Lieben, was wollen wir heute machen?«, frage ich.

»Ich will nicht ins Museum«, verkündet Paul entschieden.

»Warum nicht? Im Kl!ck hattet ihr doch neulich viel Spaß.«

»Trotzdem.«

»Wir könnten nach Eppendorf fahren und einmal um den Mühlenteich laufen«, schlägt Peter vor.

Marie rollt mit den Augen. »Na, toll. Dann sind wir sofort klitschnass.«

»Wir ziehen natürlich unsere Regensachen und Gummistiefel an.«

»Ich weiß nicht ...«

»Vielleicht haben wir Glück und sehen die Haubentaucherfamilie, die wir im Sommer so oft beobachtet haben.«

»Bei Regen?«, fragt Paul skeptisch.

»Regen mögen Haubentaucher besonders gern.«

Ich habe keine Ahnung, wie er auf diese Idee kommt.

Am Mühlenteich ist an diesem nassen Samstagmorgen kaum jemand unterwegs. Ich hatte gehofft, dass die Alsterschwäne schon in ihr Winterquartier gebracht worden wären, aber es ist kein einziger Schwan zu sehen. Und auch die anderen Wasservögel scheinen sich alle verzogen zu haben.

Missmutig trotten die Kinder vor uns her. Ab und zu schaut Marie sich um und wirft uns einen vorwurfsvollen Blick zu.

»War vielleicht doch kein so guter Vorschlag«, murmelt Peter.

»Wollen wir ins Café Borchers gehen? Heißen Kakao trinken und Apfelstrudel essen?«

»Ja, wunderbar.«

In dem Moment rennt Paul über die Wiese direkt aufs Wasser zu.

»Vorsicht!«, rufe ich erschrocken.

Er rutscht beinahe aus, fängt sich wieder und kommt am Ufer zum Stehen. Dann zeigt er aufgeregt auf die Schilfpflanzen. »Hier sind sie! Hier sind sie!«

Ein lautes Flattern setzt ein, und als wir bei Paul ankommen, schwimmt das aufgeschreckte Haubentaucherpaar mit seinen drei fast ausgewachsenen Jungen schon in der Mitte des Teichs.

»Toll, dass du sie gefunden hast«, sagt Marie.

Peter nickt. »Du hast wirklich gute Augen.«

Paul strahlt. Gemeinsam beobachten wir, wie die Familie sich immer weiter von uns entfernt.

Als Marie im Gebüsch auf dem gegenüberliegenden Ufer einen Reiher entdeckt, sehe ich auf einmal nur noch graue Streifen. Ist der Regen inzwischen so stark, dass er alle Farben verschluckt? Ich blinzele ein paarmal, doch es wird nicht besser. Dabei bin ich nicht müde, und ich habe heute noch keine einzige Zeile gelesen. Vielleicht liegt es an meinem niedrigen Blutdruck.

»Wer möchte heißen Kakao und Apfelstrudel?«, höre ich Peter da sagen.

»Ich!«, rufen die Kinder.

»Dann nichts wie los!«

Ich hake mich bei Peter ein. Nach einigen Minuten verschwinden die Streifen, und die Farben kehren zurück.

23.

In der Nacht liege ich lange wach und überlege, warum ich Peter bisher nicht erzählt habe, dass mit meinen Augen irgendetwas nicht stimmt. Liegt es daran, dass ich die Störungen nicht wahrhaben will? Aber warum? Weil sie immer nur für kurze Zeit auftreten? Weil die Symptome so seltsam sind und ich noch nie von so etwas gehört habe? Weil ich nicht möchte, dass Peter mich für eine Hypochonderin hält? Nein, so würde er nicht reagieren. Im Gegenteil. Seitdem ich ihn kenne, hat er mich immer ernst genommen, wenn es mir nicht gut ging. Vielleicht ist es eher so, dass ich langsam anfange, an meinem Verstand zu zweifeln. Bilde ich mir das alles etwa nur ein?

Seitdem ich den Kindern erzählt habe, wie zutraulich Fridolin neulich nachts war, versuchen sie, ihn aus seinem Käfig zu locken, um ihn auf den Arm zu nehmen. So auch am Sonntagmorgen. Aber wieder verkriecht er sich in der hintersten Ecke.

Marie stemmt die Hände in die Hüften. »Und du hast gesagt, dass du ihn streicheln konntest.«

»Tja, das war wohl eine Ausnahme.«

»Mit Fridolin kann man gar nicht kuscheln«, protestiert Paul. »Ich hätte viel lieber einen Hund.«

»Kinder«, seufzt Peter. »Ihr wisst doch, dass wir in der Wohnung ...«

»Keinen Hund halten dürfen!«, rufen die beiden im Chor.

»Aber ich habe eine Überraschung für euch.«

»Was?«

»Nachher fahren wir zu Emilia und Jakob und führen Cora aus.«

»Super!« Marie strahlt. »Dann lernt Mama Cora endlich auch mal kennen.«

»Ich kann leider nicht mitkommen.«

»Wieso nicht?«

»Weil ich dringend arbeiten muss.«

Paul runzelt die Stirn. »Am Sonntag?«

»Mama hat im Moment sehr viel zu tun«, springt Peter mir bei.

Beide Kinder blicken mich so enttäuscht an, dass sich sofort mein schlechtes Gewissen meldet. »Nicht traurig sein. Beim nächsten Mal machen wir alle zusammen mit Cora einen Spaziergang. Das verspreche ich euch.«

»Blödes Übersetzen«, schimpft Paul.

Natürlich sage ich ihm nicht, dass etwas viel Schwierigeres als eine Übersetzung auf mich wartet.

Ich höre, wie die Wohnungstür ins Schloss fällt. Peter hat mir versichert, dass sie den ganzen Tag unterwegs sein werden. Nach dem Spaziergang wollen sie bei seiner Schwester mittagessen, und später werden die Kinder noch mit Cora im Garten spielen. Ich habe also Zeit, aber es gibt so viel Material, und ich weiß nicht, wie ich bei meiner weiteren Recherche am besten vorgehen soll.

Mein Blick wandert durch den Raum. *Der Turm der blauen Pferde* kommt mir auf einmal sehr fremd, fast bedrohlich vor. Je länger ich das Bild betrachte, umso beklommener ist mir zumute. Schließlich stehe ich auf und hänge es ab. In meine Schreibtischschublade passt es nicht hinein, da schiebe ich es unter den Schrank.

Etwas hilflos blättere ich wieder in den Inhaltsverzeichnissen der verschiedenen Bücher und lese dann einen Aufsatz von Miroslav Kárny mit dem Titel *Waffen-SS und Konzentrationslager*. Darin finde ich den Satz, dass sich laut offizieller Statistik im Januar 1945 mehr als 700 000 Häftlinge und mehr als 40 000 Angehörige der Wachmannschaften in den Konzentrationslagern befunden hätten. Wie viele mögen es im KZ Płaszów gewesen sein?

Im Internet stoße ich auf den Bericht von Mietek Pemper, der anderthalb Jahre in Płaszów inhaftiert war. Er schreibt, dass dort in Zeiten des »Hochbetriebs« 636 Männer stationiert gewesen seien, um 25 000 Gefangene zu bewachen.

War Opa einer dieser 636 Männer?

In dem Wikipedia-Eintrag zum KZ Płaszów lese ich, dass diese Höchstzahl der im Lager internierten Menschen im Sommer 1944 erreicht worden sei. Als Folge des Warschauer Aufstands seien viele gefangen genommene Polen nach Płaszów gebracht worden.

Darunter auch Zofias Großvater.

Ich suche weiter nach Namen von SS-Wachleuten. Es kann doch nicht sein, dass sie alle anonym geblieben sind. Nach einer Weile stelle ich fest, dass tatsächlich hier und da einzelne SS-Männer namentlich erwähnt werden, vornehmlich solche, die durch besondere Brutalität aufgefallen waren. Ihre Namen und Taten wurden dadurch bekannt, dass später, bei den Kriegsverbrecherprozessen, ehemalige KZ-Häftlinge als Zeugen gegen sie aussagten.

Und was war mit den anderen? In seinem Aufsatz *Die Täter* spricht Detlev Garbe von einer schwierigen Quellenlage. Es hätte große Aktenverluste bei den KZ-Kommandanturen gegeben, die SS-Personalakten seien dünn, und es existierten kaum Stellungnahmen von SS-Angehörigen, abgesehen von Aussagen in Gerichtsverfahren, die der eigenen Entlastung dienen sollten.

Christopher Dillon bringt es in seinem Buch *Dachau & the SS. A Schooling in Violence* auf den Punkt, wie es zu den großen Aktenverlusten kam. Die Angehörigen der SS hätten am Ende des Krieges unzählige Akten zerstört. Deshalb gäbe es keine vollständigen Namenslisten derjenigen, die in den KZs den Wachmannschaften angehörten.

Auf einmal merke ich, wie erschöpft ich bin. Seit fast fünf Stunden habe ich ununterbrochen gelesen. Ich brauche dringend frische Luft.

Unsere Nachbarstraßen sind an diesem Sonntagnachmittag wie ausgestorben. Ich gehe am Goldbekufer entlang und weiter bis zum Stadtpark.

Warum ist der Gedanke so quälend, dass Opa ein anderer gewesen sein könnte, als ich bisher angenommen habe? Weil ich immer davon ausgegangen bin, aus einer Familie von linken Sozialdemokraten zu stammen und nicht aus einer Täterfamilie, also nicht »belastet« zu sein, wie so viele andere Deutsche? Weil ich ruhig und gelassen bleiben konnte, wenn es in Diskussionen darum ging, was Väter und Großväter sich hatten zuschulden kommen lassen? Mein Vater und die Väter meiner Freunde waren in der Regel sowieso erst nach dem Krieg geboren worden. Und was ihre Großväter getan oder nicht getan hatten, war für die meisten von ihnen nicht von Bedeutung. Aber mir ging es anders: An Papa habe ich nur noch wenige Erinnerungen. Opa hat mir den Vater ersetzt, er hat meine Entwicklung stark beeinflusst, seine Wertvorstellungen haben mich geprägt, zum Beispiel als er seinen polnischen Nachbarn verteidigt hat. Er war ein Vorbild für mich. Und ich weiß, dass er auch eins für Zofia war. Anders als bei Peter und bei vielen meiner Freunde ging es für mich als Jugendliche und junge Erwachsene nicht darum, mich ständig abgrenzen zu müssen, weil ich anders dachte und fühlte. Im Gegenteil: Für die Entwicklung meiner Identität war es wichtig, dass ich mich mit Opa identifizieren konnte. Aber was, wenn das alles eine Lüge gewesen wäre, weil Opa ein SS-Verbrecher war? Was hätte das mit mir zu tun? Wer wäre ich dann?

24.

DIE KINDER BERICHTEN MIR begeistert von ihrem Tag mit Cora. Sie hätte viel Hunger und sei in den letzten vier Wochen schon ein ganzes Stück größer geworden.

»Tante Sonja hat gesagt, dass wir Cora bald wieder ausführen dürfen«, sagt Paul und strahlt.

»Das ist doch schön.«

»Und dann musst du mitkommen.«

»Ja.«

Marie greift nach meiner Hand. »Hast du den ganzen Tag am Schreibtisch gesessen?«

»Ich war zwischendurch mal kurz draußen.«

»Onkel Daniel konnte gar nicht verstehen, dass du am Sonntag arbeitest. Er findet, dass das Wochenende zur Erholung da ist.«

»Das finde ich eigentlich auch.«

»Ich werde kein Übersetzer«, verkündet Paul entschieden.

»Was denn?«, fragt Peter.

»Hundezüchter.«

»Die haben bestimmt am Wochenende nie frei«, wendet Marie ein.

»Warum nicht?«

»Weil sie jeden Tag die Hunde versorgen müssen.«

Paul überlegt. »Aber das macht ja Spaß. Dann ist es nicht schlimm.«

»Mama macht ihre Arbeit auch Spaß«, sagt Peter.

»Meistens jedenfalls«, ergänze ich.

»Und wie ist das bei dir, Papa?«, will Marie wissen.

»Ich bin sehr gerne Lehrer, das wisst ihr doch.«

»Papa ist der beste Lehrer auf der Welt«, ruft Paul.

»Nein, sicherlich nicht.«

»Auf jeden Fall ein sehr guter«, sage ich und gebe Peter einen Kuss. »Sonst würden die Schüler dich nicht jedes Jahr wieder zum Vertrauenslehrer wählen.«

»Vielleicht werde ich auch Lehrerin«, eröffnet uns Marie. »Aber nicht für die Großen wie Papa, sondern für die Kleinen.«

Ich sehe Peters erstaunten Blick. Marie hat noch nie zuvor darüber gesprochen, was sie einmal werden möchte.

Der Montag beginnt damit, dass Paul hohes Fieber hat und über starke Kopfschmerzen klagt. Er protestiert nicht, als ich ihm sage, dass er erst mal im Bett bleiben solle. Daran merke ich, dass es ihm wirklich schlecht geht. Ich koche einen Lindenblütentee und mache ihm Wadenwickel.

»Musst du nicht übersetzen?«, murmelt er schläfrig.

»Ja, mein Schatz, aber das hat Zeit. Trink mal etwas Tee. Der wird dir guttun.«

»Ich habe keinen Durst.«

»Probier wenigstens einen Schluck.«

»Okay.«

Er richtet sich auf, und ich halte ihn, während er versucht zu trinken. Als er wieder liegt, erzählt er mir, dass er ganz viel geträumt habe.

»Was Schönes?«

»Ja. Wir hatten einen Hund, einen kleinen, so wie Cora.«

»Och, Paul.« Ich streiche ihm seine nass geschwitzten Locken aus der Stirn. »Es tut mir wirklich leid, dass wir euch diesen Wunsch nicht erfüllen können.«

»Wenn ich groß bin, ziehe ich aufs Land.«

»Ist gut.«

»Du kannst mich dann besuchen und mit meinen Hunden spielen.«

»Hoffentlich sind die auch gutmütig und beißen nicht.« Ich versuche, ganz ernst zu klingen, aber ich kann mir ein Lächeln nicht verkneifen.

»Dich werden sie nicht beißen.«

»Da bin ich beruhigt.« Ich schüttele seine Decke auf und gebe ihm einen Kuss.

»Am liebsten hätte ich diese Gold... Gold... Wie heißen die noch mal?«

»Golden Retriever.«

»Ja, genau.«

Ich sehe, wie Paul die Augen zufallen. Um seine Mundwinkel herum zuckt es noch einmal, dann entspannt sich sein Gesicht. »Schlaf schön«, sage ich leise.

Aber das hört er schon nicht mehr.

Am Nachmittag hat er kein Fieber mehr und wirkt so munter, dass er nicht länger im Bett bleiben muss. Doch nun hat Marie plötzlich Bauchweh und meint, dass sie nicht zur Flötengruppe gehen kann. Peter sieht mich an. Ich weiß, dass er dasselbe denkt wie ich.

»Komm mal her, meine Große«, sage ich und setze mich mit Marie aufs Sofa. »Könnten deine Bauchschmerzen etwas damit zu tun haben, dass du Lilli nicht begegnen willst?«

»Nein, wieso?«

»Weil du vielleicht Angst davor hast, sie zu fragen, ob sie sich mal mit dir treffen möchte.«

Marie presst die Lippen zusammen.

»Du musst Lilli nicht fragen«, sagt Peter. »Lass es langsam angehen. Rede erst mal 'n bisschen mit ihr.«

»Aber sie ist immer mit Nele zusammen.«

»Wieso bist du dir da so sicher? Ihr hattet erst eine Flötenstunde.«

»Ich weiß es eben.«

»Dann redest du ganz einfach mit Lilli und Nele.«

»Du findest immer alles ganz einfach.«

»Nein, ich finde manches auch sehr schwierig.«

»Was denn?«

»Zum Beispiel, mit Kollegen zu sprechen, die sich den Schülern gegenüber ungerecht verhalten.«

»Warum ist das schwierig?«

»Weil einige von ihnen sehr wütend auf meine Veränderungsvorschläge reagieren.«

»Wirst du dann auch wütend?«

»Ich versuche, ruhig zu bleiben, auch wenn mir oft anders zumute ist.«

Vielleicht liegt es an der Ablenkung, dass es uns schließlich gelingt, Marie zu überreden, doch zur Flötengruppe zu gehen. Peter wird sie hinbringen und auch abholen.

Ich werde in der Zeit versuchen, noch etwas zu arbeiten. Vermutlich schaffe ich mein Pensum heute trotzdem nicht. Wenn das so weitergeht, muss ich demnächst wieder ein paar Nachtschichten einlegen. Mein Blick fällt auf den Recherche-Stapel. Ich zwinge mich, nicht nach den Büchern zu greifen. Nachdem die Suche nach Namenslisten zu nichts geführt hat, brauche ich einen neuen Ansatz. Ich habe keine Ahnung, wie ich den finden soll. Vielleicht gibt es auch keinen. Dann muss ich alles auf sich beruhen lassen.

Paul spielt mit seinen Autos, während ich mich auf meine Übersetzung konzentriere.

Irgendwann steht er vor mir und reicht mir mein Smartphone. »Hier ist Tante Zofia.«

»Oh.« Ich schaue auf die Bücher. Mein Herz klopft. Ich darf mir nichts anmerken lassen.

»Miriam?«

»Hallo, Zofia. Ich habe das Klingeln gar nicht gehört.«

»Warst du so in deine Arbeit vertieft?«

»Ja, im Moment läuft es ganz gut.«

»Ich habe eben mit Paul etwas geplaudert. Er hat mir erzählt, dass er krank war. Und dass Marie Angst hatte, zur Flötengruppe zu gehen.«

»Leider«, seufze ich. »Es ist die übliche Geschichte. Sie würde sich gern mit einem der Mädchen dort verabreden. Aber Lilli, so heißt sie, hat angeblich schon eine Freundin.«

»Ach, wie schade.«

»Aus irgendeinem Grund ist Marie immer die Dritte im Bunde und fühlt sich überflüssig.«

»Ich hatte sehr gehofft, dass die Flötengruppe ihr helfen würde, nicht mehr so allein zu sein.«

»Wir auch.«

»Vielleicht sind da ja noch andere Kinder, mit denen sie mal spielen möchte.«

»Warten wir's ab.«

»Wir beide hatten nie dieses Problem.«

»Stimmt. Es gab keine Dritten.«

»Lag es daran, dass wir uns gefunden haben, als wir beide so bedürftig waren? Du hattest deinen Papa verloren und ich meine Heimat.«

Ich schlucke.

»Wunderst du dich, dass ich dieses Wort gebrauche?«

»Ja, irgendwie schon.«

»Mir ist erst jetzt, in den Wochen nach dem Tod meiner Mutter, richtig klar geworden, wie sehr ich mich damals bei unserer Ausreise gezwungen habe, tapfer zu sein und nicht zurückzublicken. Deshalb konnte ich auch die Sommerferien bei meiner Großmutter nie genießen. Da wurde jedes Mal in mir eine Wunde aufgerissen, und die brauchte dann Monate, um wieder zu verheilen.«

»Und wie geht es dir jetzt?«

»Ich habe gemischte Gefühle. Zum einen gehöre ich natürlich nach Hamburg, aber ich will künftig auch etwas mehr Zeit in Krakau verbringen. Und nicht nur, um mich um meinen Vater zu kümmern.«

Wieder spüre ich, wie mein Herz klopft.

»Es gibt so viel Ungeklärtes in meiner Familiengeschichte. Zum Beispiel hat keiner der Michalskis jemals erforscht, wie mein Großvater Szymon im Konzentrationslager Płaszów gestorben ist.«

Mir schießt das Blut in den Kopf.

»Da müssen doch Unterlagen existieren.«

Nach Listen mit den Namen der Opfer habe ich bisher nicht gesucht. Wurde in einem der Bücher oder Aufsätze der Name Michalski erwähnt? Ich glaube nicht. Das wäre mir aufgefallen. Ich erinnere auch keinen Hinweis auf eine Datenbank.

»Bist du noch da?«

»Ja.«

»Ich habe versucht, mit Dariusz darüber zu sprechen, aber der will von dem Thema nichts wissen. Er meinte, die Trauer um Aniela sei für ihn schwer genug. Da hätte er nicht noch die Kraft, um einen Vater zu trauern, den er nie kennengelernt hat.«

»Das verstehe ich.«

»Ja, ich auch. Aber wir dürfen meinen Opa nicht einfach vergessen. Im August war es fünfundsiebzig Jahre her, dass er ermordet wurde. Ich habe mir überlegt, dass ich irgendwann eine kleine Gedenkfeier in Krakau veranstalten werde. Und dann sehe ich ja, welche Familienmitglieder noch Interesse an Opas Geschichte haben.«

»Vielleicht sind es mehr, als du denkst.«

»Kann sein. Ich bin gespannt.«

»Zofia, ich glaube, ich muss jetzt wieder arbeiten.«

»Ja, natürlich. Entschuldige, dass ich dich so lange davon abgehalten habe.«

»Das macht nichts.«

»Es tat gut, mit dir zu reden. Am Donnerstag komme ich nach Hamburg zurück. Dann können wir uns endlich wiedersehen.«

Bei dem Gedanken wird mir schwindelig. Ich weiß nicht, wie ich Zofia begegnen soll.

25.

Bei ihrer Rückkehr von der Flötengruppe wirft sich Marie in meine Arme und flüstert mir ins Ohr, dass sie mit Lilli geredet habe.

»Gut gemacht«, flüstere ich zurück. »Siehst du. Es geht doch.«
»Lilli hat auch einen Hamster.«
»So ein Zufall.«
»Der heißt Krümel und büxt noch öfter aus als Fridolin.«
»Oje.«
»Und beim Flötespielen haben wir nebeneinandergestanden.«
Marie klingt so froh. Hoffentlich wird sie nicht wieder enttäuscht.

»Lilli hatte heute einen Zopf. Kannst du mir auch einen flechten?«
»Na klar.« Bisher waren bei Marie Zöpfe verpönt. Es musste immer ein Pferdeschwanz sein.

Sie flitzt ins Badezimmer und kommt mit ihrer Bürste zurück. Eigentlich darf ich seit ein oder zwei Jahren ihre Haare nicht mehr bürsten, obwohl ich das so gern gemacht habe. Aber bei ihren dichten Locken ließ sich das Ziepen manchmal nicht vermeiden.

»Ich bin ganz vorsichtig.«

Sie nickt und hält geduldig still, während ich Strähne für Strähne bürste und dann mit dem Flechten anfange. Sie summt leise etwas vor sich hin. Vielleicht ist es die Melodie des Stücks, das sie heute beim Flöten gelernt hat.

»Warum ist das Bild mit den blauen Pferden nicht mehr da?«, fragt sie plötzlich.

Ich zucke zusammen. »Ach, ich … hab's mir etwas übergesehen.«

»Das verstehe ich nicht. Es ist doch so schön! Hast du es weggeworfen?«
»Nein.«
»Kann ich es haben?«
»Vielleicht irgendwann mal.«
»Warum nicht jetzt?«
»Weil ich es im Moment nicht mehr sehen will!«, platzt es aus mir heraus.

Marie reißt sich los und läuft ohne ein weiteres Wort ins Kinderzimmer. Ich folge ihr und entschuldige mich für meine schroffe Antwort.

»Onkel Daniel hat recht. Du brauchst mal Erholung.«

Ich drücke sie und nehme mir vor, mich künftig besser zu beherrschen.

»Kannst du jetzt meinen Zopf zu Ende flechten?«

»Ja, meine Süße.« Ich bin erleichtert, dass Marie einem nie lange böse sein kann.

Nachdem es mit Mama am letzten Freitag so schwierig war, habe ich meinen Besuch bei ihr schon zweimal verschoben. Als die Kinder mich fragen, wie es Oma gehe und ob sie nicht mal mit ins Pflegeheim kommen könnten, versuche ich, ihnen zu erklären, warum das nicht so einfach ist.

»Ich finde es nicht schlimm, wenn Oma uns nicht wiedererkennt«, meint Marie.

»Ich auch nicht«, murmelt Paul.

»Und wenn sie plötzlich ohne Grund mit euch schimpft? Dann erschreckt ihr euch.«

Die beiden schütteln die Köpfe.

»Es kann sogar sein, dass sie einen von uns oder uns alle drei rauswirft.«

Ich sehe, dass Marie jetzt unsicher wird. »Warum macht sie denn so was?«

»Es liegt an ihrer Krankheit. Sie kann es dann auf einmal nicht mehr ertragen, dass Menschen um sie herum sind, die ihr früher mal sehr vertraut waren. Vielleicht spürt sie in dem Moment, was sie alles verloren hat.«

»Ich will Oma trotzdem besuchen«, sagt Paul entschieden.

Marie zögert noch etwas.

»Und wie ist es mit dir?«, frage ich.

»Ich auch.«

»Gut. Dann fahren wir heute Nachmittag zu ihr.«

»Und was bringen wir ihr mit?«, will Paul wissen.

»Hast du eine Idee?«

»Schokolade«, ruft er und strahlt.

Im Flur begegnen wir Tanja, die uns begrüßt und die Kinder nach ihren Namen fragt. Sie wirken etwas eingeschüchtert, als sie ihr mit ernster Miene antworten. Vielleicht hätte ich sie besser nicht vorgewarnt.

»Eure Oma wird sich sehr freuen, euch zu sehen.«

Marie zuckt mit den Achseln, und Paul tritt unruhig von einem Fuß auf den anderen.

»Wie geht's meiner Mutter denn heute?«

»Och, nicht so gut. Sie hat wohl schlecht geschlafen.«

Ich hätte vorher im Heim anrufen sollen.

»Immerhin hatte sie Appetit. Aber sie läuft fast gar nicht mehr. Versuchen Sie, sie zu einem kleinen Gang zu überreden.«

»Wir haben Oma Schokolade mitgebracht«, verkündet Paul.

Tanja lächelt. »Die wird ihr bestimmt schmecken. Eure Oma liebt Süßigkeiten.«

Auch das war früher anders, denke ich und klopfe an Mamas Zimmertür.

»Ja, bitte?« Ihre Stimme klingt fester sonst.

Voller Zuversicht drücke ich die Klinke herunter, und wir treten ein. »Hallo, Mama.«

»Hallo, Oma«, rufen die Kinder.

Sie sitzt in ihrem Sessel und schaut uns mit hochgezogenen Augenbrauen an. »Ach, Sie sind's. Seit wann ist es üblich, dass die Pflegekräfte ihre Kinder mitbringen?«

»Mama, das sind deine Enkel, Marie und Paul.«

»Ich habe keine Familie.«

»Doch. Ich bin deine Tochter Miriam.«

»Oma, die ist für dich«, sagt Paul und überreicht ihr die Tafel Schokolade.

Mama scheint nicht zu wissen, was sie damit anfangen soll. Marie steht noch immer an der Tür und sieht aus, als ob sie am liebsten sofort wieder gehen würde.

»Was haltet ihr davon, wenn ihr Oma ein Bild malt?«, schlage ich vor und hole zwei Zeichenblöcke und eine Packung mit Malstiften aus meinem Rucksack.

»Okay.« Paul setzt sich auf den Fußboden und schlägt den Zeichenblock auf.

»Komm, Marie, du auch.«

»Ich finde es gruselig hier«, flüstert sie.

»Was hat das Mädchen gesagt?«, fragt Mama.

»Ach, nichts. Wie wär's mit einem Stück Schokolade?«

Mama runzelt die Stirn. Ich reiße das Papier auf und breche ihr einen Riegel ab. Hastig greift sie danach und will sich den ganzen Riegel in den Mund stopfen.

»Nicht alles auf einmal«, sage ich und gebe ihr ein Stück nach dem anderen.

»Mama, ich möchte nicht länger hierbleiben.«

»Versuch's, Marie. Bitte.«

»Ich male ein Schiff für Oma«, verkündet Paul. »Du kannst ihr ein Haus malen.«

»Will ich aber nicht.«

»Oder einen Baum.«

Ich sehe, wie Marie mit sich ringt. Was mache ich, wenn sie gleich rausläuft?

»Na gut. Meinetwegen.« Seufzend lässt sie sich neben ihrem Bruder nieder.

Ich atme auf.

»Sitzen Kinder neuerdings immer auf dem Fußboden?«, fragt Mama gereizt.

Ich schließe einen Moment lang die Augen. Ganz ruhig bleiben.

»Was hältst du davon, wenn wir einen kleinen Spaziergang machen?«

»Wohin?«

»Zum Ende des Flurs.«

»Immer muss ich auf diesen langweiligen Flur.«

»Wir können auch mit dem Aufzug nach unten fahren und durch die Eingangshalle laufen.«

»Na, das wäre doch mal was!«

Ich helfe ihr aufzustehen und eine Strickjacke anzuziehen. »Wollen wir sicherheitshalber den Rollator mitnehmen?«

»Wenn Sie meinen.«

»Du kannst Du zu mir sagen.«

»Wie käme ich dazu?«

»Ach, Mama.«

»Lassen Sie uns endlich gehen.«

»Bis gleich, ihr zwei.«

Marie brummt etwas Unverständliches, und Paul sieht nur kurz von seiner Zeichnung hoch.

Als wir im Aufzug stehen, scheint Mama mich auf einmal zu erkennen. Sie zwinkert mir zu, als wolle sie sagen: »Wir wissen ja beide, was hier gespielt wird.« Ich wünschte, es wäre ein Spiel.

In der Eingangshalle begegnen wir Frau Bruns. »Sehr schön, Frau Tiedtke, dass Sie mit Ihrer Tochter mal einen längeren Gang machen.«

Mama schaut ihr kopfschüttelnd hinterher. »Wer war das?«

»Die Leiterin des Pflegeheims.«

»Ich dachte, das hier ist ein Hotel.«

Ich fühle mich ertappt, weil ich ihr vor anderthalb Jahren gesagt habe, dass sie vorübergehend in ein Hotel ziehen würde.

»Na ja. Kein Wunder«, murmelt sie. »Wenn es ein Hotel wäre, gäbe es einen besseren Service.«

»Was vermisst du denn am meisten?«

»Das Frühstücksbüfett«, antwortet sie, ohne lange überlegen zu müssen.

»Wirst du morgens nicht satt?«

»Doch, aber ich mag es nicht, wenn mir immer alles auf einem Tablett gebracht wird.«

»Die Pflegerinnen meinen es nur gut. Du würdest es nicht schaffen, dir dein Essen selbst zu holen.«

»Natürlich würde ich das.«

Ich will mich nicht mit ihr streiten, also schweige ich.

Es scheint sie nicht zu stören, dass hier unten so viel Betrieb ist. Im Gegenteil. Verschiedene Heimbewohner, die uns entgegenkommen, werden freundlich von ihr begrüßt. Mit einigen tauscht sie auch ein paar Worte aus. Es ist, als hätte sie eine Haut abgestreift. Sie wirkt fast wie früher in ihrer Buchhandlung.

Als wir wieder im Aufzug stehen, greift sie nach meiner Hand. »Jetzt ist er schon so lange tot.«

»Meinst du Papa?«

Sie nickt und fängt an zu weinen. Ich nehme sie in die Arme, und zum ersten Mal seit Langem sind wir uns wieder nahe.

Ein paar Minuten später öffnet sie die Tür zu ihrem Zimmer und ruft: »Wen haben wir denn hier?«

Die Kinder sind so überrascht, dass sie ihre Oma nur wortlos anstarren.

»Und ihr habt beide etwas gemalt. Da bin ich aber neugierig.«

Paul ist der Erste, der sich wieder fängt. Er steht auf und drückt ihr sein Bild in die Hand. »Das Schiff kann bis nach Amerika fahren.«

»Na, so was!«

Vorsichtig streicht sie mit dem Finger über die Umrisse des Schiffes. »Dort war ich nie.«

Marie braucht noch einen Moment, bis sie mit ihrem Bild zufrieden ist. Dann springt sie auf. »Das ist Cora.«

»Was für ein schöner Hund!«

»Es ist eine Hündin. Sie gehört unserer Cousine und unserem Cousin.«

»Aha. So eine Hündin hättet ihr wohl gern, was?«

»Ja«, rufen beide mit einem vorwurfsvollen Blick auf mich.

Ich will das Thema Hund nicht weiter vertiefen und schlage vor, dass wir uns eins von Mamas Kunstbüchern ansehen. »Darin gibt's viele Bilder.«

Die Kinder sind einverstanden, und auch Mama scheint nichts dagegen zu haben. Ich ziehe *Die Tunisreise* aus dem Regal. Von all den Kunstbänden, die sie von Opa geerbt hat, mochte ich diesen immer am liebsten. Gemeinsam betrachten wir die Aquarelle von Paul Klee, August Macke und Louis Moilliet. Ich sehe, wie gebannt vor allem Marie auf die Bilder schaut. Genauso erging es Zofia und mir, als Opa uns *Die Tunisreise* gezeigt hat. Wir waren damals höchstens ein oder zwei Jahre älter als Marie.

Ich hätte es nicht für möglich gehalten, aber es ist tatsächlich leichter, Mama zu besuchen, wenn die Kinder dabei sind.

Doch ich habe mich zu früh gefreut.

Plötzlich schlägt sie das Buch zu und starrt uns an, als hätte sie uns noch nie gesehen. »Raus!«

»Kommt, wir gehen jetzt«, sage ich leise und schiebe die Kinder in Richtung Tür.

»Was hat Oma denn auf einmal?«, fragt Marie.

»Sie ist wieder in ihrer eigenen Welt verschwunden.«

»Und warum kann sie nicht in unserer bleiben?«

»Weil sie diese schlimme Krankheit hat, die ihr Gedächtnis zerstört.«

Die Kinder verstummen. Erst als wir das Pflegeheim verlassen haben, beginnen sie wieder miteinander zu reden, über Cora und Schiffe und Amerika. Nur über ihre Oma sprechen sie nicht mehr.

Vielleicht war es ein Fehler, sie mitzunehmen.

26.

»Wann kommt Tante Zofia wieder nach Hamburg?«, erkundigt sich Marie am nächsten Morgen beim Frühstück.

»Heute«, antworte ich und versuche, ganz gelassen zu klingen.

»Um wie viel Uhr?«

»Keine Ahnung.«

»Kannst du ihr nicht eine SMS schicken und sie fragen?«

»Ach, meistens weiß sie das selbst nicht so genau, weil sie plötzlich noch eine Besprechung mit dem Regisseur hat oder es mit den Kollegen noch etwas zu klären gibt. Und dann muss sie einen späteren Zug nehmen.«

»Aber wir haben sie schon oft vom Bahnhof oder vom Flughafen abgeholt.«

»Stimmt«, ruft Paul.

»Ich möchte sie so gern überraschen.«

»Marie, lass sie erst mal in Ruhe ankommen.«

»Tante Zofia hat noch nie was dagegen gehabt, wenn wir sie überrascht haben.«

»Kinder, beeilt euch. Wir müssen los!«, sagt Peter, der vermutlich gemerkt hat, dass mir allmählich die Argumente ausgehen.

»Es ist erst zwanzig nach sieben«, protestiert Marie. »Wir haben noch fünf Minuten Zeit.«

»Ich will etwas eher in der Schule sein, weil ich Verschiedenes zu organisieren habe.«

»Kann ich nicht mal mein Müsli aufessen?«

»Doch.«

»Ihr seid heute irgendwie komisch.«
Paul nickt.
Marie hat schon immer ein gutes Gespür gehabt. Ich wünschte, ich könnte ihr sagen, warum ich vor einem Treffen mit Zofia zurückscheue.

Nachdem die drei aufgebrochen sind, versuche ich, mich auf meine Übersetzung zu konzentrieren. Es gelingt mir nicht. Nach einer Stunde gebe ich es auf. Vielleicht hilft es, wenn ich mich bewege. Ich ziehe mich um und fahre mit dem Rad zum Stadtpark. Tagelang war es grau und feucht, aber heute habe ich Glück. Die Sonne bricht durch den Nebel und taucht die Bäume und Wiesen in ein orangefarbenes Licht. In der Ferne sehe ich einige Jogger und auch ein paar Leute, die ihren Hund ausführen. Sonst ist an diesem Morgen hier kaum jemand unterwegs. Ich mache meine Aufwärmübungen und laufe los. Schon bald merke ich, wie schwer es mir fällt, den richtigen Rhythmus zu finden. Ich denke an Zofia und meine Ausflüchte heute Morgen und natürlich an Opa und meine Nachforschungen. Irgendwann stolpere ich und wäre beinahe gestürzt. Als ich mir die Stelle näher ansehe, entdecke ich nichts, keine Baumwurzel, keinen Stein, kein Loch.

Auch später am Schreibtisch schweifen meine Gedanken immer wieder ab. Ich beschließe, bis zur Rückkehr von Peter und den Kindern weiter zu recherchieren, selbst wenn ich bei meiner Suche völlig im Dunkeln tappe. Ich bin mir fast sicher, dass ich Opas Namen nirgendwo entdecken werde, und gleichzeitig quält mich die Vorstellung, dass ich etwas Wichtiges übersehen haben könnte.

Soll ich einige der Aufsätze noch einmal lesen? Vielleicht den Text von Miroslav Kárny? Ich erinnere mich an eine Passage, in der er schreibt, dass die SS-Männer der Wachkommandos häufig noch gravierender als die in der Hierarchie über ihnen stehenden Blockführer über Leben und Tod der Gefangenen entschieden haben. Tausende von Zeugenaussagen ehemaliger Häftlinge würden dies belegen.

Es dauert eine Weile, bis ich die Textstelle gefunden habe. Die Bilder, die in meinem Kopf entstehen, werden überlagert von anderen, vertrauten Bildern: Opa am Werkbrett in seiner Goldschmiedewerkstatt, Opa am Küchentisch mit Zofia und mir beim Obstsalatessen, Opa an Omas Grab, in den Händen eine Schale mit bunten Astern. Diese beiden Bilderreihen lassen sich nicht zusammenfügen. Opa kann kein Mörder gewesen sein.

Wie benommen wende ich mich wieder dem Text zu. Im nächsten Abschnitt geht es um das breite Spektrum von Menschentypen, die Mitglied der SS waren. Gemeine Verbrecher, Schlägertypen, verkrachte Existenzen und überzeugte Nazis.

Und weiter lese ich, dass es aber auch ganz normale Männer unter ihnen gegeben hätte.

Männer wie Opa?

Doch wie wurden diese ganz normalen Männer zu Mördern? Zum einen geschah dies durch ihre Sozialisierung zu SS-Rekruten, zum anderen übte die Realität der Lagerwelt ihre Wirkung aus. Die Täter handelten in der Regel als Teil eines Kollektivs. Man wollte nicht aus der Kameradschaft ausgestoßen werden, deshalb machte man mit.

Ich habe mit Opa nie über den Krieg gesprochen. Als er starb, war ich siebzehn, alt genug, um ihm Fragen zu stellen. Wir hatten in der Schule bereits zwei, drei Jahre zuvor die Themen Nationalsozialismus und Zweiter Weltkrieg ausführlich behandelt, und unser Geschichtslehrer hatte uns sogar aufgefordert, unsere Großeltern nach ihren Erfahrungen zu befragen.

»Meinen Opa kann ich ja schlecht fragen«, flüsterte Zofia mir zu. »Und meine Oma redet nicht über den Krieg.«

»Mein Opa auch nicht«, flüsterte ich zurück.

»Dann lassen wir die Fragerei. Wir wollen ja nicht, dass er traurig wird. Vielleicht hat er einen Freund im Krieg verloren und will nicht daran erinnert werden.«

»Kann sein.«

Plötzlich stand der Lehrer vor uns. »Und ihr zwei beendet jetzt bitte sofort eure Privatgespräche!«

Wir fingen an zu kichern, was ihn nur noch mehr in Rage brachte.

»Gerade ihr beide müsstet euch doch für das interessieren, was wir hier besprechen. Die Beziehungen zwischen Deutschen und Polen sind immer noch schwierig, weil sie überschattet werden von den deutschen Verbrechen während des Zweiten Weltkriegs.«

»Meine Beziehung zu Miriam ist nicht schwierig«, entgegnete Zofia und funkelte den Lehrer wütend an.

»Meine Beziehung zu Zofia auch nicht«, sagte ich und legte einen Arm um ihre Schulter. »Wir sind beste Freundinnen, und das seit unserem achten Lebensjahr.«

»Herrgott noch mal! Darum geht es doch nicht.«

»Worum geht es denn?«, fragte Zofia.

»Darum, dass ihr die Geschichte eurer Länder kennenlernt und besser versteht, warum es auch heute noch so viel Konfliktpotenzial zwischen Deutschland und Polen gibt.«

»Woher wissen Sie, dass wir die Geschichte unserer Länder nicht kennen?«

»Zofia, ich verbitte mir diesen Ton.«

Das sagte er immer, wenn er nicht mehr weiterwusste.

Als er sich wieder beruhigt hatte, schob Zofia mir unter der Bank einen Zettel zu.

Ich habe die Nase voll vom Thema Krieg. Kann der nicht mal über was anderes reden?

Ne, kann er nicht, schrieb ich zurück.

Ich glaube, der steckt voller Schuldgefühle.

Warum?

Keine Ahnung.

Der ist höchstens fünfzig. Also viel zu jung, um Soldat gewesen zu sein.

Er nicht, aber sein Vater war bestimmt im Krieg Soldat.

Das waren viele andere auch.

Vielleicht hat er sich besonders schuldig gemacht.

Meinst Du, sein Vater könnte Kriegsverbrechen begangen haben?, schrieb Zofia.

Ja. Vielleicht sogar in Polen.

Zofia und ich lagen richtig mit unserer Vermutung. Ich weiß nicht, was passiert wäre, wenn der Lehrer unsere Zettel gefunden hätte. Die Bloßstellung wäre für ihn so kränkend gewesen, dass er wahrscheinlich alles darangesetzt hätte, uns hart zu bestrafen.

Wir haben nie erfahren, wie genau er über die Vergangenheit seines Vaters informiert war. Sieben Jahre später, als ich längst

Abitur gemacht hatte, ging der Name durch die Presse. Eine Frau, die in Auschwitz inhaftiert gewesen war, hatte seinen Vater auf einem Foto wiedererkannt und als einen der besonders brutalen SS-Wachmänner entlarvt. Er wurde angeklagt und verurteilt. Unser ehemaliger Lehrer beantragte daraufhin, in den vorzeitigen Ruhestand versetzt zu werden.

Bei einem Klassentreffen sagte uns einer seiner Kollegen, die Scham sei für ihn so unerträglich gewesen, dass er nicht länger hätte unterrichten können. Für Zofia und mich war das eine überzogene Reaktion, und wir haben sogar darüber gespottet.

Heute ist mir nicht mehr nach Spotten zumute.

27.

Die Kinder schlafen schon, und ich habe gerade die Zeitung aufgeschlagen, als das Telefon klingelt.

Peter schaut auf das Display. »Zofia.«

Ich schlucke. »Kannst du nicht erst mal mit ihr sprechen?«

»Miriam, wir wissen beide, dass sie vor allem mit dir reden will.«

Ich greife nach dem Telefon. »Hallo.«

»Grüß dich, meine Liebe. Ich bin seit einer halben Stunde wieder in Hamburg.«

»… Das ist ja schön. Wie war die Reise?«

»Der erste Zug hatte Verspätung. Dann habe ich den Anschlusszug verpasst. Das Übliche.«

»Oje.«

»Wie sieht's bei euch aus?«

»Ach, ich habe wahnsinnig viel zu tun.«

»Bist du mit deiner neuen Übersetzung im Rückstand?«

»Ja, es ist ein schwieriger Text.«

»Aber normalerweise gefallen dir doch solche Herausforderungen.«

»Das stimmt.«

»Wie ist es Marie am Montag in der Flötengruppe ergangen? Sie hatte ja Angst hinzugehen.«

»Diesmal war's besser.«

»Na, das ist doch gut.«

»Ja. Wie geht's dir?«

»Die Tournee war anstrengend. Ich konnte mich nicht voll und ganz auf meine Rolle konzentrieren.«

»Obwohl dein Vater jetzt gut versorgt ist?«
»Es hat eher mit meiner Familiengeschichte zu tun.«
Meine Hände werden feucht.
»Ich habe ja am Montag erwähnt, dass ich da Nachforschungen anstellen will. Allerdings habe ich keinen blassen Schimmer, wie ich vorgehen soll.«
Ich könnte anbieten, ihr zu helfen. Aber vorher müsste ich ihr erzählen, was mich seit meiner Reise nach Krakau zermürbt.
»Miriam?«
»Ja?«
»Ist irgendwas?«
»… Nein. Wieso?«
»Ich habe das Gefühl, dass du ganz woanders bist.«
»Das muss an meiner Erschöpfung liegen. Ich habe in den letzten Nächten sehr schlecht geschlafen.«
»Wie kommt denn das? Hat sich Ursels Zustand weiter verschlechtert?«
»Ja.« Das rettende Thema. Ich berichte Zofia ausführlich von dem gestrigen Besuch.
»Ach, du Arme.«
»Die Kinder hatten sich solche Mühe mit ihren Bildern gegeben. Und zehn Minuten später wirft sie uns alle raus.«
»Sie ist krank.«
»Ich weiß.«
»Gräm dich nicht so.«
»Das ist leichter gesagt als getan. Meine Mutter lebt noch, und trotzdem habe ich sie schon verloren.«
»Es hilft niemandem, wenn der Kummer so an dir nagt.«
»Nein.«
»Wann wollen wir uns treffen?«
»Lass uns in den nächsten Tagen noch mal telefonieren.«

»Hast du so viele Termine?«

»Ich habe im Moment einfach den Kopf nicht frei.«

»Schade.«

»Du hast nach der langen Zeit sicherlich auch viel zu erledigen.«

»Das war für mich noch nie ein Grund, mich nicht mit dir zu verabreden.« Der kühle Ton ist nicht zu überhören.

»Bitte sei mir nicht böse.«

»Was heißt hier böse? Ich bin enttäuscht.«

Rede endlich mit ihr, drängt mich meine innere Stimme. Und was soll ich ihr sagen? Dass ich Angst habe, mein Opa könnte ein Kriegsverbrecher gewesen sein, es aber keine Beweise gibt?

»Du musst nicht gleich verstummen, nur weil ich dir beschrieben habe, wie ich mich fühle«, fährt Zofia fort.

»Nein, das verstehe ich ja. Es tut mir leid.« Jetzt gib dir einen Ruck und rede. Alles in mir verkrampft sich. Ich schaffe es nicht.

»Weißt du, was ich glaube? Du verübelst mir immer noch die Sache, über die wir in Krakau gesprochen haben. Dass ich bei dir manchmal so was wie Mitleid spüre, wenn es um das Kinderthema geht.«

»Ach, Zofia, wir hatten uns doch darauf geeinigt, dass wir da unterschiedlicher Auffassung sind.«

»Ich wollte dich wirklich nicht kränken.«

»Das weiß ich.«

»Na, hoffentlich.« Am anderen Ende ertönt ein langer Seufzer. »Wie ist es mit Marie? Hat sie auch so viel zu tun wie du?«

»Natürlich nicht.«

»Ich habe ihr versprochen, dass wir nach meiner Rückkehr gemeinsam etwas unternehmen.«

»Da wird sie sich freuen.«

»Ich rufe sie morgen Nachmittag an.«

Der Abschied fällt kurz und knapp aus. Wir wünschen uns gegenseitig eine gute Nacht. Und schon in dem Moment weiß ich, dass sie nicht gut werden wird, weil mein schlechtes Gewissen mich quält.

Marie und Zofia verabreden, den Samstag miteinander zu verbringen. Ich bin erleichtert, dass Peter Marie morgens hinfährt und sie abends wieder abholen wird. Paul will mit Lukas Fußballspielen und wird auch bei ihm mittagessen. Und Peter geht zum Sport.

Ich habe also Zeit, um noch einmal im Internet nach weiteren Hinweisen auf die KZ-Wachmannschaften in Płaszów zu suchen. Vieles von dem, was ich lese, kenne ich schon. Und das Neue bringt mich nicht weiter. Irgendwann sehe ich wieder alles verzerrt. Ich schließe die Augen. Jetzt nur nicht panisch werden. Nach ein paar Minuten geht es mir wieder besser.

Es ist fast halb sieben, als es klingelt. Das wird Paul sein, denke ich. Lukas' Mutter wollte ihn nach Hause bringen. Aber es sind Marie und Zofia, die ich im Treppenhaus höre. Ich kann gerade noch meinen Laptop schließen und meinen Recherche-Stapel ins Bücherregal stellen, bevor sie die Wohnung betreten.

»Wir waren in Hagenbecks Tierpark. Das war toll!«, verkündet Marie und drückt mich.

Zofia und ich umarmen uns. »Ich wollte dich wenigstens einmal kurz sehen«, sagt sie und schaut mich prüfend an. »Du bist blass und hast abgenommen. Marie hat mir erzählt, wie viel du arbeitest, sogar am Wochenende.«

»Ja.«

»Komm«, ruft Marie und zieht Zofia hinter sich her in Richtung Kinderzimmer. »Ich will dir zeigen, wie groß Fridolin geworden ist.«

Bald darauf fährt sie wieder. Vielleicht hat sie erwartet, dass ich sie frage, ob sie zum Abendessen bleiben möchte, so wie sonst, wenn sie einen Ausflug mit Marie gemacht hat. Es ist bezeichnend, dass ich nicht einmal daran gedacht habe.

28.

Am Sonntag scheint die Sonne, und beim Frühstück reden die Kinder auf mich ein, dass heute der ideale Tag sei, um durchs Alte Land zu radeln. Peter nickt dazu.

»Ich wollte eigentlich noch ein paar Stunden am Schreibtisch …«

»Tante Zofia findet, dass du mehr Pausen brauchst und wir auf dich aufpassen sollen«, unterbricht mich Marie.

»Warum?«, fragt Paul.

»Weil Mama zu viel arbeitet und schon dünner geworden ist.«

»Dann musst du mehr essen«, sagt er und hält mir sein angebissenes Marmeladenbrötchen hin.

»Danke, mein Schatz. Ich bleibe bei meinem Müsli.«

»Die Kinder haben recht«, meint Peter. »Es würde dir guttun, mal rauszukommen. Und wer weiß, wie viele schöne Tage es noch gibt. Im Dezember ist es oft schon zu kalt für eine Radtour.«

Alle drei schauen mich erwartungsvoll an. Ich bringe es nicht über mich, sie zu enttäuschen. »Dann lasst uns bald losfahren.«

Die Kinder jubeln. Und ich frage mich, ob ich allen Ernstes vorgehabt habe, mich an diesem Tag wieder in die Recherche zu vertiefen. Eigentlich weiß ich doch längst, dass ich in einer Sackgasse stecke.

In Cranz, dem kleinen Dorf am Elbdeich, laden wir unsere Räder vom Wagen. Beim Blick aufs Wasser merke ich, wie sich meine innere Anspannung löst. Und als wir auf den Wegen entlang der Obstplantagen unterwegs sind, gelingt es mir, das Thema für ein paar Stunden ganz und gar zu vergessen. Die Kinder staunen über die alten Fachwerkhäuser, in einem Hofladen kaufen wir so viele Äpfel, wie in unsere Fahrradtaschen passen, und zum Schluss kehren wir in ein reetgedecktes, kleines Café ein, in dem der Apfelkuchen so gut schmeckt, dass wir noch einmal nachbestellen.

»Das war besser, als am Schreibtisch zu sitzen, oder?«, fragt mich Marie auf der Rückfahrt.

»Ja, auf jeden Fall.«

Peter wirft mir einen kurzen Blick zu. Ich sehe ihm an, wie froh er ist, dass ich mitgekommen bin.

Nachdem wir die Kinder ins Bett gebracht haben, räume ich meinen Schreibtisch auf und gebe Peter die Bücher zurück, die er für mich aus der Staatsbibliothek ausgeliehen hat.

»Das war's?«

»Ja. Es hat keinen Zweck. Ich muss damit aufhören.«

»Aber bist du nicht auch erleichtert?«

»Weil ich keinen Hinweis darauf gefunden habe, dass mein Großvater in Polen stationiert war?«

»Ja. Sieh das Ganze mal positiv. Wahrscheinlich war dein Opa kein Täter.«

»Er könnte einer gewesen sein, ohne dass irgendein Mensch jemals etwas davon erfährt.«

»Aber wäre das nicht sehr ungewöhnlich?«

»Nein. Es gibt keine vollständigen Listen der KZ-Wachmannschaften in Płaszów, weder in Büchern noch in Datenbänken. Am Ende des Krieges wurden viele Akten zerstört.«

»Und was ist mit den ehemaligen KZ-Häftlingen, die ihre Peiniger auf Fotos erkannt haben? Solche Fälle hat es immer wieder gegeben. Und wenn die Leute noch am Leben waren, wurden sie angeklagt.«

»Bei dem Vater meines Geschichtslehrers war das der Fall. Aber soweit ich weiß, hat nie jemand meinen Großvater angeklagt.«

»Und jetzt willst du die Sache ad acta legen?«

»Ja. Ich werde die Frage, ob der Mann auf dem Foto mein Großvater war, niemals beantworten können. Vielleicht ist es tatsächlich so, dass meine Erinnerung mich getäuscht hat.«

»Dann wird immer ein Rest Ungewissheit bleiben.«

»Ich muss lernen, damit zu leben. Sonst werde ich das Kapitel nie für mich abschließen können.«

Peter sieht mich zweifelnd an.

»Du glaubst nicht, dass ich das schaffe?«

»Ich weiß es nicht.«

»Was würdest du denn an meiner Stelle machen?«

»Weitersuchen.«

»Aber wo?«

»Die einzige Person, die etwas zur Vergangenheit deines Opas wissen könnte, ist deine Mutter.«

»Du hast sie seit Wochen nicht gesehen. Ihre Demenz wird immer schlimmer. Und ich habe dir ja erzählt, wie sie reagiert hat, als ich sie gefragt habe, in welchem Land mein Großvater Soldat war.«

»Ich habe noch öfter daran gedacht. Es ist natürlich möglich, dass das Wort ›Krieg‹ sie so aufgeregt hat. Aber es kann auch sein, dass sie etwas über deinen Opa weiß, was sie tief in sich vergraben hat.«

»Wenn das wirklich so ist, werde ich es mit Sicherheit nicht erfahren.«

»Warum nicht? Vielleicht hat sie irgendwann doch mal wieder einen hellen Moment.«

»Ja, aber genau über dieses Thema wird sie nicht reden wollen.«

»Hm ... Dann bleibt dir wohl nichts anderes übrig, als aufzugeben.«

»Ich muss auch an meine Beziehung zu Zofia denken. Es war so seltsam, als sie gestern Marie zurückgebracht hat und ich nicht mal normal mit ihr reden konnte. Außerdem hat sie bestimmt gehofft, dass ich sie einlade, mit uns zusammen zu essen.«

»Ruf sie an und verabrede dich mit ihr.«

»Oder ich schicke ihr eine SMS. Das ist leichter.«

»An deiner Stelle würde ich sie anrufen.«

»Mal sehen, ob ich das schaffe.«

Ich ziehe mich an meinen Schreibtisch zurück und greife zum Telefon. Bevor ich Zofias Nummer anklicke, versuche ich, mir vorzustellen, dass es zwischen uns nicht dieses Unsagbare gäbe und ich entspannt mit ihr reden könnte. Es gelingt mir nicht.

»Hallo, Miriam.«

»Hallo. Du, ich ...« Mein Mund ist so trocken, dass ich keinen Ton mehr herausbringe.

»Deine Stimme klingt ganz belegt. Geht's dir nicht gut?«

»Doch«, stoße ich hervor und räuspere mich ein paarmal. »Ich ... habe einen Frosch im Hals.«

»Trink mal einen Schluck.«

»Ja.«

Auf der Fensterbank steht noch ein Becher mit kaltem Tee von heute Morgen. Während ich ihn austrinke, höre ich Zofia sagen, wie sehr sie gestern das Zusammensein mit Marie genossen hätte.

»Sie war auch begeistert.«

»Weißt du, dass sie mir von Lilli erzählt hat?«

»Ah, ja?«

»Sie würde sich so gern mit ihr anfreunden. Ich habe ihr geraten, dass sie sich morgen mal mit ihr verabreden soll.«

»Es wäre toll, wenn sie den Mut dazu aufbringen könnte.«

»Und dann hat sie mich gefragt, wie wir uns damals eigentlich zum ersten Mal verabredet hätten.«

»Das weiß ich gar nicht mehr«, murmele ich, obwohl ich es sehr genau weiß. Es war das Mittagessen bei Opa.

»Du hast mich eingeladen, mit zu deinem Großvater zu kommen. Dort gab's Kartoffelbrei mit Apfelmus und gebratenen Zwiebelringen. Und zum Nachtisch Obstsalat. Es war ein neues Wort für mich.«

»Dass du das so genau erinnerst.«

»Ja, klar. Es war mein erstes Essen bei einer deutschen Familie.«

Einer Täterfamilie?, schießt es mir durch den Kopf.

»Eine Einladung kommt meistens gut an, habe ich zu Marie gesagt.«

»Ja. Apropos Einladung. Ich wollte sagen, dass ich wieder etwas mehr Luft habe. Wollen wir uns vielleicht an einem der nächsten Abende mal auf ein Glas Wein treffen? Ich lade dich ein.«

»Gern. Ich hatte neulich am Telefon und auch gestern, als ich kurz bei euch war, das Gefühl, dass deine Arbeit dich gerade total im Griff hat.«

»Das stimmt. Inzwischen habe ich ein paar Knoten gelöst und bin wieder etwas gelassener.«

»Wunderbar. Wann passt es dir? Am Mittwoch?«

»Da bin ich nachmittags bei Ursel. Wie wär's am Freitag?«

»Das geht bei mir auch.«

»Dann lass uns morgens telefonieren und überlegen, wo wir hingehen wollen.«

»Ist gut. Jetzt klingst du übrigens wieder ganz normal.«

»Ja. Keine Ahnung, was das war.«

Nachdem wir uns verabschiedet haben, trete ich ans Fenster und schaue in die Dunkelheit. Bis Freitag sind es noch fünf Tage. Vielleicht bin ich bis dahin so weit, dass ich auch im Zusammensein mit Zofia ganz normal sein kann.

29.

Zum ersten Mal seit Wochen schlafe ich die Nacht durch und habe am nächsten Morgen so viel Energie wie schon lange nicht mehr. Die Verabredung mit Zofia bedeutet, dass wir auf einem guten Weg sind. Damit fällt mir eine Last von den Schultern, die noch viel größer war, als ich gedacht hatte. Ich kann den ganzen Vormittag konzentriert arbeiten und schaffe mehr, als ich mir für heute vorgenommen habe. Auch das beruhigt mich. Wenn es so weitergeht, werde ich bald die Zeit, die durch die Recherche verloren gegangen ist, wieder aufgeholt haben.

Bevor die Kinder von der Schule nach Hause kommen, koche ich eine Brokkolisuppe und bereite einen Waffelteig zu.

»Oh, Waffeln!«, ruft Paul. »Die haben wir so lange nicht mehr gegessen.«

»Ist heute was Besonderes los?«, fragt Marie.

»Wieso?«

»Weil es sonst mittags nur Brote gibt.«

»Ich wollte euch mal überraschen.«

»Kannst du ruhig öfter machen«, lautet Pauls Kommentar.

Da hat er recht.

Peter ist heute bis zum späten Nachmittag in der Schule. Also bringe ich Paul bei Lukas vorbei und fahre mit Marie weiter zur Flötengruppe. Sie hat jeden Tag geübt, ohne dass Peter oder ich das Üben erwähnt hätten.

»Freust du dich?«

»Hm. Mama?«

»Ja?«

»Kann ich Lilli mal zu uns einladen?«

»Klar kannst du das.«

»Wann denn?«

»Lass mich überlegen. Morgen Nachmittag habt ihr Schwimmunterricht. Am Mittwoch will ich Oma wieder besuchen. Wie wär's am Donnerstagnachmittag?«

»Und wenn Lilli da keine Zeit hat?«

»Dann finden wir bestimmt einen anderen Tag.«

Ich gebe ihr zum Abschied einen Kuss und wünsche ihr viel Spaß. Als ich schon im Wagen sitze, läuft ein Mädchen mit roten Locken auf sie zu. Marie strahlt und sieht gar nicht mehr scheu aus.

Am Dienstag herrscht Hochstimmung in meiner Familie. Marie hat sich für Donnerstag mit Lilli verabredet, Paul und Lukas werden ab Januar in der Bambini-Mannschaft des FC Winterhude spielen, und Peter ist von den Schülern wieder einstimmig zum Vertrauenslehrer gewählt worden. Ich bin mit meiner Übersetzung so gut vorangekommen, dass ich vielleicht am Wochenende an beiden Tagen freimachen kann.

Der Abend könnte ganz ruhig zu Ende gehen, aber dann stellt Marie fest, dass Fridolin ausgebüxt ist. Wir suchen ihn überall in der Wohnung, und Paul findet ihn schließlich in Peters Schulrucksack, wo er an einem Stück Käse knabbert.

»Hast du dein Brot wieder nicht gegessen?«, schimpft Marie.

»Ach, Kinder, es gab zu viel zu tun.«

»Das ist aber gar nicht gut«, kommentiert Paul.

»Hör auf deinen Sohn, kann ich dazu nur sagen.«

»Nun seid nicht so streng mit mir.«

»Doch«, rufen wir alle drei.

In dem Augenblick flitzt Fridolin aus dem Zimmer. Wir lachen und fangen wieder an zu suchen.

Immer mehr Menschen drängen in den Konzertsaal. Ich blicke mich um. Es gibt kaum noch leere Plätze. »Schön, dass so viele gekommen sind«, flüstere ich Zofia zu. Sie nickt und zeigt mir ihre gedrückten Daumen. So aufgeregt habe ich sie noch nie gesehen. Wir haben beide das gleiche Kleid an. Es ist hellgelb gemustert und hat eine Schleife auf dem Rücken. Unsere Freundschaftskleider, die wir uns zu Weihnachten gewünscht haben. Links von mir sitzen Mama und Opa und studieren das Programm. Mama trägt ihr feines, grünes Kostüm und eine weiße Bluse, Opa hat einen dunkelblauen Anzug angezogen und eine gepunktete Fliege umgebunden. Jetzt wird es dunkel, nur die Bühne mit dem großen Flügel bleibt hell erleuchtet. Gleich wird Dariusz auf seiner Geige spielen, und Aniela wird ihn am Flügel begleiten. Allmählich hören die Leute auf zu tuscheln, ab und zu hustet noch jemand, dann ist es still. »Wo bleiben sie denn bloß?«, flüstert Zofia. Da geht vorne rechts eine Tür auf, Aniela in einem langen, schwarzen Kleid und Dariusz in einem Frack betreten lächelnd den Saal. Mein Herz klopft. Sie verbeugen sich, und Aniela nimmt auf der Bank vor dem Flügel Platz. Erst in dem Moment bemerke ich, dass Dariusz mit leeren Händen dasteht. Die Geige! Wo hat er seine Geige?

Ich werde davon wach, dass jemand leicht an meiner Schulter rüttelt.

»Miriam?«

»Ja?«

»Du hast dich eben hin und her geworfen und ein paarmal laut gestöhnt. Hast du schlecht geträumt?«

»Hm. Mir ist so heiß.«
Peter legt seine Hand auf meine Stirn. »Hast du Fieber?«
»Glaube ich nicht.«
Er knipst das Licht an. »Du bist ganz blass.«
Da erzähle ich ihm von meinem Traum.

»Hat es jemals so ein Konzert gegeben, als ihr Kinder wart?«
»Nein. Aniela ist erst viel später zusammen mit Dariusz in Hamburg aufgetreten. Da lebte mein Großvater längst nicht mehr.«

»Aber interessant, dass du ihn im Traum dabei sein lässt.«
»Meinst du, das soll heißen, er gehört für mich wieder zur Familie?«

»Ja. Nach all dem, was du in den letzten Wochen durchgemacht hast, ist das doch ein gutes Zeichen.«

»Für mich war es eher ein Albtraum. Das Konzert wird nicht stattfinden, weil Dariusz' Geige zerstört ist.«

»Ja, sicher. Aber das hat mit deinem Opa nichts zu tun.«
»Ich weiß nicht …«

Als Peter längst wieder eingeschlafen ist, gehen mir die Bilder noch immer durch den Kopf. Und plötzlich wird mir klar, warum es für mich so ein furchtbarer Traum war. Ich habe mich mit Dariusz identifiziert, der völlig entblößt dastand. Habe ich Angst vor einer solchen Entblößung? Wenn Opa ein Täter war, müsste ich mein Selbstbild verändern. Ich müsste lernen, mit der Scham zu leben.

30.

Nach der schwierigen Erfahrung in der letzten Woche bin ich fest davon ausgegangen, dass vor allem Marie ihre Oma eine Weile nicht besuchen will. Aber ich habe mich geirrt. Als es um die Planung für den Mittwochnachmittag geht und Paul verkündet, dass er sich mit Lukas treffen wolle, erklärt Marie, dass sie mit zur Oma käme.

»Wirklich?«, frage ich.
»Ja.«
»Du weißt, was da alles passieren kann.«
»Hm.«
»Ich fand's nicht so schlimm«, meint Paul.
»Ich auch nicht«, stimmt Marie ihm zu.
»Aber du wolltest eigentlich schon nach kurzer Zeit wieder weg, weil du dich gegruselt hast.«
»Oma ist eben krank. Und nachher war's doch ganz schön.«
»Bis sie uns rausgeworfen hat«, ruft Paul.
Beide fangen an zu kichern.
Ich verkneife mir die Bemerkung, dass das nicht lustig war.
»Erinnert ihr euch überhaupt noch an die Zeit, als Oma nicht krank war?«
Paul schüttelt den Kopf.
»Nur 'n bisschen«, murmelt Marie.
Kein Wunder, dass Mamas Demenz mich viel stärker erschüttert als die Kinder.
»Soll ich wieder was zum Malen für dich einpacken?«
»Nee. Ich guck mir die großen Bücher mit den Bildern an.«

Mama schläft in ihrem Sessel. In ihrem Gesicht zuckt es, und ihre Hände sind zu Fäusten geballt. Wahrscheinlich hat sie einen anstrengenden Morgen hinter sich.

Während ich noch überlege, ob wir wieder gehen sollen, setzt sich Marie auf den Fußboden vor das Bücherregal und betrachtet die Buchrücken.

»Ich würde gern mit einer der Pflegerinnen sprechen, um zu hören, ob es heute irgendeine Krise gegeben hat«, sage ich leise. »Ist es okay, wenn ich dich einen Moment mit Oma allein lasse?«

Marie nickt und zieht einen Bildband von Franz Marc aus dem Regal. Die Tierbilder werden ihr gefallen, vor allem die Pferde.

Als ich die Tür öffne, ertönt ein seltsamer Laut. Ich drehe mich um und sehe, wie Marie grinsend auf Mama zeigt. Ihr Mund ist jetzt leicht geöffnet, sie schnarcht. Hat sie das früher auch schon gemacht?

Außer zwei Heimbewohnerinnen mit ihren Rollatoren kann ich im Flur niemanden entdecken. Und auch im zweiten Stock scheint keine Pflegerin zu sein. Soll ich noch weiter unten nach jemandem suchen? Nein, wenn Mama aufwacht und Marie bei sich im Zimmer sitzen sieht, erschrickt sie sich vielleicht. Oder Marie erschrickt, weil Mama irgendetwas Seltsames zu ihr sagt.

Ich laufe wieder die Treppen hinauf und treffe nun doch Tanja, die mir versichert, dass es meiner Mutter heute recht gut gegangen sei.

»Dann bin ich beruhigt.«

»In der letzten Woche hat sie mir übrigens erzählt, dass ihre Enkel sie besucht hätten.«

»Ach.«

»Das sei so schön gewesen.«

»Ja, zwischendurch wirkte sie ganz klar. Aber anfangs hat sie meine Kinder und mich nicht erkannt. Und am Schluss war's genauso. Das kippte von einer Sekunde zur anderen. Da mussten wir ganz schnell gehen.«

»Und trotzdem hat sie Ihren Besuch erinnert.«

»Das finde ich auch erstaunlich. Mal sehen, wie's heute läuft. Ich habe meine Tochter wieder dabei.«

»Alles Gute.«

»Danke.«

Ob Mama noch schläft?

Nein. Als ich in ihr Zimmer zurückkomme, unterhält sie sich mit Marie. Die beiden beugen sich über den *Turm der blauen Pferde.*

Marie blickt hoch. Ihre Augen leuchten. »Guck mal, hier ist das Bild, das du nicht mehr sehen willst. Ich finde es so toll.«

»Es war Papas Lieblingsbild«, murmelt Mama. »Pferde ... Pferde ...«

»Welcher Papa?«

Mama schaut Marie verwirrt an.

»Oma meint ihren Papa, meinen Opa«, antworte ich. »Das war dein Uropa. Von ihm hat Oma all die wunderbaren Kunstbücher geerbt.«

»Wie hieß der Uropa?«

»Heinrich.«

»Uropa Heinrich«, wiederholt Marie und strahlt ihre Oma an. Mama greift nach ihrer Hand. »Blaue Pferde! Blaue Pferde!«

»Genau«, sage ich. »*Der Turm der blauen Pferde.*«

Ich weiß noch, wie Opa Zofia und mir erklärt hat, dass die Bilder von Franz Marc und vielen anderen expressionistischen Künstlern von den Nationalsozialisten zur »entarteten Kunst« erklärt worden seien. Erst viel später habe ich erfahren, dass *Der Turm der blauen Pferde* seit 1945 als verschollen gilt und Hermann Göring der letzte bekannte Besitzer war.

Marie fährt mit den Fingerspitzen über die Pferdeköpfe, als ob sie sie streicheln wolle. »Kann ich das Bild mal in einem Museum angucken?«

Ich schüttele den Kopf. »Es ist nach dem Krieg verschwunden. Und ich glaube, man hat es bis heute nicht gefunden.«

»Schade.«

»Krieg?«, fragt Mama alarmiert.

»Nein«, antworte ich und lege ihr die Hand auf den Arm. »Du brauchst keine Angst zu haben. Der Krieg ist schon lange vorbei.«

Aber das Wort hat sie aus der Bahn geworfen. Sie nestelt an den Ärmeln ihrer Strickjacke und scharrt unruhig mit den Füßen. Dabei brummt sie etwas vor sich hin, was ich nicht verstehe.

»Sie will bestimmt aufstehen«, sagt Marie.

»Ja. Warte, Mama, ich helfe dir. Lass uns erst mal den Bildband beiseitelegen.«

Doch ich bin nicht schnell genug. Mama stemmt sich hoch, das Buch fällt zu Boden, wimmernd läuft sie auf die Tür zu. Sie stolpert, zum Glück kann ich sie gerade noch auffangen. Ich versuche, sie in die Arme zu nehmen und ihr über den Rücken zu streichen, doch sie wehrt sich mit aller Kraft gegen die Berührung.

»Ganz ruhig, Mama. Es herrscht kein Krieg, und auch sonst droht keine Gefahr.«

Das Wimmern geht in ein lautes Schluchzen über. Ich schiebe ihr den Rollator zu, damit sie sich abstützen kann, aber sie stößt ihn sofort von sich.

Marie blickt uns hilflos an. »Soll ich die Pflegerin holen?«

»Ja.«

Sie springt auf und läuft aus dem Zimmer.

In dem Moment erstarre ich. Auf dem Fußboden liegt der alte, graue Umschlag, nach dem ich so lange gesucht habe. Wie kann das sein? Ist er aus dem Franz-Marc-Band gefallen? So unauffällig wie möglich hebe ich ihn auf und stecke ihn in meine Tasche. Mama scheint zum Glück davon nichts bemerkt zu haben. Sie hat begonnen, mit den Fäusten gegen die Tür zu trommeln. Ich kann kaum einen klaren Gedanken fassen. Soll ich nachsehen, ob das Foto in dem Umschlag steckt? Nein, nicht jetzt, nicht hier.

Marie kommt mit Jolanta zurück. Ihr gelingt es nach wenigen Minuten, Mama zu beschwichtigen. Sie geleitet sie zu ihrem Sessel, hilft ihr, sich zu setzen, und breitet eine Decke über ihre Knie aus.

»Frau Tiedtke, möchten Sie einen Pfefferminztee?«

»Ja. Endlich kümmert sich mal wieder jemand um mich.«

»Freuen Sie sich denn nicht, dass Ihre Tochter und Ihre Enkelin Sie besuchen?«

»Wer?«

Jolanta zeigt auf uns beide. Mama sieht uns an, ohne die Miene zu verziehen. Wir sind ihr fremd.

»Ich glaube, wir gehen besser«, sage ich leise zu Marie und greife nach meiner Tasche.

»Wollen Sie nicht noch etwas bleiben?«, fragt Jolanta. »Ihre Mutter hat so gern Gesellschaft.«

»Aber offenbar nicht unsere«, rutscht es mir heraus. Und sofort schäme ich mich für diese Worte.

Jolanta lächelt traurig. »Können Sie warten, bis ich den Tee geholt habe? Ich möchte Ihre Mutter nicht gern allein lassen.«

»Natürlich.«

»Darf ich mitkommen?«, fragt Marie.

»Na, klar.«

Die beiden verlassen das Zimmer. Mama sitzt reglos da und stiert auf den Fußboden. Hat sie doch den Umschlag gesehen und wird gleich von mir wissen wollen, was ich damit gemacht habe? Ich halte den Henkel meiner Tasche fest umklammert.

»Der Maler hat den Krieg ... nicht überlebt«, höre ich Mama da murmeln.

»Was? Ach so, ja. Du hast recht. Franz Marc ist im Ersten Weltkrieg gestorben.«

»Blaue Pferde ...«

Ich hocke mich neben sie. »Mama.«

Sie dreht mir den Kopf zu, aber ihre Augen schauen durch mich hindurch.

Als Jolanta und Marie ihr den Pfefferminztee bringen, weiß sie nicht, was sie damit anfangen soll. Ich habe plötzlich die Phantasie, dass sie den Becher über mir auskippen könnte.

Jolanta erklärt ihr mit viel Geduld, dass dies etwas zu trinken sei und es ihr guttun würde. Vorsichtig probiert Mama einen Schluck und wendet sich angewidert ab.

»Wie wär's, wenn Sie sich erst einmal etwas ausruhen?«, schlägt Jolanta vor. »Schließen Sie die Augen und entspannen Sie sich.«

Und tatsächlich folgt sie ihrem Rat.

Ich stehe auf und gebe ihr einen Kuss auf die Stirn. »Auf Wiedersehen, Mama. Bis bald.«

Sie reagiert nicht.

»Komm, Marie.«

»Tschüs, Oma«, murmelt sie.

Auf der Heimfahrt kann ich meine Aufregung nur mühsam vor Marie verbergen. Es ist stimmig, dass Mama bei einer ihrer Aufräumaktionen den Umschlag mit den Fotos von ihrem Vater in den Bildband gelegt hat, der ihm früher gehört hat und der sie an ihn erinnert. Wieso bin ich nie auf den Gedanken gekommen, in die Kunstbücher zu schauen? Vielleicht weil ich selbst noch nie Fotos in ein Buch gelegt habe. Und einem großen Kunstband sieht man es nicht an, wenn darin ein Umschlag mit acht oder neun kleinen Schwarz-Weiß-Fotos steckt.

»Mama?«

»Ja?«

»Wo hat Oma im Krieg gelebt?«

»Da war sie noch gar nicht geboren. Oma ist drei Jahre nach dem Ende des Krieges auf die Welt gekommen.«

»Warum hat sie denn bei dem Wort solche Angst gekriegt?«

»Es hängt wahrscheinlich mit ihrer Krankheit zusammen. Vielleicht kann sie nicht mehr unterscheiden zwischen dem, was früher war und was heute ist.«

Im Rückspiegel sehe ich an Maries gekräuselter Stirn, wie es in ihr arbeitet.

»Denkt sie, dass jetzt ein Krieg kommt?«

»Ich glaube nicht, dass sie so etwas wirklich denkt. Es ist eher ein Gefühl von Bedrohung.«

»Das ist schlimm.«

Ich nicke.

»Gibt's dagegen kein Medikament?«

»Oma bekommt schon etwas zur Beruhigung. Aber in manchen Momenten reicht das wohl nicht.«

»Kannst du nicht mit der Pflegerin darüber sprechen?«

»Ja.«

Ich sage Marie nicht, dass ich neulich im Gespräch mit dem Arzt das Thema Krieg vermieden habe. Sonst hätte ich ihm erzählen müssen, dass Mama mich aus dem Zimmer geschickt hat, weil ich wissen wollte, wo Opa im Krieg stationiert war.

Mein Blick fällt auf die Handtasche. Ich kann es kaum noch ertragen, nicht zu wissen, ob sich in dem Umschlag auch das besagte Foto befindet.

Seit zehn Minuten suche ich nach einem Parkplatz. Ausgerechnet heute. Ich drehe noch eine Runde und halte dann vor unserem Haus.

»Marie, das dauert mal wieder länger. Geh du schon nach oben. Hier sind meine Schlüssel.«

Sie sieht mich überrascht an. Ich habe sie noch nie allein aussteigen lassen.

»Du weißt doch, welcher Schlüssel für die Haustür ist und welcher für die Wohnungstür.«

»Ja.«

»Sonst kannst du auch klingeln. Papa müsste von seiner Konferenz zurück sein.«

»Nein, ich schließe mit den Schlüsseln auf«, antwortet Marie entschieden und steigt aus. »Bis gleich.«

Sie geht auf die Haustür zu, steckt den Schlüssel ins Schloss und winkt mir noch einmal zu.

Als sie im Hausflur verschwunden ist, starte ich den Wagen wieder und biege einmal um die Ecke. In der nächsten Ausfahrt halte ich an. Mit zitternden Händen öffne ich den Umschlag. Da sind sie, die Fotos von Opa als Baby, als Kleinkind, als Konfirmand. Und dann sehe ich es: Das Foto mit den fünf Soldaten. Alle haben die gleiche Uniform an. Ein kleiner Pfeil zeigt auf meinen lächelnden Opa.

31.

Wie lange sitze ich schon da, mit dem Foto in den Händen, und kann mich nicht rühren? Ich weiß es nicht. Die Zeit scheint stehen geblieben zu sein.

Warum ist es wahr? Warum hat mich meine Erinnerung nicht getäuscht? Warum hat Mama das Foto aufgehoben?

Was für sinnlose Fragen.

Ein Klingeln reißt mich aus meinen Gedanken. Mein Smartphone. Es ist Peter. Er wird wissen wollen, wo ich so lange bleibe. Ich muss ihm sagen, dass ich jetzt nicht nach Hause kommen kann. Dass er schon mal mit den Kindern essen soll.

Es klingelt nicht mehr.

Ich kann nicht einfach hier sitzen, ich muss mich bei ihm melden. Mit zitternden Fingern hole ich das Smartphone aus meiner Tasche und klicke seine Nummer an.

Er antwortet beinahe sofort. »Miriam, ich habe gerade versucht, dich zu erreichen. Wo bist du? Suchst du etwa immer noch nach einem Parkplatz?«

»Nein.«

»Deine Stimme klingt so seltsam.«

»Peter, ich ...«

»Moment mal, hier streiten sich gerade zwei. Kinder, nicht so laut! Ich kann Mama kaum verstehen.«

Kurz darauf höre ich, wie eine Tür geschlossen wird.

»So, jetzt bin ich in der Küche.«

»Es ist etwas passiert.«

»Hast du einen Unfall gehabt?«

»Nein, ich … ich habe den grauen Umschlag mit dem Foto gefunden.«

»Was??? Wo denn?«

»Bei meiner Mutter.« Plötzlich löst sich etwas in mir, und ich fange an zu weinen.

»Komm erst mal nach oben.«

»Ich kann nicht. Die Kinder …«

»Ich werde ihnen erklären, dass du traurig bist wegen deiner Mutter.«

»Außerdem stehe ich in einer Einfahrt.«

»Schließ den Wagen ab. Ich parke ihn gleich um.«

»Peter …«

»Ja?«

»Wie konnte mein Großvater bloß …« Mir bleiben die Worte im Halse stecken.

»Bitte, Miriam, wir reden später darüber.«

Was sind das für dunkle Flecken vor meinen Augen? Ich wische mir die Tränen ab, aber es wird nicht besser. Ich sehe alles verzerrt.

»Bist du noch da?«

»Ja. Ich glaube, ich schaff's nicht, auszusteigen.«

»Natürlich schaffst du das. Ich kann dich nicht abholen, weil hier gerade die Hölle los ist. Atme ein paarmal tief durch, dann wird's schon klappen.«

»Ich versuch's.«

»Bis gleich.«

Ich lehne mich zurück und mache die Augen zu. Bisher hat das immer geholfen.

Doch diesmal ist es anders. Als ich sie nach ein paar Minuten wieder aufmache, kann ich auch keine Farben mehr erkennen.

Ich taste nach dem Foto und lege es in den Umschlag zurück. Dann greife ich nach meiner Tasche und dem Autoschlüssel und steige vorsichtig aus. Es gelingt mir nicht, die Tür abzuschließen. Ich blinzle und reibe mir die Augen. Nichts hilft. Langsam gehe ich an den Zäunen der Vorgärten entlang. Ich kann die Umrisse der Häuser und die Fenster und Türen erkennen, aber nicht die Hausnummern. Weit kann es nicht mehr sein. Ich trete in einen Hausflur, es riecht nach angebranntem Kohl. So hat es bei uns im Hausflur noch nie gerochen.

Ist es das nächste Haus? Vielleicht.

Ich stehe vor einer geschlossenen Tür. Welche könnte unsere Klingel sein? Die zweite oder die dritte von oben? Schließlich drücke ich auf beide. Kurz darauf springt die Tür auf.

Beim Treppensteigen halte ich mich am Geländer fest, und trotzdem bin ich bei jeder Stufe unsicher. Nach einer Weile bleibe ich stehen. Wie ist es möglich, dass ich nicht weiß, ob ich im dritten oder vierten Stock bin? In dem Moment wird hinter mir eine Tür geöffnet.

»Miriam!«

Ich drehe mich um.

»Was ist denn mit dir los?«

»Ich kann nicht mehr richtig sehen.«

32.

WIE LANGE LIEGE ICH schon im Bett? Eine Stunde? Anderthalb? Ich kann an nichts anderes denken als an das Foto. Peter hat den Kindern erklärt, dass mir die Augen wehtäten und ich sie deshalb nicht öffnen dürfe. Er gibt sich große Mühe, die beiden abzulenken, aber irgendwann kommen sie doch ins Zimmer gelaufen und klettern zu mir hoch.

»Bist du noch krank?«, fragt Marie und legt ihre Hand in meine.

»Hm.«

»Und was ist, wenn du bis morgen nicht wieder gesund bist?«

»Dann muss ich vielleicht zum Arzt.«

»Am Nachmittag will Lilli mich doch besuchen.«

»Stimmt. Das wird schon klappen.«

»Und wenn nicht?« In Maries Stimme schwingt ein besorgter Unterton mit.

»Mach dir darüber mal keine Gedanken.«

»Tue ich aber.«

»Ach, mein Schatz.«

»Ich habe mich so darauf gefreut.«

»Und ich bin mir sicher, dass wir das hinkriegen werden.«

»Wenn nicht, wäre das ganz schlimm«, verkündet Marie und zieht ihre Hand weg.

»Ich weiß.«

Zur Not muss ich Lilli begrüßen, ohne sie sehen zu können.

»Wann darfst du wieder gucken?«, fragt Paul und kuschelt sich an mich.

»Hoffentlich bald.«

»Ist es nicht langweilig, wenn die Augen immer zu sind?«
»Geht so.«
»Sollen wir dir was vorsingen?«
»Lasst Mama am besten etwas in Ruhe«, höre ich Peter da sagen.
»Warum?«
»Weil es ihr nicht gut geht. Ihr könnt mir beim Salatschnippeln helfen.«
»Hab ich keine Lust zu«, brummt Marie.
»Ich auch nicht«, ruft Paul.
»Dann spielt in eurem Zimmer!«
Es ist selten, dass Peter eine so deutliche Ansage von sich gibt.
»Du hast aber heute schlechte Laune«, murmelt Marie, als sie vom Hochbett herunterklettert.
»Das hat mit schlechter Laune nichts zu tun.«
»Doch«, entgegnet Paul.
»Ab mit euch.«
Ich würde die Kinder gern in die Arme nehmen und ihnen erklären, dass Peter besorgt um mich ist und deshalb so streng geklungen hat. Einen Moment lang öffne ich die Augen. Alles erscheint noch verzerrter als vorhin. Erschrocken schließe ich sie wieder.

Jetzt sehe ich vor meinem inneren Auge das Foto.

Ich wünschte, die Kinder wären bei mir geblieben.

Immer wieder gehen mir die Fragen durch den Kopf, mit denen ich mich während der Recherche beschäftigt habe: Wie würde ich reagieren, wenn sich herausstellen sollte, dass Opa der SS angehört hat und alles, was ich über sein Leben weiß, auf einer Lüge aufgebaut war? Was hätte das mit mir zu tun? Wer wäre ich dann?

Und jetzt habe ich die Gewissheit: Es war eine Lüge.

Was hat das mit mir zu tun?

Wer bin ich?

In der Nacht werde ich wach und wünschte, es wäre stockfinster und ich könnte wenigstens für kurze Zeit die Illusion haben, dass ich wieder normal sehen kann. Aber in unserem Zimmer ist es nie ganz dunkel, weil der Schalter der Mehrfachsteckdose orange leuchtet. Und so merke ich sofort, dass sich meine Augen nicht erholt haben.

»Miriam?«

»Habe ich dich geweckt?«

»Nein. Ich habe noch gar nicht geschlafen.«

Er knipst seine Leselampe an und beugt sich über mich. Seine Gesichtszüge sind verschwommen.

»Kannst du mich erkennen?«

»Kaum.«

»Ich glaube, du musst morgen zum Augenarzt.«

»Das glaube ich auch.«

»Hast du jemals zuvor solche Sehstörungen gehabt?«

»Ja.«

»Wann denn?«

»In den letzten Wochen.«

»Und warum hast du mir nichts davon gesagt?«

»Weil ich sie nicht wahrhaben wollte und noch nie von so was gehört hatte. Sie sind ja auch immer nach ein paar Minuten wieder verschwunden.«

»In was für Situationen ist das passiert?«

»Wenn es um die Recherche ging.«

»Dann wird mir einiges klarer.«

»Mir überhaupt nicht«, antworte ich eine Spur zu heftig. »Ich finde diese Symptome höchst seltsam.«

»Aber dass es einen Zusammenhang zwischen der Psyche und den Augen gibt, das weißt du auch.«

»Na ja.«

»Was heißt hier ›na ja‹?«, sagt Peter ungehalten. »Denk nur mal an Redewendungen wie: ein Dorn im Auge, schwarzsehen, ein getrübter Blick.«

»Diese bildlichen Begriffe sind doch im übertragenen Sinn gemeint und nicht so konkret.«

»Damit machst du es dir zu leicht.«

»Lass uns morgen weiterreden.«

»Blind vor Wut würde auch gut passen.«

»Was soll das? Warum zählst du mir das jetzt hier alles auf?«, frage ich entnervt.

»Ich versuche zu verstehen, was mit dir los ist.«

»Hör auf!«

»Ich fände es überhaupt nicht verwunderlich, wenn du wütend wärst. Du hast deinen Großvater sehr geliebt, und er hat dich getäuscht. Es muss dir doch was ausmachen, dass das Bild, das du von ihm hattest, nicht mit der Realität übereinstimmt.«

»Ich habe gesagt, du sollst aufhören!«, schreie ich.

»Nun musst du nicht auch noch auf mich wütend werden.«

»Du hast kein Recht, mich hier so auseinanderzunehmen.«

»Das hat mit Auseinandernehmen nichts zu tun.«

In dem Moment wird die Tür aufgerissen. »Ihr sollt euch nicht streiten!«, ruft Marie.

»Tut mir leid. Ich habe mich gerade über deinen Vater geärgert.«

»Und ich mich über deine Mutter«, brummt Peter. »Das kann schon mal passieren.«

»Find ich nicht gut.«

»Mach dir keine Sorgen.«

»Ihr sollt euch vertragen.«

»Das tun wir ja meistens auch«, tröste ich sie.

»Und kannst du wieder richtig gucken?«

»Nein.«

»Dann ist Streiten bestimmt schlecht für dich.«

»Ja.«

Marie druckst noch eine Weile herum und ist erst bereit, in ihr Bett zurückzugehen, als Peter ihr verspricht, dass er für Lillis Besuch morgen Nachmittag Schokomuffins besorgen wird.

Zum Glück hat er donnerstags morgens keinen Unterricht. Wir bringen die Kinder zur Schule und fahren gleich weiter zum Augenarzt. Ich habe vorher mit der Sprechstundenhilfe telefoniert, die mir sagte, dass auch Notfallpatienten wie ich mit einer längeren Wartezeit rechnen müssten.

Als wir aus dem Wagen steigen, fragt Peter mich, ob er mit ins Sprechzimmer kommen solle.

»Ja. Warum nicht?«

»Nach unserer Auseinandersetzung heute Nacht dachte ich, dass du vielleicht lieber allein mit dem Arzt sprechen willst.«

»Nein. Ich wäre froh, wenn du mit reinkämst.«

Peter führt mich zu einem Stuhl im Wartezimmer. Ich schließe die Augen. Statt mich zu entspannen, werde ich von Minute zu Minute nervöser.

Ich komme doch sehr schnell an die Reihe. Vielleicht bin ich ein ernster Fall. Als der Arzt wissen will, was mich zu ihm führt, erwähne ich nicht, dass die Sehstörungen immer in einem ganz bestimmten Kontext aufgetreten sind. Er soll mich erst einmal gründlich untersuchen und nicht von vornherein davon ausgehen, dass es eine psychische Ursache für meine Beschwerden gibt.

Meine Pupillen werden durch Tropfen weitgestellt, danach prüft der Arzt den Augenhintergrund. Warum sagt er nichts?

»Habe ich eine Netzhautablösung?«, frage ich schließlich.

»Ich würde gern noch zwei Untersuchungen durchführen, um den Zustand Ihrer Netzhaut genauer beurteilen zu können.«

»Also ist mit ihr etwas nicht in Ordnung?«

»Ja.«

Ich fange an zu schwitzen.

»Zunächst mache ich eine OCT. Das ist eine Art Ultraschalluntersuchung, nur dass wir mit Licht statt mit Schall arbeiten. So kann ich feststellen, ob und wie stark Ihre Netzhaut sich abgehoben hat.«

Mir dröhnt der Kopf.

»Danach werde ich die Gefäße genauer untersuchen, um zu sehen, ob diese irgendwo undicht sind und Flüssigkeit austritt. Dafür wird Ihnen ein Kontrastmittel in die Vene gespritzt.«

Ich rechne mit dem Schlimmsten. Dass alles zu spät ist und ich unwiederbringlich erblinden werde. Peter versucht, mir gut zuzureden, aber das macht mich nur aggressiv.

Nachdem die Untersuchungen abgeschlossen sind, erklärt mir der Arzt, dass es leichte Anzeichen für eine Netzhautabhebung gebe und er auch undichte Gefäßstellen erkennen konnte.

»Muss so etwas nicht sofort operiert werden?«, frage ich.

»Man könnte eine Laserbehandlung durchführen, um die Lecks zu schließen und die Netzhaut wieder vollständig anzulegen. Die Retinopathia centralis serosa – so heißt diese Erkrankung der Netzhaut – verschwindet jedoch häufig auch spontan, ohne jede Therapie. Und aufgrund der Tatsache, dass Sie schon häufiger kurze Sehstörungen hatten, gehe ich fast davon aus, dass es auch diesmal eine Spontanheilung geben könnte.«

»Aber wäre es nicht gefährlich, darauf zu warten?«

»Ich möchte Ihnen eine Frage stellen, Frau Tiedtke. Stehen Sie unter starkem Stress?«

»Wieso? Das hier ist doch eine rein organische Angelegenheit.«

»Nein. Ihre Sehprobleme lassen sich organisch nicht ausreichend erklären. Die Forschung geht davon aus, dass es bei der Retinopathia centralis serosa einen Zusammenhang mit starkem Stress gibt.«

»Das kann ich mir nicht vorstellen.«

»Bei Stress steigen Faktoren wie die Hormone Cortisol und Adrenalin an, außerdem erhöht sich der Blutdruck. Dies hat zur Folge, so wird vermutet, dass sich Flüssigkeit aus den Blutgefäßen der Aderhaut unter der Netzhaut ansammelt und sie dadurch abhebt. Sinkt der Stress, verschwindet die Flüssigkeit wieder, und die Netzhaut kann sich senken.«

»Und das klappt, ohne dass man Medikamente einnehmen muss?«

»Ja. Eine Laserbehandlung ist im Übrigen auch keine Garantie dafür, dass die Netzhaut sich nicht wieder abheben könnte. Wenn der Stresslevel unverändert hoch bleibt, entwickelt der Patient auch wieder dieselben Symptome.«

Mir treten plötzlich Tränen in die Augen.

»Ist Ihr Leben durch irgendetwas aus der Balance geraten?«

Ich nicke stumm.

33.

AUF DEM NACHHAUSEWEG HALTE ich die Augen geschlossen. Peter macht verschiedene Ansätze, um mir zu sagen, wie ich mich entspannen könnte, um Stress abzubauen. Autogenes Training, Yoga, Meditation, Atemübungen, Massagen. Ich will das alles nicht hören, weil ich weiß, dass es mir nicht weiterhilft. Im Gegenteil, ich habe das Gefühl, je länger er redet, umso mehr verkrampfe ich mich. Aber es hat keinen Sinn, wieder mit ihm zu streiten, also schweige ich.

»Miriam, ich meine es nur gut«, sagt er etwas ermattet, als er in unserer Straße einparkt.

»Ja, und du willst natürlich auch, dass ich wie gewohnt funktioniere«, bricht es aus mir heraus.

»Das ist ungerecht.«

»Nein, ist es nicht. Wie sollen wir unseren Alltag bewältigen, wenn ich nicht richtig sehen kann?«

Es ertönt ein tiefer Seufzer. »Was stellst du dir denn vor, wie es jetzt weitergehen soll?«

»Ich lege mich erst mal hin und versuche, noch etwas zu schlafen. Heute Nacht bin ich dazu kaum gekommen.«

»Und wie machen wir es mit Lillis Besuch? Marie wäre sehr enttäuscht, wenn wir den absagen.«

»Das ist auch nicht nötig. Du besorgst Schokomuffins. Das hast du ihr doch versprochen.«

»Ja, aber dann habe ich Unterricht. Und danach muss ich unbedingt ein paar Stunden in Ruhe arbeiten. Ich habe zwei Klausuren zu korrigieren, und zwar bis Montag.«

»Die beiden Mädchen werden sich schon beschäftigen können.«

»Und Paul?«

»Kann der sich nicht mit Lukas verabreden?«

»Lukas ist krank, hat Paul heute Morgen gesagt.«

»Dann spielt er halt mit Marie und Lilli zusammen.«

»Das wird Marie überhaupt nicht gefallen. Jetzt kommt endlich mal ein Mädchen zu Besuch, mit dem sie sich angefreundet hat. Und dann hat sie ihren kleinen Bruder an der Backe.«

»Meine Güte, nun übertreib mal nicht. Ich habe wirklich andere Probleme.«

»Und ich versuche zu verhindern, dass es heute Nachmittag Schwierigkeiten gibt. Du weißt, wie empfindlich Marie ist.«

»Dann muss sie eben mal lernen, dass nicht immer alles so läuft, wie sie es sich wünscht.«

»Aber das hat sie ja längst gelernt. Jahrelang ist es ihr nicht gelungen, eine Freundin zu finden, und ausgerechnet heute …«

»Merkst du nicht, wie absurd diese Diskussion ist?«, unterbreche ich ihn. »Du machst dir Sorgen darum, dass Maries Spielnachmittag misslingen könnte. Und ich habe mit einer ernsten Sehstörung zu kämpfen. Das steht doch in keinem Verhältnis.«

»Vielleicht schlägst du Paul vor, dass er bei dir im Zimmer was malt oder ein Puzzle macht«, antwortet Peter betont ruhig.

Ich muss mich beherrschen, ihn nicht anzuschreien, ob das alles sei, was er dazu zu sagen hätte.

»Jetzt bringe ich dich nach oben. Und dann hole ich die Kinder von der Schule ab.«

Im Treppenhaus stolpere ich, und wenn Peter mich nicht aufgefangen hätte, wäre ich gestürzt. Ich könnte heulen vor Wut.

»Komm, Miriam.«

»Es ist nicht zum Aushalten.«

Er nimmt mich in die Arme. »Du brauchst Geduld. Irgendwann wird es wieder besser.«

Peter hilft mir auch, ins Hochbett zu klettern. Und als ich ihm danke und ihm sage, dass ich mir Mühe geben würde, nicht mehr so schlecht gelaunt zu sein, antwortet er, dass er eine Situation wie die meine noch viel schlechter ertragen würde.

Der Nachmittag wird ein voller Erfolg. Lilli ist begeistert, dass Marie einen kleinen Bruder hat, und Paul kann es kaum fassen, dass er mitspielen darf. Zu dritt toben sie durch die Wohnung, zwischendurch büxt Fridolin aus, aber Lilli hat Übung darin, einen Hamster wieder einzufangen.

Ab und zu kommen alle drei zu mir hereingerannt, um zu fragen, wie es meinen Augen geht.

»Am besten lasse ich sie zu«, antworte ich. »Habt ihr denn schon eure Schokomuffins gegessen?«

»Oh, die habe ich ganz vergessen«, ruft Marie. »Lilli, magst du Schokomuffins?«

»Und wie!«

»Papa hat in der Küche alles vorbereitet. Die Apfelschorle ist im Kühlschrank.«

»Möchten Sie auch eine?«, fragt Lilli.

»Ja, gern.«

Um sechs wird sie von ihrer Mutter abgeholt. Ich kann ihr Gesicht nicht erkennen, aber sie hat die gleichen Locken wie ihre Tochter.

»Ich wusste nicht, dass Sie krank sind. Hoffentlich war das nicht zu anstrengend für Sie.«

»Nein. Die Kinder haben mich wunderbar abgelenkt.«

»Gute Besserung«, wünscht Lilli mir zum Abschied.

»Danke. Komm bald wieder.«

»Mach ich.«

Ich lehne mich zurück und spüre, wie mich eine große Müdigkeit überkommt. Das Letzte, was ich höre, bevor ich einschlafe, ist Maries Ausruf, dass dies der schönste Nachmittag in ihrem Leben gewesen sei.

Wenn ich geglaubt habe, dass eine gute Nacht meine Augen kurieren würde, habe ich mich getäuscht. Beim Aufwachen am nächsten Morgen wirkt alles noch verzerrter.

Als Zofia anruft, bin ich so überrascht, dass ich nicht weiß, was ich sagen soll.

»Wir hatten doch vereinbart, dass wir heute Vormittag telefonieren, um zu besprechen, wo wir uns nachher treffen wollen.«

»Stimmt. Das hatte ich ganz vergessen. Daraus wird leider nichts.«

»Wieso denn nicht?«

»Ich habe Probleme mit meinen Augen, kann kaum was sehen.«

»Warst du beim Augenarzt?«

»Ja. Gestern Morgen.«

»Und was hast du? Eine Bindehautentzündung?«

»Hm. Irgendwas in der Art.«

»Ach, wie blöd. Das ist ziemlich ansteckend. Dann müssen wir unser Treffen erst mal verschieben.«

»Ich melde mich, wenn's mir wieder besser geht«, antworte ich erleichtert.

»Alles Gute.«

Kaum habe ich aufgelegt, spüre ich mein schlechtes Gewissen, obwohl eine Lüge mehr oder weniger nun auch keinen Unterschied mehr machen sollte.

Freitag und Samstag vergehen, ohne dass sich am Zustand meiner Augen etwas verändert. Die Kinder scheinen sich beinahe daran gewöhnt zu haben, dass ich ständig im Bett liege oder auf dem Sofa sitze. Sie bringen mir etwas zu essen und zu trinken, Peter hilft mir beim Duschen und Anziehen, und regelmäßig fragen mich alle drei, ob ich Radio hören möchte, weil das doch so schön ablenke.

Auf meinen Vorschlag hin sind sie heute Morgen zu Peters Schwester gefahren, um zusammen mit ihrer Familie einen Ausflug in den Sachsenwald zu unternehmen.

Jetzt liege ich auf meiner Matte und versuche, Entspannungsübungen zu machen. Doch meine Gedanken schweifen immer wieder ab. Wie lange dauert die Sehstörung schon an? Mehr als dreieinhalb Tage. Ich zähle die Stunden, es sind über neunzig. Noch nie war ich so auf mich selbst zurückgeworfen. Wie soll ich mich entspannen, wenn ich genau weiß, dass meine üblichen Übungen mir nicht helfen werden, den Stresslevel zu senken?

Ich muss mich mit der Verstrickung beschäftigen, in der ich feststecke.

Mit dem Foto von Opa.

Mit meinem Schweigen gegenüber Zofia.

Mit dem alles ausfüllenden Gefühl der Scham.

34.

Ich bin auf der Matte eingeschlafen. Als es klingelt, dauert es eine Weile, bis ich das Telefon gefunden habe.

»Hallo?«

»Hier ist Peter. Habe ich dich geweckt?«

»Ja.«

»Tut mir leid. Wir wollten nur mal eben hören, ob sich bei dir irgendwas verändert hat.«

»Nein.« Ich wünschte, meine Stimme würde nicht so hart klingen.

»Sonja meint, dass du dich in der Uni-Augenklinik untersuchen lassen solltest.«

»Aber der Arzt hat doch alles geprüft.«

»Wir denken, dass sie dort noch andere Möglichkeiten haben.«

»Ich fand seine Diagnose ziemlich einleuchtend. Meine Sehprobleme lassen sich organisch nicht ausreichend erklären. Wahrscheinlich hat er recht, und das Ganze hängt mit Stress zusammen.«

»Hast du heute schon deine Entspannungsübungen gemacht?«

»Ja, das bringt nichts.« Peters Fragen gehen mir auf die Nerven, und gleichzeitig weiß ich, wie ungerecht es ist, meine Wut an ihm auszulassen. Ich kann mich selbst nicht leiden in diesem Moment.

»Vielleicht solltest du mal autogenes Training ausprobieren. Sonja kennt da jemanden, der …«

»Musst du unbedingt alles haarklein mit deiner Schwester bereden?«, platzt es aus mir heraus.

»Nun reg dich doch nicht so auf. Sie wollte natürlich wissen, warum du nicht mitgekommen bist. Außerdem hat sie als Ärztin viel Erfahrung.«

»Sonja ist Kinderärztin. Was weiß sie von der Augenheilkunde?«

Ein langes Seufzen am anderen Ende. »Miriam, wir machen uns Sorgen um dich.«

»Das wird schon werden.«

Schweigen. Peter glaubt vermutlich genauso wenig daran wie ich.

»Jetzt ist hier Marie, die dir Hallo sagen will.«

»Okay. Bis nachher.«

»Mama?«

»Hallo, mein Schatz.«

»Kannst du wieder gucken?«

»Leider noch nicht.«

»Emilia hat mich gefragt, ob du blind wirst.«

Ich schlucke. »Nein. Ich muss mich nur etwas ausruhen und die Augen schonen.«

»Ich habe eine Idee, was wir machen können, wenn's nicht besser wird.«

»Da bin ich gespannt.«

»Wir kaufen dir einen Blindenhund.«

Vor Schreck fällt mir fast der Hörer aus der Hand.

»Der Vermieter kann bestimmt nichts dagegen sagen, wenn du doch blind bist.«

»Ach, Marie.« Ich verspüre einen Stich. Will sie, dass ich erblinde, bloß damit ein Hund angeschafft wird? Nein, natürlich will sie das nicht. Wie kann ich nur so etwas denken.

Aus dem Hintergrund höre ich Paul rufen, dass er jetzt dran sei.

»Lass das Drängeln«, schimpft Marie. »Tschüs, Mama. Ich hab dich lieb.«

»Ich dich auch.«

»Hier ist Paul.«

»Hallo.«

»Mama, können diese Golden ... Golden ... auch Blindenhunde sein?«

»Ich weiß es nicht.«

»Ich habe vorhin die Augen zugemacht, und Cora hat mich geführt. Ich bin nirgendwo angestoßen.«

»Aha.«

»Gleich wollen wir Kuchen essen.«

»Wo seid ihr überhaupt?«

»In einem Café im Wald. Tschüs, Mama.«

»Tschüs, mein Kleiner.«

Während ich die Ladestation für das Telefon suche, überkommt mich plötzlich ein Gefühl der Verlassenheit. Warum habe ich mich in diese Situation gebracht?

Peter fand es nicht richtig, mich den ganzen Tag allein zu lassen.

»Sonja hat angeboten, die Kinder abzuholen«, sagte er beim Frühstück. »Wie sieht's aus, ihr zwei? Würdet ihr auch ohne mich fahren?«

»Wenn Cora mitkommt«, antwortete Paul, ohne zu zögern.

»Na, klar.«

»Okay«, murmelte Marie.

»Du hattest dich doch auf den Ausflug gefreut«, wandte ich ein.

»Keiner von uns muss heute unbedingt in den Sachsenwald. Wir könnten auch zu viert zu Sonja und Daniel fahren. Die Kinder spielen mit Cora. Und später essen wir was zusammen.«

»Das fände ich noch besser!«, rief Marie. »Dann wäre Mama mit dabei.«

»Wir passen im Treppenhaus auch gut auf dich auf, damit du nicht hinfällst«, versprach Paul.

»Ich kann nicht!«, schrie ich. »Kapiert das doch endlich!«
Es war natürlich eine völlig überzogene Reaktion.

Die Kinder fingen an zu weinen, ich stolperte aus dem Zimmer und hörte gerade noch, wie Peter versuchte, die beiden damit zu trösten, dass für mich im Moment gerade alles sehr schwierig sei.

Bevor sie aufbrachen, schmierte er Brote für mich und füllte mehrere Plastikbecher mit Wasser.

»Dann geht nichts kaputt, wenn du danebengreifst«, meinte Marie.

»Danke. Es tut mir leid, dass ich euch angeschrien habe.«
»Ist nicht so schlimm«, murmelte sie.
»Doch«, fand Paul.
Und er hat recht.

Es ist fast sechs, als die drei nach Hause kommen. Sie drücken und küssen mich und scheinen den Vorfall von heute Morgen vergessen zu haben.

Beim Abendbrot dreht sich das Gespräch fast ausschließlich um Cora. Mir wird berichtet, dass sie noch mehr gewachsen sei und ein ganz weiches Fell habe und schneller laufen könne als Marie. Zum Glück erwähnen die Kinder das Thema Blindenhund nicht mehr. Vielleicht hat Peter ihnen gesagt, dass es mich beunruhigen würde.

Um acht liegen die beiden im Bett. Am liebsten würde ich mich jetzt auch hinlegen, aber Peter hat sich den Abend anders vorgestellt.

»Wir müssen miteinander reden.«
»Worüber? Es gibt nichts Neues.«
»Ich würde dir gern beschreiben, wie ich die Lage sehe.«
»Ist das deine Sicht oder die deiner Schwester?«

»Du musst nicht gleich so aggressiv werden.«

»Ich mag Sonja, das weißt du. Aber ich will nicht, dass du mit ihr meine gesundheitlichen Probleme diskutierst.«

Peter seufzt.

»Hast du ihr etwa auch von dem Foto erzählt?«

»Nein.«

»Das hätte ich dir auch nicht verziehen.«

»Miriam, merkst du nicht, dass du dich innerlich immer mehr verbarrikadierst?«

»Deine Vorwürfe haben mir gerade noch gefehlt.«

»So kann es nicht weitergehen. Denk nur an heute Morgen, dein Verhalten den Kindern gegenüber.«

»Ich habe mich dafür entschuldigt.«

»Aber sie spüren, dass du jeden Augenblick wieder explodieren könntest. Vor dem Einschlafen fragte mich Marie, wann du endlich wieder gesund seist. Sie hätte Angst, wenn du sie so anschreien würdest.«

»Und was soll ich nun deiner Meinung nach tun?«

»Mit Zofia reden.«

»Das kann ich nicht.«

»Ich glaube, es ist der einzige Weg.«

»Hör auf!«

»Jetzt schreist du schon wieder.«

Ich will nach dem Glas greifen, das vor mir auf dem Tisch steht. Doch Peters Hand hindert mich daran.

»Lass mich los!«

»Wolltest du wirklich das Glas nach mir werfen?«

Ich springe auf, will in den Flur laufen und falle beinahe über ein Spielzeugauto. »Verdammt noch mal!«

»Blind vor Wut trifft es am besten«, ruft er mir nach.

Ich schlage die Tür hinter mir zu.

35.

Es ist fast halb zwei, als Peter ins Bett kommt. »Miriam?«, fragt er leise.

Ich rühre mich nicht. Kurz darauf höre ich seine gleichmäßigen Atemzüge. Nichts, auch kein noch so heftiger Streit, kann ihm seinen Schlaf rauben. Ich muss mich beherrschen, ihn nicht wachzurütteln.

Am nächsten Morgen besprechen wir nur das Nötigste. Peter wird die Kinder zur Schule bringen. Abholen kann er sie nicht, weil er bis halb drei unterrichtet und danach noch eine Konferenz hat.

»Paul hat schon um zehn vor elf Schluss«, murmele ich.

»Ruf Lukas' Eltern an. Vielleicht darf er nach der Schule mit zu ihm.«

»Ist Lukas denn wieder gesund?«

»Keine Ahnung.«

»Und Marie?«

»Versuch's bei Lillis Mutter.«

»Aber Lilli geht doch auf eine ganz andere Schule.«

»Miriam, ich weiß auch nicht, was wir machen sollen.«

»Es wird Zeit, dass die Kinder ihren Schulweg allein schaffen, zumindest Marie.«

»Willst du ihr das in der momentanen Situation zumuten?«

»Mit acht war ich längst in der Lage, über eine vierspurige Straße zu gehen.«

»Damals gab's weniger Verkehr.«

»Das glaube ich nicht.«

»Ich wecke jetzt die Kinder. Wir sind schon spät dran. Reiß dich bitte beim Frühstück zusammen.«

»Ich frühstücke nicht mit euch.«

»Auch gut.«

Ein paar Minuten später höre ich ihre Stimmen im Flur.

»Wo ist Mama?«, fragt Marie.

»Die schläft noch.«

»Kann sie wieder gucken?«

»Nein.«

»Wann wird es denn besser?«

»Hoffentlich bald.«

»Darf ich ihr Hallo sagen?«

»Stör sie lieber nicht.«

»Ich hätte so gern einen Hund«, ruft Paul.

»Und ich hätte gern, dass ihr euch ganz schnell anzieht und euer Müsli esst. In einer halben Stunde müssen wir los.«

Es fällt mir schwer, liegen zu bleiben. Die Kinder sind noch nie morgens zur Schule gegangen, ohne dass ich mich von ihnen verabschiedet hätte. Aber heute traue ich mir nicht einmal zu, ihnen in normalem Ton einen schönen Tag zu wünschen.

Als die Tür ins Schloss fällt, klettere ich langsam vom Hochbett herunter und taste mich in die Küche vor. Immerhin hat Peter Kaffee für mich mitgekocht. Auf Müsli habe ich keinen Appetit. In der Brottrommel finde ich nur einen harten Knust. Ob Peter daran denkt, Brot mitzubringen? Wir brauchen auch Milch, Joghurt, Käse, Tomaten und jede Menge Obst. Normalerweise wäre ich heute mit Einkaufen dran gewesen.

Ich esse zwei Scheiben Knäckebrot mit Marmelade und erledige die Anrufe. Wir haben Glück. Lukas ist wieder gesund. Paul wird bei ihm mittagessen, und nachmittags werden die beiden Jungs Fußball spielen.

Lillis Mutter bietet sofort an, Marie abzuholen, als ich ihr unser Dilemma schildere.

»Wird Ihnen das nicht zu viel?«

»Nein. Ich habe heute meinen freien Tag. Marie kann auch gern bei uns essen. Wird sie nachher zur Flötengruppe gehen?«

»Ach, den Termin haben wir völlig vergessen.«

»Wir könnten am Nachmittag kurz bei Ihnen vorbeifahren, Marie holt ihre Flöte, und anschließend bringe ich die Mädchen zum Unterricht.«

»Das ist sehr nett von Ihnen.«

»Lilli wird sich freuen. Sie hat neulich den Nachmittag mit Marie sehr genossen.«

»Das ging Marie genauso.«

»Gibt es etwas anderes, was ich für Sie tun kann?«

Ich habe auf einmal einen Kloß im Hals.

»So eine Sehstörung ist psychisch bestimmt ungeheuer belastend.«

Ist es das Mitgefühl dieser Frau, die ich kaum kenne, das mir die Tränen in die Augen treibt?

»Frau Tiedtke, sind Sie noch da?«

»Ja?«

»Manchmal hilft es, sich einfach fallen zu lassen.«

»Das ist nicht so leicht … mit den beiden Kindern … Und dann habe ich beruflich großen Druck.«

»Sind Sie nicht krankgeschrieben?«

»Ich bin als literarische Übersetzerin selbstständig. Wenn ich früher mal krank war, habe ich trotzdem weiterarbeiten können. Aber jetzt … Ich kann kein einziges Wort lesen.«

»Gibt es eine Hörbuchversion des Buches?«

»Nein.«

»Vielleicht könnte Ihr Mann den Text für Sie aufnehmen.«

»Er spricht kein Französisch.«

»Ich leider auch nicht, sonst würde ich Ihnen gern helfen. Wenn Sie wollen, kann ich mich mal umhören, ob ich jemanden finde, dessen Muttersprache Französisch ist. Ich lehre an der Hochschule für Musik und Theater, und wir haben einige Studenten aus Frankreich.«

»Ich glaube, im Moment wäre ich gar nicht in der Lage, mich auf die Arbeit zu konzentrieren.«

»Versuchen Sie, zuversichtlich zu bleiben. Es wird schon irgendwann wieder besser werden.«

»Hm.«

»Ich melde mich, wenn ich Marie abgeholt habe.«

»Vielen Dank. Ich werde gleich in der Schule Bescheid sagen.«

»Bis nachher.«

Ich wünschte, ich könnte weiter mit Lillis Mutter telefonieren. Ihre ruhige, pragmatische Art hat etwas Tröstliches.

Ich rufe in der Schule an und bitte die Sekretärin, Marie und Paul auszurichten, wie unsere Planung für den Nachmittag aussieht.

Auf Peters Voicemail hinterlasse ich eine kurze Nachricht und bitte ihn, dass er Marie von der Flötengruppe und Paul bei Lukas abholen soll. Zumindest für heute ist alles geregelt. Er kann mir nicht vorwerfen, dass ich mich nicht um das Wohl der Kinder kümmere.

Jetzt könnte ich mich auf die Matte legen und meine Entspannungsübungen machen. Oder noch etwas schlafen. Oder Radio hören.

War das ein SMS-Ton? Ist Lillis Mutter doch etwas dazwischengekommen? Wo habe ich mein Smartphone hingelegt? Ich gehe langsam in die Küche, streiche mit den Händen über den

Tisch, die Arbeitsplatte, die Waschmaschine. Nichts. Wann habe ich es zuletzt benutzt? Ich erinnere mich nicht.

Im Wohnzimmer herrscht Chaos. Warum haben die Kinder ihre Spielsachen nicht weggeräumt?

Mühsam bahne ich mir einen Weg zurück in den Flur. Ich könnte mich selbst vom Festnetz aus anrufen. Wieso habe ich nicht gleich daran gedacht? Kaum habe ich meine Nummer eingegeben, als es aus meinem Anorak klingelt. Natürlich. Den hatte ich an, als wir vor drei Tagen beim Augenarzt waren. Ich kann die SMS nicht entziffern, aber an dem Kürzel Z erkenne ich, dass sie von Zofia ist. Wahrscheinlich will sie wissen, wie es mir geht und wann wir unser Treffen nachholen können.

Ich schaffe es nicht, sie anzurufen.

Seit Stunden liege ich auf dem Sofa und versuche, an etwas Schönes zu denken. Eine Flusslandschaft, ein Gebirge, einen Strand. Aber vor diese inneren Bilder schiebt sich immer wieder das Foto von Opa.

Ich versuche, mich abzulenken und mich auf die Geräusche im Haus zu konzentrieren. Irgendwo werden Löcher in die Wand gebohrt, im Treppenhaus streiten sich zwei Kinder, und in der Wohnung unter uns hört die alte Frau Becker mal wieder *Nabucco*.

Wie spät ist es? Meine Uhr habe ich verlegt, ich könnte sie sowieso nicht lesen. Vielleicht sollte ich das Radio anstellen, aber dafür müsste ich aufstehen, und die Kraft habe ich nicht.

Was hat Peter gestern Abend gesagt? Merkst du nicht, dass du dich innerlich immer mehr verbarrikadierst? Damit unterstellt er mir, dass ich mich mit Absicht so verhalte. Vielleicht ist das der Grund, warum ich so wütend geworden bin. Er hat noch nie eine Sehstörung gehabt. Sonst wüsste er, wie ausgeliefert ich mich fühle. Ich bin in mir selbst eingesperrt.

Als Zofia mich anruft, denke ich im ersten Moment, dass sie mit mir eine neue Verabredung treffen will. Aber dann höre ich an ihrer Stimme, dass es um etwas ganz anderes geht.

»Ich bin erschüttert.«

»Was ist denn los?«

»Peter hat sich eben bei mir gemeldet, weil er völlig verzweifelt ist.«

Mir stockt der Atem.

»Er hat mir alles erzählt.«

Wie kann er es wagen, gegen meinen Willen mit Zofia zu sprechen?

»Ich habe es erst nicht glauben können, dass dein Opa einer dieser SS-Männer in Płaszów gewesen sein soll. Er war so ein herzensguter Mensch.«

Ich bin wie erstarrt.

»Peter meint, du hättest mir nichts davon gesagt, weil du dich so schämst. Aber wir hätten doch über alles reden können.«

Ich bringe kein Wort heraus und lege auf.

Kurz darauf klingelt es an unserer Wohnungstür. Steht Zofia jetzt im Treppenhaus und will mich zur Rede stellen? Ich werde ihr nicht öffnen.

»Mama, wir sind's!«, höre ich Marie in dem Moment rufen.

Erst da fällt mir wieder ein, was Lillis Mutter heute Morgen vorgeschlagen hat. Sie wollen Maries Flöte holen. Ich mache ihnen auf und versuche, mir von meiner Bestürzung nichts anmerken zu lassen.

Marie drückt mich. »Kannst du immer noch nicht gucken?«

Ich schüttele den Kopf.

»Es tut mir so leid«, sagt Lillis Mutter und legt mir ihre Hand auf den Arm. »Legen Sie sich am besten schnell wieder hin.«

»Holt Papa mich ab?«

»Ja, so habe ich's mit ihm verabredet.«
»Gute Besserung«, ruft Lilli zum Abschied.
»Danke.«
In etwa zwei Stunden wird Peter mit den Kindern zurückkommen. Bis dahin habe ich Zeit, um mir zu überlegen, wie ich ihm begegnen will. Wenn ich die Beherrschung verliere, wird alles nur noch schlimmer. Oder kann es gar nicht schlimmer werden? Er hat mich verraten. Das hätte ich ihm niemals zugetraut.

Ich höre Peters Stimme und stürze in den Flur. All meine guten Vorsätze sind vergessen. Ich schreie, was ihm einfalle, mich so zu hintergehen. Er versucht, mich zu besänftigen, und als er merkt, dass ihm das nicht gelingt, fährt er mich an, dass es unverantwortlich sei, wie ich mich in Gegenwart der Kinder verhalte. Die beiden beginnen zu weinen, während ich nicht aufhören kann, auf Peter einzuschreien.

Schließlich schiebt er mich ins Wohnzimmer und schließt die Tür ab. Ich schlage mit den Fäusten dagegen und brülle, ob er verrückt geworden sei. Er habe kein Recht, mich einzusperren. Ich würde mir niemals von ihm den Mund verbieten lassen.

Er antwortet mir nicht. Irgendwann sinke ich erschöpft in mich zusammen.

Ich kann hell und dunkel nicht mehr unterscheiden.
Ich sehe nichts als eine graue, wabernde Masse.
Ich bin blind.

36.

»Entschuldige«, flüstert Peter mir ins Ohr. »Ich wusste eben keinen anderen Ausweg.«

»Lass mich!«

»Miriam, bitte.«

»Ich will nicht mit dir reden.«

»Die Kinder haben Angst bekommen, vor allem Marie.«

»Wie kannst du es wagen, hinter meinem Rücken mit Zofia zu sprechen?«

»Ich habe es gut gemeint.«

»Das sagst du immer.«

»Wenn Stress zu deiner Sehstörung geführt hat, dann doch vermutlich deshalb, weil es etwas gibt, das so schlimm ist, dass du es nicht sehen willst.«

»Spiel dich hier nicht als Psychologe auf.«

»Dieses Schlimme hat bestimmt damit zu tun, dass du dich in deinen Grundfesten infrage stellst. Sonst würdest du dich nicht so bedroht fühlen.«

»Muss ich mich wiederholen?«

»Ich bin sicher, dass ein Gespräch mit Zofia dir helfen würde!«

»Und ich bin sicher, dass ich von deinen Theorien nichts wissen will.«

»Du meidest sie, weil du dich schämst. Und jetzt hast du sie sogar angelogen, als du ihr erzählt hast, du hättest eine Bindehautentzündung.«

»Papa?«

»Marie, bleib noch einen Moment in eurem Zimmer.«
»Warum hat Mama Tante Zofia angelogen?«
»Ach, sie war verzweifelt.«
»Ja, das war ich!«, stoße ich hervor und erschrecke über mich selbst. Beinahe hätte ich geschrien, dass das nichts sei im Vergleich zu dem, was ihr Vater getan hätte, dieser Verräter.

»Tut mir leid, mein Schatz«, sage ich und will Marie in die Arme schließen. Doch sie schiebt mich weg und läuft aus dem Zimmer.

Peter folgt ihr, und ich höre ihn im Flur sagen: »Mama ist krank. Deshalb wird sie so schnell wütend.«

»Aber da können wir doch nichts für.«
»Natürlich nicht.«
Ich schlage die Hände vors Gesicht.
Peter macht leise die Tür hinter sich zu. Diesmal schließt er sie nicht ab.

Es ist der Hunger, der mich mitten in der Nacht weckt. Wieso liege ich im Wohnzimmer auf dem Sofa?

Dann erinnere ich mich an alles, und sofort packt mich mein schlechtes Gewissen. Wie habe ich den Kindern das antun können?

Ich stehe auf, taste mich vor bis zur Tür und knipse den Lichtschalter an. Die wabernde Masse vor meinen Augen wird nur unwesentlich heller. Langsam gehe ich in den Flur. An der halb geöffneten Kinderzimmertür bleibe ich stehen und lausche. Marie und Paul schlafen tief und fest. Hoffentlich haben sie keine Albträume.

Noch nie zuvor bin ich so außer mir geraten. Ja, Peter hätte nicht, ohne mich zu fragen, mit Zofia sprechen dürfen. Aber wenn er mich gefragt hätte, hätte ich es ihm verboten. Das wusste er genau. Um sich aus dieser Zwickmühle zu befreien, hat er es riskiert, mich gegen sich aufzubringen. Warum spüre ich die Wut von gestern Abend nicht mehr? Weil ich anfange zu begreifen, dass er das Richtige getan hat? Erleichtert es mich sogar, dass Zofia jetzt Bescheid weiß?

Auf dem Weg zur Küche rutsche ich beinahe auf etwas Weichem aus. Bin ich auf Fridolin getreten? Ich bücke mich und finde eine kleine Socke. Mich befällt tiefe Traurigkeit. Noch nie habe ich mich so ausgeschlossen gefühlt, von meiner Familie, vom Zusammensein mit Zofia, vom Leben überhaupt.

Erschöpft lehne ich mich an die Wand. Ich habe keinen Hunger mehr. Doch bevor ich in Selbstmitleid versinke, sollte ich etwas essen. Es hat keinen Zweck, dass ich versuche, mir eine Scheibe Brot abzuschneiden. Dabei kann ich mich höchstens verletzen. Im Küchenschrank liegt eine Packung Butterkekse. Ich setze mich an den Tisch und stopfe einen Keks nach dem anderen in mich hinein.

Eine Wasserflasche kann ich nirgendwo entdecken. Ich trinke das Wasser direkt aus dem Hahn.

Als ich wieder auf dem Sofa liege, wünschte ich, dass Peter und die Kinder wach geworden wären. Dann hätte ich mich mit ihnen versöhnen können.

Ich laufe durch dichten Nebel, kann nicht einmal die Hand vor den Augen sehen. Immer wieder stolpere ich auf dem steinigen Weg. Ab und zu dringen gedämpfte Stimmen an mein Ohr. Ich muss mich beeilen, sonst verpasse ich den Zug. Hat da jemand gerufen? Ich renne und stürze und kann nicht wieder aufstehen. Türen werden zugeschlagen, eine Trillerpfeife ertönt, der Zug fährt ab. »Nein!«, schreie ich und schwenke die Arme, als ob das etwas nützen würde.

Ich bin heiser, als ich hochschrecke. In der Wohnung ist es still.

»Peter?«

Keine Antwort. Ich schalte das Radio ein. Auf die Musik folgen die Neun-Uhr-Nachrichten. Die drei sind natürlich längst weg.

37.

Dienstags unterrichtet Peter nur vier Stunden. Vielleicht kauft er danach ein, bevor er die Kinder abholt. Spätestens um eins müssten sie wieder hier sein.

Ich warte vergebens. Ist er mit ihnen Pizzaessen gegangen, als Trostpflaster für den gestrigen Abend und weil sie mich noch etwas meiden wollen? Aber dann hätte er mir wenigstens Bescheid sagen können.

Um kurz nach halb drei klingelt das Telefon. »Hallo?«
»Ich bin's. Marie ist verschwunden!«
»Was???« Mir wird schwindelig.
»Ihre Lehrerin sagt, dass sie den ganzen Vormittag in der Schule war. Sie wirkte bedrückt, wollte aber nicht darüber reden.«
Ich schlucke.
»Wir haben überall nach ihr gesucht, im gesamten Gebäude, auf dem Schulhof, in den umliegenden Straßen und im Park.«
»Peter, ich mache mir solche Vorwürfe.«
»Das hilft jetzt auch nicht weiter. Ich habe eben bei der Polizei eine Vermisstenanzeige aufgegeben.«
»Was haben sie gesagt?«
»Dass die meisten Kinder innerhalb weniger Stunden wiederauftauchen.«
»Warum hast du dich nicht eher gemeldet? Marie hätte ja auch hier sein können.«
»Das glaubst du doch selber nicht, nach dem, was gestern passiert ist.«
Einen Moment lang schweigen wir beide.

Meine Gedanken überschlagen sich. »Vielleicht ist sie zu Lilli gegangen.«

»Aber sie würde den Weg zu ihr nach Eimsbüttel niemals allein finden.«

»Als Lillis Mutter sie gestern von der Schule abgeholt hat, könnte sie sich die Strecke gemerkt haben. Sie hat ein gutes Ortsgedächtnis.«

»Da sind sie mit dem Auto gefahren.«

»Na und?«

»Das geht viel zu schnell. Und Marie kennt die Gegend überhaupt nicht.«

»Trotzdem werde ich Lillis Mutter anrufen.«

Peter räuspert sich. »Kannst du heute wieder was sehen?«

»Nein.«

Im Hintergrund höre ich, wie Paul ruft, dass sie endlich weiter nach Marie suchen wollen.

»Er ist ziemlich verstört.«

»Bring ihn am besten nach Hause.«

»Das möchte er nicht.«

»Warum nicht?«

»Weil er seine Schwester finden will.«

Tränen steigen mir in die Augen. Wie konnte ich es so weit kommen lassen?

»Wir gehen jetzt ein letztes Mal in den Park.«

»Okay.«

Lillis Mutter ist sofort am Apparat. Sie klingt erstaunt, als sie meine Stimme hört. Und da weiß ich schon, dass Marie nicht bei ihnen ist.

»Es tut mir so leid, dass Sie nun auch noch die Sorge um Ihre Tochter haben. Rufen Sie mich an, wenn es irgendetwas gibt, was ich für Sie tun kann.«

»Danke.«

Wie gelähmt sitze ich da. Wir müssen Marie finden. Ich würde es mir nie verzeihen, wenn ihr etwas zustieße. Die Schuld läge bei mir, bei mir ganz allein. Mein Streit mit Peter hat sie so in Angst versetzt, dass sie sich hier nicht mehr gut aufgehoben fühlt.

Zofia, schießt es mir durch den Kopf. Könnte sie Zuflucht bei Zofia gefunden haben? Den Weg zu ihrer Wohnung kennt sie, aber sie ist ihn noch nie allein gegangen. Nein, Zofia hätte uns längst benachrichtigt. Sie würde sich niemals darauf einlassen, Marie bei sich zu verstecken. Ich sollte mit ihr sprechen, auch wenn es mir schwerfällt. Vielleicht weiß sie etwas von unserer Tochter, was wir nicht wissen. Marie hat immer großes Vertrauen zu ihr gehabt. Ich gebe mir einen Ruck und klicke ihre Nummer an.

»Tag, Miriam.« Zofias Stimme klingt so kühl, dass ich zusammenzucke.

»Warum hast du gestern einfach aufgelegt?«

»Ich … ich kann jetzt nicht darüber reden. Marie ist verschwunden!«

»Oh, mein Gott!«

»Bitte ruf Peter an und hilf ihm beim Suchen. Ich sehe nach wie vor nichts.«

»Habt ihr die Polizei informiert?«

»Ja.«

»Ich tue, was ich kann.«

»Danke.«

Hätte ich ihr sagen sollen, dass ich durchgedreht bin und Marie deshalb verschwunden ist?

Sie wird es früh genug erfahren.

38.

»Sechzehn Uhr. Es folgen die Nachrichten.« Ich stelle das Radio aus. Bald ist es dunkel. Zu allem Überfluss regnet es nun auch noch.

Peter hat sich zuletzt vor einer halben Stunde bei mir gemeldet, um mir mitzuteilen, dass Paul und er jetzt gemeinsam mit Zofia nach Marie suchen. Er klang weder panisch noch zuversichtlich. Ich begreife nicht, wie er es schafft, so sachlich zu bleiben. Aber natürlich ist es ein Glück, dass er sich fokussieren kann. Alles andere hilft ja nicht. Für mich ist die Vorstellung unerträglich, dass Marie irgendwo da draußen allein durch die Straßen läuft oder auf einer Parkbank sitzt oder sich in einen Hauseingang geflüchtet hat. Würde sie mit jemandem mitgehen, der ihr ansieht, wie verzweifelt sie ist, und der ihr anbietet, ihr zu helfen? Wie oft haben wir mit ihr darüber gesprochen, dass sie sich niemals auf die Angebote fremder Menschen einlassen dürfe. Sie hat uns immer ernst zugehört und geantwortet, wie wir darauf kämen, dass sie etwas so Blödes tun würde. Peter und ich waren uns irgendwann sicher, dass sie gegen solche Gefahren gefeit wäre. Es sei denn, jemand gebrauchte Gewalt ... Ich breche in Tränen aus. Das würde ich nicht überstehen.

Als das Telefon klingelt, bin ich auf alles gefasst. »Marie ist wohlauf, nur ziemlich nass und durchgefroren«, höre ich Peter sagen.

»Wirklich?« Vor Erleichterung fange ich wieder an zu weinen. »Ich habe solche Angst um sie gehabt!«

»Wir sind jetzt auf dem Weg nach Hause. Zofia fährt uns.«

»Wo habt ihr Marie gefunden?«

»Unter einer Trauerweide am Isebekkanal, etwa eine Viertelstunde von Zofias Wohnung entfernt.«

»Aha. Die Stelle kenne ich nicht.«

»Es war Zofias Idee, dort nach ihr zu suchen. Sie hat im Sommer manchmal mit Marie unter der Weide gepicknickt, und dabei hat sie ihr Geschichten erzählt. So ist der Ort zu ihrem geheimen Lieblingsplatz geworden.«

»Warum erzählst du ihr das?«, schreit Marie aus dem Hintergrund.

In meinem Innern zieht sich etwas zusammen.

»Wie gut, dass du Zofia angerufen hast«, fährt Peter fort. »Sonst hätte Marie womöglich am Kanal übernachtet. Das war ihr Plan.«

»Gib sie mir mal.«

»Sie möchte nicht mit dir sprechen.«

Ich schlucke. »Die beiden sollen wissen, wie leid es mir tut, dass ich gestern so durchgedreht bin.«

»Ich sag's ihnen.«

»Als ich begriffen habe, dass Zofia über alles Bescheid weiß, hatte ich das Gefühl, ich stehe mit dem Rücken an der Wand und kann nicht mehr ausweichen. Da ist etwas in mir explodiert. Was soll ich nur machen, damit die Kinder mir wieder vertrauen?«

»Das wird schon werden. Aber es braucht Zeit.«

Wie lange? Eine Woche, einen Monat, ein Jahr?

»In fünf Minuten sind wir bei dir. Vorher will ich noch die Polizei anrufen und Entwarnung geben.«

»Fahrt vorsichtig.«

Ich habe bis zum letzten Moment gehofft, dass die Kinder sich doch freuen würden, mich zu sehen. Aber als ich sie begrüßen will, stürmen sie an mir vorbei und verschwinden in ihrem Zimmer.

Peter nimmt mich in die Arme. »Lass sie. Ich kümmere mich um die beiden.«

»Marie geht am besten gleich in die Badewanne, damit sie sich nicht erkältet.«

»Ja. Und danach backe ich Apfelpfannkuchen für uns alle.«

»Meinst du, wir können zusammen essen?«

»Mal sehen.«

»Und was ist mit Zofia? Sucht sie noch nach einem Parkplatz?«

»Nein. Ich habe sie gefragt, ob sie mit nach oben kommen will, aber sie meinte, wir hätten heute bestimmt genug mit uns selbst zu tun.«

»Da hat sie allerdings recht.«

»Sie wird dich morgen anrufen. Leg dich erst mal wieder hin.«

In den nächsten Stunden lausche ich den Geräuschen in der Wohnung. Die Kinder klingen fast wie immer. Nur als es ums Pfannkuchenessen geht, brüllt Marie, dass sie mich nicht sehen wolle.

»Ich auch nicht«, stimmt Paul mit ein.

»Nun hört mir mal gut zu«, ertönt Peters ruhige Stimme. »Mama ist krank, und deshalb hat sie gestern Abend die Nerven verloren. Das war schrecklich für uns alle, ihr habt euch vor ihr gefürchtet, und Marie wollte sogar nicht mehr nach Hause kommen. Mama sagt, dass es ihr sehr leidtut, was passiert ist. Sie hat euch doch lieb und bittet euch um Verzeihung.«

»Habt ihr euch denn wieder vertragen?«, fragt Marie.

»Ja.«

»Aber Mama muss sich auch bei Tante Zofia entschuldigen. Sie hat sie angelogen, das finde ich schlimm. Ihr sagt immer, man darf nicht lügen.«

In meiner Kehle brennt es.

»Mama wird versuchen, alles wiedergutzumachen.«

Wenn ich nur wüsste, wie.

Nachdem Peter die Kinder ins Bett gebracht hat, setzt er sich zu mir und schenkt uns ein Glas Wein ein.

»Hätte ich nicht mit Zofia reden dürfen?«, fragt er nach einer Weile.

»Doch. Als ich heute Nacht wach gelegen habe, ist mir klar geworden, dass es richtig war, was du getan hast. Allein hätte ich das nicht geschafft.«

»Obwohl dein Leidensdruck so groß ist?«

»Ja. Ich hätte euch wecken und mich entschuldigen sollen. Dann wäre Marie nicht weggelaufen.«

»Quäl dich nicht mit solchen Gedanken.«

»Das tue ich aber. Stell dir vor, ihr wäre was zugestoßen!«

»Wir haben Glück gehabt.« Er streicht mir über die Stirn. »Was machen deine Augen?«

»Alles unverändert.«

»Vielleicht wird es besser, wenn du mit Zofia gesprochen hast.«

»Ich kann's mir kaum vorstellen.«

»Ich schon.«

Meistens hat Peter recht.

39.

A<small>LS ICH AM</small> M<small>ITTWOCHMORGEN</small> aufwache, sind Peter und die Kinder bereits in der Schule. Auf dem Weg ins Badezimmer laufe ich gegen die Garderobe und stoße mir den Kopf an einem der Haken. Ist meine Sehstörung noch schlimmer geworden? Gibt es womöglich doch eine organische Ursache, die der Augenarzt übersehen hat?

Die Frage lenkt mich nur ab; damit darf ich mich heute nicht beschäftigen.

Soll ich warten, bis Zofia sich meldet, oder rufe ich sie an?

Kurz darauf klingelt es an der Wohnungstür. Hat jemand unten die Haustür wieder nicht zugemacht?

»Wer ist da?«

»Zofia.«

Mein Herz klopft.

Kaum habe ich ihr geöffnet, da schließt sie mich in ihre Arme. Ich bin so überrascht, dass ich kein Wort herausbringe. Mit allem habe ich gerechnet, aber nicht damit, dass sie mir verzeiht, bevor ich mit ihr gesprochen habe.

»Hast du wirklich gedacht, dass unsere Freundschaft das nicht aushalten würde?«

»Ich konnte in letzter Zeit gar nicht mehr richtig denken, weil die Geschichte mich so belastet hat.«

Sie streicht mir übers Haar. »Nachdem Peter mich angerufen hatte, war mir sofort klar, warum du dich so seltsam verhalten hast.«

»Es tut mir so leid. Aber jetzt komm erst mal rein.«

Zofia kocht uns Kaffee und geleitet mich zum Sofa.

»Ich habe uns Quarkhörnchen mitgebracht.«

Bei dem Wort erstarre ich.

»Guck nicht so entsetzt. Die haben wir doch bei deinem Opa immer so gern gegessen.«

»Ja, aber ...«

»Ich weiß, ich weiß«, unterbricht sie mich. »Du findest das ganz unpassend, weil du heute mit mir über seine dunklen Seiten sprechen willst. Ich will dir damit nur zeigen, dass das, was mich an ihn erinnert, dadurch nicht gelöscht werden kann.«

»Es war alles Heuchelei.«

»Was zum Beispiel?«

»Als er seinen polnischen Nachbarn verteidigt hat.«

»Das hat mich damals sehr beeindruckt.«

»Er hat uns was vorgemacht, und wir haben ihm geglaubt. Es hat ihn wahrscheinlich beflügelt zu sehen, wie überzeugend er die Rolle eines linken Sozialdemokraten spielen konnte, der keinen Rassismus duldet.«

»Das ist ungerecht«, entgegnet Zofia und beißt in ihr Quarkhörnchen.

»Wieso?«

»Weil er sich nach dem Krieg geändert haben kann. Vielleicht hat er es tief bereut, dass er in diesem Unrechtsregime mitgemacht hat.«

»Aber dann hätte er zu seinen Taten stehen müssen und wäre bestraft worden.«

»Womöglich war er dazu zu feige. Oder er hat sich zu sehr geschämt.«

»Mein Großvater wirkte nicht wie jemand, der ein schlechtes Gewissen hatte.«

»Iss mal was, bevor du dich weiter ereiferst.«

»Nein, danke. Mir würde schon der erste Bissen im Hals stecken bleiben.«

»Nun übertreibst du aber.«

Ich lehne mich zurück und hole tief Luft. Niemals hätte ich es für möglich gehalten, dass Zofia auf diese Art mit der Situation umgehen könnte. Erleichtert es mich? Ich weiß es nicht.

»Verstehst du, worum es mir geht?«

»Ja, aber ich finde es nicht gut, dass du ihn entschuldigst.«

»Ich bin damit beschäftigt, das Bild, das ich von deinem Opa habe, neu zusammenzusetzen«, sagt Zofia ganz ruhig. »Das ist schwierig. Es sind viele Grautöne dazugekommen, aber die können nicht alles Helle überdecken. Ich habe deinen Opa geliebt.«

»Ich auch.«

»Und deshalb ist die Vorstellung so unerträglich, dass er meinen Opa ermordet haben könnte.«

»Ja.«

Wir versinken in Schweigen.

Nach einer Weile fragt Zofia mich, wie es meinen Augen gehe. Ich antworte ihr, dass ich nach wie vor nichts als eine graue, wabernde Masse sehe.

»Ich habe mich etwas belesen, wie es zu solchen Sehstörungen kommen kann. Psychische Belastungen können dazu führen, dass jemand es buchstäblich nicht ertragen kann, die Dinge so zu sehen, wie sie sind.«

»Und wie sind sie in meinem Fall?«

»Kompliziert. Es gibt ein Sowohl-als-auch. Du musst das Bild deines geliebten Opas mit dem des Kriegsverbrechers verbinden.«

»Das kann ich nicht. Mein Leben mit ihm basierte auf einer Lüge. Seitdem ich das Foto gefunden habe, versuche ich, alles, was ich an Positivem mit ihm verbinde, in mir abzutöten.«

»Aber dann gehst du dir selbst verloren, weil er dich so geprägt hat. Er war wie ein Vater für dich.«

»Ich schäme mich so.«

»Das würde mir genauso gehen.«

Ich vergrabe mein Gesicht in den Händen und fange an zu weinen. Irgendwann spüre ich, dass Zofia neben mir sitzt. Sie legt den Arm um meine Schulter und hält mich fest.

40.

Zofia bleibt bei mir, bis Peter mit den Kindern nach Hause kommt. Ich höre, wie sie im Flur mit Marie und Paul spricht und ihnen erklärt, dass zwischen uns alles wieder gut sei und es mir bestimmt helfen würde, schnell gesund zu werden, wenn sie mir nicht mehr böse wären.

»Mama hat dich angelogen«, sagt Marie vorwurfsvoll.

»Ja, das hätte sie nicht tun dürfen. Erwachsene machen eben auch Fehler.«

»Ganz schön blöd.«

»Aber wenn jemand bereut, was er getan hat, darf man nicht nachtragend sein.«

»Okay.«

»Wie wär's, wenn wir jetzt eine Runde mit Fridolin spielen?«

»Jaaa!«, ruft Paul. »Darf ich ihn aus dem Käfig holen?«

»Nein!«, protestiert Marie. »Ich hole ihn, weil es mein Hamster ist.«

»Hauptsache, ihr lasst ihn nicht aus dem Kinderzimmer entwischen«, warnt Peter. »Solange Mama nicht gucken kann, haben wir kaum eine Chance, ihn wieder einzufangen.«

»Wann ist sie denn endlich nicht mehr krank?«, stöhnt Paul.

»Bald«, antwortet Zofia entschieden.

Ich lehne mich zurück. Wenn ich nur so zuversichtlich sein könnte wie sie.

Abends helfe ich Peter, die Kinder zu baden. Und sie helfen mir, nicht ständig irgendwo anzustoßen. Danach spielen wir eine

Runde Blinde Kuh, und dabei können wir zum ersten Mal seit Langem wieder lachen.

»Es tut mir so leid, dass ich euch angeschrien habe und ihr Angst bekommen habt«, sage ich, als die beiden im Bett liegen.

»Das darfst du nie wieder tun«, sagt Marie.

»Nein. Das verspreche ich euch.«

»Kannst du uns jetzt eine Willi-Wiberg-Geschichte vorlesen?«, fragt Paul.

»Aber Mama kann doch nicht lesen!«, ruft Marie.

»Ach, ja.«

»Ich kann euch eine erzählen.«

»Welche denn?«

»Wie wär's mit *Gute Nacht, Willi Wiberg*?«

»Cool.«

Natürlich kennen sie auch diese Geschichte von Willi Wiberg, der nicht ins Bett will und noch tausend Wünsche hat. Sein Papa ist ganz verzweifelt, weil Willi Wiberg endlich schlafen soll.

»Und am Schluss ist der Papa so müde, dass er auf dem Fußboden einschläft«, sagt Paul und kichert.

»Und wie ist es mit euch? Seid ihr müde?«

»Nein!«

»Auch kein kleines bisschen?«

»Nein!«

»Aber ich.« Ich decke die beiden zu und gebe ihnen einen Gutenachtkuss. »Schlaft gut, ihr zwei.«

Jeden Morgen nach dem Aufwachen fragt mich Peter, wie es mir gehe. Und ich muss ihm immer dieselbe traurige Antwort geben, dass sich nichts verändert habe.

So ist es auch am Sonntag.

»Sonja hat mir eine SMS geschickt, ob wir Lust haben, nachher mit ihnen einen Spaziergang an der Elbe zu machen. Der Wetterbericht sagt zwar Nebel und Nieselregen voraus, aber ich denke, das kann uns nichts anhaben.«

»Geht ruhig. Die Kinder werden sich freuen.«

»Willst du nicht mitkommen?«

»Nein, das würde nur eine einzige Stolperei.«

»Aber es tut dir nicht gut, dich in der Wohnung zu vergraben.«

»Hier fühle ich mich am sichersten.«

Vier Tage sind seit Zofias Besuch vergangen. Ich habe viel über ihre Worte nachgedacht und versucht, meine Erinnerungen an Opa wieder zuzulassen. Sobald ich ihn vor mir sehe, wie er an seinem Werkbrett sitzt oder in der Küche in einem Topf rührt, verschwimmt das Foto, das ihn als SS-Mann zeigt.

Was wäre, wenn er noch leben würde? Hätte ich den Mut, ihn zu fragen, wie er dazu gekommen sei, der SS beizutreten? Würde er mir eine ehrliche Antwort geben oder seine Mitgliedschaft leugnen? Würde er bereuen, was er getan hat, oder wäre er insgeheim stolz darauf, dieser Truppe angehört zu haben? Würde ein solches Gespräch zu einem Bruch zwischen uns führen, oder könnten wir einander danach noch respektieren? Ich kann mich nur schwer damit abfinden, dass ich all das niemals erfahren werde.

Beim Frühstück wollen die Kinder nichts davon wissen, dass ich wieder zu Hause bleibe.

»Du hast uns versprochen, dass wir beim nächsten Mal zusammen mit Cora spazieren gehen«, schimpft Marie. »Und als wir dann im Sachsenwald waren, warst du wieder nicht dabei.«

»Ja, ich weiß.«

»Cora ist so süß. Du musst sie endlich mal kennenlernen.«
»Wenn sie dich führt, tust du dir auch nicht weh«, ruft Paul.

Er spricht das Wort Blindenhund nicht aus, und selbst wenn er es getan hätte, könnte ich nicht Nein sagen.

»Na gut. Ich versuch's.«

Die Freude bei den beiden ist so groß, als hätten wir seit Monaten nichts Gemeinsames mehr unternommen. Dabei sind seit unserer Radtour durchs Alte Land erst zwei Wochen vergangen. Doch auch mir kommen diese zwei Wochen wie eine Ewigkeit vor.

Sonja und ihre Familie wollen uns am Falkensteiner Ufer treffen. Ausgerechnet dort, wo alles begonnen hat, an jenem Tag im Oktober. Einen Moment lang überlege ich, ob ich einen anderen Ort vorschlagen soll. Peter muss mir mein Zögern angemerkt haben, denn er erklärt mir, dass es seine Idee gewesen sei. Er hätte sich gedacht, dass ich bei Ebbe auf dem festen Sand am besten laufen könne. Das stimmt natürlich.

Als wir losfahren, fängt es an zu regnen. Cora habe nichts gegen Regen, beruhigt uns Paul.

»Da haben wir ja Glück«, antwortet Peter.

Ich sitze zwischen den Kindern auf der Rückbank. Paul hat es sich so gewünscht. Schon bald greift er nach meiner Hand und hält sie fest, als wolle er sie nie wieder loslassen. Nach einer Weile spüre ich Maries schmale Finger in meiner anderen Hand. Ich streichele sie sanft, und sie zieht sie nicht weg.

Das Erste, was ich von Cora wahrnehme, ist ihr Schnüffeln an meinen Stiefeln und meinen Hosenbeinen.

Sonja ist sich nicht sicher, ob Cora schon groß genug ist, um mich zu führen.

»Mich hat sie neulich im Wald sehr gut geführt«, entgegnet Paul.

»Ja, für ein paar Minuten schafft sie das. Wenn's jedoch so viel Ablenkung gibt wie hier, könnte sie plötzlich losrennen.«

»Wieso?«

»Weil sie zum Beispiel eine Möwe jagen oder einen anderen Hund verfolgen will.«

Wir einigen uns darauf, dass Peter mich unterhakt und Cora ohne Leine mit den Kindern herumtoben darf.

»Aber geht nicht so dicht ans Wasser«, ruft er ihnen nach.

Vor unserer Abfahrt hat er mit Sonja telefoniert und sie gebeten, mich nicht auf meine Sehstörung und mögliche Behandlungsmethoden anzusprechen. Ich müsse mich ganz aufs Laufen konzentrieren. Sie hat es verstanden und bei unserer Begrüßung nur gesagt, wie sehr Daniel und sie sich freuen, dass ich mitgekommen sei.

Ich habe die Augen geschlossen, weil ich statt der grauen, wabernden Masse lieber gar nichts sehe. Anfangs setze ich vorsichtig einen Fuß vor den anderen, aber weil Peter mich hält, kann ich bald beinahe wieder normal gehen.

Erst jetzt merke ich, wie sehr mir die frische Luft gefehlt hat. Bis auf den Besuch beim Arzt war ich in den letzten elf Tagen nicht draußen.

Sonja redet ununterbrochen: über ihre Praxis, die Kinder, den Hund. Peter wirft ab und zu eine Bemerkung ein, Daniel schweigt wie gewöhnlich.

Inzwischen nieselt es nur noch. Ich schiebe die Kapuze vom Kopf. Winzige Wassertropfen legen sich auf meine Haut und meine Haare.

»Die Sicht wird immer schlechter«, höre ich Peter sagen.

Ich öffne die Augen und sehe etwas Graues, das sich bewegt.

In dem Moment schreit Paul: »Guckt mal, da ist ein Boot! Ein Boot im Nebel!«

Ich blinzle ein paarmal und kann es kaum glauben. Ich sehe es auch, dieses Boot.

»So was Verrücktes, bei diesem Wetter zu segeln«, brummt Daniel.

»Meinst du, der Skipper braucht Hilfe?«, fragt Sonja.

»Kann sein.«

Während alle rufen und die Arme schwenken, um mit dem Skipper Kontakt aufzunehmen, versuche ich zu begreifen, was gerade passiert ist. Ich habe noch die Worte des Augenarztes im Ohr, der meinte, er gehe fast davon aus, dass es auch diesmal eine Spontanheilung geben könnte. Es erschien mir damals völlig absurd.

Jetzt sehe ich Marie und Paul, wie sie winken und auf und ab springen. Ich sehe Cora, wie sie aufgeregt hin und her läuft. Ich sehe Peter, wie er sich mit Sonja und Daniel berät.

»Das Boot ist weg!«, kreischt Paul.

»Tatsächlich!«, ruft Sonja. »Sieht so aus, als ob der Skipper die Lage im Griff hätte.«

»Und wenn nicht?«, fragt Marie.

»Dann müsste er einen Notruf abgeben. Aber das wird bestimmt nicht nötig sein.«

Kurz darauf schlägt sie vor umzukehren, weil es allmählich doch zu feucht und zu kühl wird.

»Lass die anderen mal ein Stück vorgehen«, sage ich leise zu Peter.

»Warum?«

»Erzähl ich dir gleich.«

Noch traue ich diesem neuen Zustand nicht. Jedes Mal, wenn ich die Augen zumache, habe ich Angst, sie wieder zu öffnen und nur eine graue, wabernde Masse zu sehen.

»Geht Sonja dir auf die Nerven, weil sie so viel redet?«

»Nein, überhaupt nicht.« Ich bleibe stehen. »Eben, als Paul das Boot entdeckt hat, da … da konnte ich es plötzlich auch sehen.«

»Was? Wirklich?« Peter schließt mich in die Arme. »Und wie ist es jetzt?«

»So, als sei nie was gewesen.«

»Dann hat der Augenarzt also recht gehabt.«

»Ja. Ich kann dir gar nicht sagen, wie erleichtert ich bin.«

Wir schauen uns an. Peter sieht so glücklich aus. Als wir uns küssen, spüre ich, wie allmählich die Last der letzten Wochen von mir abfällt.

»Jetzt ist es vorbei«, sagt er und streicht mir über die Stirn. »Du brauchst dir keine Sorgen mehr zu machen.«

»Hoffentlich gibt's keinen Rückfall.«

»Warum sollte es? Du hast getan, was du konntest. Vor allem hast du mit Zofia gesprochen.«

»Ohne dich …«

»Irgendwann hättest du es auch allein geschafft«, unterbricht er mich. »Ich konnte es nur nicht länger mit ansehen, dass du dich so quälst.«

»Wo bleibt ihr denn?«, ruft Marie.

Sie kommt auf uns zugelaufen, ich fange sie auf und drehe mich mit ihr. Einmal, zweimal, dreimal.

»Du kannst ja wieder gucken!«

»Ja.«

»Super!« Sie strahlt mich an.

Dann rennt sie zu den anderen zurück und verkündet ihnen die gute Nachricht.

41.

Nach unserer Rückkehr rufe ich als Erstes Zofia an. Sie reagiert nicht so erstaunt, wie ich gedacht hätte.

»Mir war klar, dass deine Sehstörung bald verschwinden würde. Als ich am Mittwochmorgen bei dir war, wirktest du schon so viel entspannter.«

»Danke für alles.«

»Wann holen wir unser Treffen nach?«

»Sobald wie möglich.«

»Morgen Abend?«

»Wunderbar. Da ist noch was...«

»Ja?«

»Du hast doch neulich gesagt, dass keiner aus deiner Familie jemals erforscht hat, wie dein Großvater Szymon im Konzentrationslager Płaszów gestorben ist.«

»Es wäre vermutlich sehr schwierig, das herauszubekommen.«

»Ich weiß nicht. Bei meiner Recherche bin ich nirgendwo auf den Namen deines Großvaters gestoßen. Aber ich kann noch mal nachsehen, ob ich Angaben über die Ermordung der polnischen Widerstandskämpfer im August 1944 im KZ Płaszów finde.«

»Das würdest du für mich tun?«

»Natürlich. Es ist das Mindeste, was ich...« Mir versagt plötzlich die Stimme.

»Miriam, das hat alles Zeit. Vielleicht ist es gar nicht gut, wenn du jetzt schon wieder so viel liest.«

»... Mal sehen.«

Bevor ich mich am nächsten Morgen an die Arbeit mache, fahre ich zum Pflegeheim, um Mama zu besuchen.

Als ich ihr Zimmer betrete, sehe ich sofort an ihrem verwirrten Blick, dass es ihr schlechter geht. Sie erkennt mich nicht, und vielleicht hat sie nicht einmal bemerkt, dass ich fast zwei Wochen lang nicht bei ihr war.

»Ich habe dir blaue Weintrauben mitgebracht. Die isst du doch so gern.«

»Ich will Ihre Trauben nicht.«

»Sie sind schon gewaschen. Probier mal eine.«

Mama schüttelt den Kopf. Ich setze mich an ihr Bett und nehme ihre Hand. Sie ist kalt.

Nach einer Weile blickt sie mich an und versucht zu lächeln. Weiß sie jetzt wieder, wer ich bin? Zumindest kann ich sie überreden, ein paar Trauben zu essen. Es fällt ihr schwer zu schlucken. Das habe ich nicht gewusst. Sie tut mir so leid.

»Papa war schon alt«, höre ich sie plötzlich mit tonloser Stimme sagen. »Da hat er mir etwas erzählt ...«

Mein Herz klopft.

»Ich musste ihm schwören, dass ich niemals mit irgendeinem Menschen darüber reden würde.« Sie kämpft mit sich. »Er hat schlimme Dinge getan, damals im Krieg, in Polen ...«

»Ich weiß.«

»Aber wie kann das sein? Ich hatte ihn doch so lieb. Und er war so ein guter Vater ...«

Ich nehme sie in die Arme, und sie lässt es geschehen.

Später schaue ich auf die leere Stelle an der Wand über meinem Schreibtisch, wo jahrelang *Der Turm der blauen Pferde* gehangen hat. Ich ziehe das Bild unter dem Schrank hervor und spüre sofort, wie mein Blick sich verändert hat. Statt des Fremden, Bedrohlichen, das ich neulich empfunden habe, sehe ich die Bewegung, die Energie, die die Pferde ausstrahlen. Soll ich es wieder bei mir aufhängen? Nein. Ich werde es Marie schenken.

Ich stelle fest, dass ich mühelos lesen kann. Die von Peter ausgeliehenen Bücher habe ich nicht mehr, aber ich erinnere mich, dass in einem von ihnen mehrere Hinrichtungsstätten in Płaszów erwähnt wurden.

Als ich diese beiden Stichwörter im Internet eingebe, stoße ich auf Ausschnitte eines Aufsatzes von Angelina Awtuszewska-Ettrich mit dem Titel *Płaszów – Stammlager*. Darin schreibt sie, dass in Płaszów an drei Stellen Erschießungen stattgefunden hätten. Einer dieser Tötungsorte, genannt Hujowa Górka, hätte auf einem Hügel gelegen. Dort seien vor allem nichtjüdische Polen gestorben: Gestapo-Häftlinge aus den Gefängnissen in der Pomorska Straße und Montelupich. Regelmäßig, meistens zweimal wöchentlich, wären Gefangene in Lkw zur Erschießung gebracht worden, vorwiegend Polen, die im Untergrund agiert hätten, Widerstandskämpfer, Partisanen, Festgenommene bei Razzien sowie auf der »arischen Seite« aufgespürte Juden. Im Sommer 1944 hätte es solche Exekutionen nahezu täglich gegeben. Sie seien von der Gestapo durchgeführt worden, die Angehörigen der Lagermannschaft hätten in der Regel nicht daran teilgenommen.

Ich halte inne. Opa gehörte der Lagermannschaft an. Wenn Zofias Großvater im August 1944 während des Warschauer Aufstands gegen die deutsche Besatzung festgenommen wurde und man ihn in eines der Krakauer Gefängnisse und kurz darauf in einem Lkw ins KZ Płaszów gebracht hat, bedeutet das, dass ihn dort Mitglieder der Gestapo erschossen haben. Und nicht Opa. Ist das ein Trost? Nein. Opa stand auf der Seite der Mörder, auch wenn er diesen Mord nicht begangen hat.

Ich hole den alten, grauen Umschlag mit den Fotos hervor und betrachte noch einmal das Bild von dem lächelnden SS-Wachmann mit der Feldmütze. Er war mein Opa, genauso wie der Goldschmied, der in Zofia und mir die Begeisterung für moderne Kunst geweckt hat. Die Bilder verschwimmen nicht mehr ineinander.

Am Ende des Aufsatzes finde ich eine Tabelle, in der aufgeführt wird, wie viele Menschen an welchem Tag und aus welchem Ort nach Płaszów gebracht wurden. Am 25. August 1944 waren es 1156 Polen aus Krakau. Szymon Michalski wird einer dieser Polen gewesen sein.

Es ist schon spät. Zofia und ich haben lange bei unserem Italiener gesessen und über all das gesprochen, was in den letzten beiden Monaten geschehen ist.

Bevor wir aufbrechen, gebe ich ihr den Zettel, auf dem ich aufgeschrieben habe, was ich über das Schicksal ihres Großvaters herausfinden konnte.

Sie liest ihn und beginnt zu weinen.

Und ich weine mit ihr.

Nachwort

Vielen Quellen verdanke ich Anregungen für meinen Roman. Darunter möchte ich vor allem nennen: Wolfgang Benz, Barbara Distel (Hrsg.), *Der Ort des Terrors. Geschichte der nationalsozialistischen Konzentrationslager. Band 8,* München 2008; Marc Buggeln, *Arbeit & Gewalt. Das Außenlagersystem des KZ Neuengamme,* Göttingen 2009; Christopher Dillon, *Dachau & the SS. A Schooling in Violence,* Oxford 2015; Ulrich Herbert, Karin Orth, Christoph Dieckmann (Hrsg.), *Die nationalsozialistischen Konzentrationslager. Entwicklung und Struktur, Band I + II,* Göttingen 1998; Nikolaus Wachsmann, *KL. A History of the Nazi Concentration Camps,* London 2015.

30 Jahre Mauerfall:
Renate Ahrens lässt Geschichte
zu Schicksalen werden

Renate Ahrens
DER ANDERE HIMMEL
Roman

1974: Irina steht kurz vor dem Abitur, als sie der Liebe ihres Lebens begegnet. Bei einer privaten Lesung lernt sie Frank kennen, einen jungen Schriftsteller, dessen Texte in der DDR unerwünscht sind. Die beiden verbringen einen Sommer voller Glücksmomente und Träumerei. Nur eins fehlt: Freiheit. Ihre Liebe verleiht Irina und Frank den Mut zu einem dramatischen Fluchtversuch – der für Irina mit mehr als zwei Jahren Stasi-Haft endet. Was sie während dieser Zeit über Frank erfährt, zieht ihr den Boden unter den Füßen weg.
2017: Ein gewisser Frank Hollmann veröffentlicht eine viel beachtete Autobiografie über seinen gescheiterten Fluchtversuch aus der DDR. Obwohl Irina nach Kräften versucht, nicht an die Vergangenheit erinnert zu werden, greift sie irgendwann zu dem Buch. Und liest eine Geschichte, die ihre eigene ist und doch ganz anders. Kann es tatsächlich zwei Versionen der Wahrheit geben?

»Ein zutiefst bewegender Roman, der neugierig macht auf ein Stück deutscher Geschichte, das uns bis heute prägt.«
Osnabrücker Wissen

Vom Verlieren, Suchen und Begegnen

Renate Ahrens
ALLES, WAS FOLGTE
Roman

Hamburg 1990. Mit dem Fall der Mauer gerät auch das Leben der 44-jährigen Kriegsfotografin Katharina ins Wanken: Ein Bündel Briefe aus Ostberlin enthüllt, dass die Frau, die sie ihr Leben lang »Mutter« nannte, in Wahrheit ihre Tante war. Zutiefst erschüttert beginnt Katharina nachzuforschen. Dabei stößt sie auf eine junge Liebe, die der Krieg zerstört hat, auf zwei Schwestern, die durch die Mauer getrennt wurden, und auf die Spur ihres Vaters, der seit 1945 als verschollen galt.

»Man merkt, dass die Autorin ihre Charaktere mit großem Einfühlungsvermögen und psychologischem Gespür entwickelt hat.«
NDR-Buch des Monats Juni 2017

Eine besondere Geschwisterliebe
Fesselnd, einfühlsam und stimmungsvoll erzählt
Renate Ahrens die Geschichte von Franka und Lydia

Renate Ahrens

FREMDE SCHWESTERN

Roman

Fremde Schwestern beschreibt die Beziehung von zwei Schwestern, Franka und Lydia, die sich nach Jahren der Trennung wieder begegnen. Die beiden Frauen sind sich seit langem fremd und als sie sich plötzlich wieder gegenüberstehen, ist ihre Beziehung immer noch von Ablehnung und Abneigung gekennzeichnet. In ihrer Kindheit hingegen standen sie sich sehr nah – bis es zum Bruch kam.

»Manchmal braucht es nur wenig Worte und eine einfache eindringliche Sprache, um große Emotionen hervorzurufen. Renate Ahrens liefert genau das mit ihrer außergewöhnlichen Geschichte zweier Schwestern, die unterschiedlicher nicht sein könnten.«

Blog Herzgedanke